BVT

W0085134

Carver bleibt seinen gewohnten Themen und Figuren treu: Die kleinen Tragödien eines durchschnittlich verunglückten Lebens der unteren Mittelschicht, doch die Perspektive, die der Erzähler zu den Menschen einnimmt, hat sich auf bedeutsame Weise verändert. Um nichts weniger Anteil nehmend an ihrem Elend, gelingt es Carver jetzt, sich so weit davon zu lösen, dass er imstande scheint, Auswege anzudeuten, Fluchtmöglichkeiten zumindest ahnen zu lassen. Auch in seinem dritten Band brilliert Carver in der Kunst der Auslassung und erweist sich als Meister der psychologischen Erzählung.

Raymond Carver, 1938 in Clatskanie, Oregon, geboren, schlug sich zunächst mit Gelegenheitsjobs durch und verlegte sich erst in den siebziger Jahren gänzlich aufs Schreiben. Kurz vor seinem frühen Tod 1988 wurde er in die American Academy of Arts and Letters aufgenommen. Als Berliner Taschenbuch sind *Würdest du bitte endlich still sein, bitte* und *Wovon wir reden, wenn wir von Liebe reden* erschienen.

Raymond Carver
Kathedrale

Erzählungen

Aus dem Amerikanischen
von Helmut Frielinghaus

Berliner Taschenbuch Verlag

Februar 2003
BvT Berliner Taschenbuch Verlags GmbH, Berlin,
ein Unternehmen der Verlagsgruppe Random House GmbH
Die Originalausgabe erschien 1983 unter dem Titel
Cathedral
bei Alfred A. Knopf, New York
© 1981, 1982, 1983 Raymond Carver
Für die deutsche Ausgabe
© 2001 Berlin Verlag, Berlin
Umschlaggestaltung: Nina Rothfos und Patrick Gabler, Hamburg,
unter Verwendung einer Fotografie von © Bob Adelman
Gesetzt aus der Stempel Garamond durch psb, Berlin
Druck & Bindung: Elsnerdruck, Berlin
Printed in Germany · ISBN 3-442-76134-4

Für Tess Gallagher
und in Erinnerung an John Gardner

Inhalt

Judith Hermann

ON CARVER. EIN VERSUCH

»Ich denke, die Aufgabe eines Kurzgeschichtenautors ist es, alle Kraft daran zu setzen, diese eine Sekunde festzuhalten, in der es geschieht, den Moment, bevor eine Tür für immer zuschlägt, die Sekunde, in der ein Satz nicht ausgesprochen oder nicht zu Ende gesprochen wird. Er muss versuchen zu zeigen, wie die Dinge sein könnten, um daraus zu erklären, weshalb sie sind, wie sie sind«, schreibt Raymond Carver in seinem Essay »On writing«. Ich bin allen »On Carver«-Texten, vor allem denen des Autors selbst, und mehr noch biografischen Informationen *über* ihn lange Zeit aus dem Weg gegangen. Ich wollte ihn nicht teilen und verlangte noch weniger nach ihn betreffenden Mitteilungen; ich wollte nichts wissen »über«, denn über ist überhinweg und jenseits schon und Blick zurück. Das ging mir mit vielen Büchern so, die ich liebte oder denen ich verfiel, extrem aber war es so mit Carvers Büchern. Jeder kennt das, den Verlust der Reflexion, die Verstoßung dessen, der vom Baum der Erkenntnis gegessen hat, Kleists Marionetten-Syndrom, das Phänomen hat viele Gestalten. Es hat etwas mit dem Rezipienten zu tun, mit dem Vorgang des Wahrnehmens. Hinsichtlich Carvers aber, glaube ich, hat es vor allem mit ihm selbst zu tun. Carvers Geschichten stehen nicht auf der Seite der Geschichten und nicht auf der Seite der Sprache. Sie zielen nicht auf das Sicht- und Nennbare, sondern auf das Undurchsichtige, Unaussprechliche, auf das, was geradezu resistent gegen das Lösungsmittel der Worte ist. Es sind die

Auslassungen Carvers, das Versagen der Sprache und vor allem die Dinge, die hier erzählen. Das schwarze Brot des Bäckers in »Eine kleine, gute Sache«, das abgeschnittene Ohr des Vietnamesen in »Vitamine«, das Zeichnen der Kathedrale in der Titelgeschichte, der Pfau in »Federn«. Bei allem Schrecken über das, was nicht greifbar ist, bei allem *feeling of threat or sense of menace* (»On writing«) sind die Carverschen Dinge aber auch tröstlich und ergreifend, liegt in ihrem Verbergen der Geschichte auch Geborgenheit. »Der Moment, bevor eine Tür für immer zuschlägt, der Satz, der nicht ausgesprochen oder nicht zu Ende gesprochen wird« schließen die Sprache nicht aus, sondern ein, indem sie sie verschließen und so vielleicht bewahren.

In der Geschichte »Eine kleine, gute Sache« stirbt Scotty, gerade acht Jahre alt geworden, an den Folgen eines Autounfalls. Die Mutter, vom Arzt zum Gehen gedrängt, sieht noch einmal zum Krankenhaus zurück. »›Nein, nein‹, sagte sie, ›ich kann ihn hier nicht allein lassen, nein.‹ Sie hörte sich das sagen und dachte, wie ungerecht es war, dass die einzigen Worte, die ihr über die Lippen kamen, von der Art der Wörter waren, die in Fernsehsendungen benutzt wurden, wenn Menschen von einem gewaltsamen oder plötzlichen Todesfall betroffen waren. Sie wollte, dass ihre Worte ihre eigenen Worte waren.« Dies ist, soweit ich weiß, der einzige Moment in all den Geschichten Carvers, in dem eine Figur in Distanz zu sich gerät, dem Bann der vorgefertigten Sprache zu entrinnen versucht. Aber gerade diese Allerweltsworte sind es, dieses Gefangensein in konventionellen Formeln und nicht zuletzt das zum Allgemeinplatz abgesunkene Einklagen der Mutter des »Eigenen«, die dem Leser die Sprache verschlagen. »Eine kleine, gute Sache« ist eine Allerweltsgeschichte, eine von Carver so genannte *mom and pop-story* ohne Experiment, ohne jegliche *formal innovation*.

Und Carver verteidigt sie, er rettet sie, indem er die reduzierte und armselige Sprache seiner Figuren und die konfektionierten Dinge sich selbst überlässt, unbehelligt von Sozialkritik und Karitativem, verschont auch von aller Absichtlichkeit, von Voyeurismus und dem Exotismus des Trivialen. Das Weglassen, die Nüchternheit, das Schreiben auf Entzug ist Carvers Kunst, seine *formal innovation*. Carver spricht von einer »landscape just under the smooth (but sometimes broken and unsettled) surface of things«, die Dinge haben ein Außen und ein Innen, und jedes Innen ist wieder ein Außen von einem anderen Innen, vielleicht, dass die Worte deshalb manchmal so sein wollen wie die Dinge. Wenn es mir überhaupt möglich ist, über mein erstes Carver-Lesen etwas zu sagen, so vielleicht dies, dass hier mein Glück und meine Unruhe waren. Carvers Minimalismus, sein Weglassen und Abbrechen waren zugleich eine Vollständigkeit. Ich vermisste, aber ich hatte keine Fragen, ich wollte nicht wissen – was. In der Geschichte »Chefs Haus« verlieren der Extrinker Wes und seine Frau Edna das Haus wieder, von dem aus sie »den Ozean sehen und das Salz riechen können« und in dem ein Neuanfang noch einmal möglich schien. Wes resigniert und Edna erinnert sich. »Und dann, ich weiß nicht warum, musste ich daran denken, wie er war, als er neunzehn war, wie er ausgesehen hatte, als er quer über das Feld rannte, zu seinem Dad, der auf dem Traktor saß, die Hand über den Augen, und beobachtete, wie Wes auf ihn zugelaufen kam. Wir waren gerade mit dem Auto von Kalifornien raufgekommen.« Mehr Geschichte ist nicht – hier nicht und nicht in allen anderen Carver-Geschichten – und dies ist die Geschichte. Und ich habe mich nicht gefragt – ich habe mich nicht fragen müssen –, wie Wes also eigentlich ausgesehen hat. »Wir waren gerade mit dem Auto von Kalifornien raufgekommen.« Es ist ja nicht so, dass man über die verlorene Vergangenheit nicht Bedeutenderes schreiben kann. Aber ich habe das eben nicht entbehrt, nicht in diesen Geschichten. Ich dachte auch nicht, dass es Carver um Realismus gehe, um das, was die Leute so reden und machen. Wenn Carvers Leute sich gesellig zusammenfinden, gibt es lange Sequenzen, in denen nichts Entscheidenderes geschieht als »Sie fingerte in der Dose mit Nüssen herum und nahm sich die Cashewnüsse« oder »Bud sagte: ›Hier ist ein Aschenbecher.‹« Wir verdanken der amerikanischen Literatur nicht wenige Mitteilungen der Art, dass jemand »ein Bein über das andere schlägt« oder sagt: »Ich nehme etwas von dem Old Crow und ein bisschen Wasser dazu.« Und nicht immer nehmen sie uns so mit wie diese anderen Sätze von Carver, Sätze wie der, dass die Frau »diese Mähne von blondem Haar hat, die ihr über den Rücken hängt«. Auf dem Höhepunkt des Carverschen Konkretismus ist das *left out*, das Ausgelassene, die pure Beschreibung.

Ich habe Carver zum ersten Mal im Sommer gelesen, in einer Zeit, in der ich erschöpft war, mittags schlafen ging, seine Geschichten mit in die Träume nahm, wo sie sich seltsam verwoben. Ich habe einmal jemandem »Federn« vorgelesen, in Amerika, am Ufer eines Flusses, der Blue Water hieß, die Sonne stand hoch am wolkenlosen Himmel und meine Stimme war ganz gedämpft von der Hitze. Wie das ist, wenn man jemandem etwas vorliest, ein Gedicht, eine Geschichte, die man liebt, wie angespannt der ganze Körper ist beim Lesen, wie besorgt, ängstlich auch, was wird sein, wenn der andere nicht versteht. Beim Vorlesen von »Federn« verstand der andere, ich wurde nicht enttäuscht. Man kann fragen, lag das an Carver, am Zuhörer, an der Mittagshitze am Blue Water, war es wirklich, hat es gestimmt? Es lag an Carver, obgleich das nicht ganz die Wahrheit ist. Das Verstehen meines Zuhörers blieb ein wortloses, und – vielleicht irre ich mich auch – darüber geredet haben wir nicht.

Vermutlich gehören Mitteilungen dieser Art nicht in ein Carver-Vorwort. Was aber dann? Der Versuch, zu erklären, was die Carver-Geschichten erzählen wollen, hieße das auszusprechen, was sie verschweigen. Ein Vorwort soll den Autor nicht weiterschreiben. Ist Carvers Satz über »die Sekunde, in der ein Satz nicht ausgesprochen oder nicht zu Ende gesprochen wird« ein »vollständiger« Satz? Kann er das sein wollen? Und zu welchem Ende?

Ich besaß zunächst die beiden Piper-Ausgaben *Warum tanzt ihr nicht* und *Wovon wir reden, wenn wir von Liebe reden*, außerdem eine alte Volk und Welt-Ausgabe von *Kathedrale* mit einem kleinen Schwarz-Weiß-Foto des Autors auf dem Umschlag. Aus irgendeinem Grund kaufte ich weitere Piper-Exemplare, bis sie vergriffen waren. Als die Buchhändlerin »Carver mit v?« in den Computer tippte und dann »vergriffen« sagte (mit der merkwürdigen, aber wohl einschlägigen Buchhändlergenugtuung in diesem Fall), war auch ich wirklich zufrieden. Vergriffen, endlich vergriffen. Niemand, so schien es, kannte Carver und niemand interessierte sich für ihn, wie schön und wie schrecklich. Und tatsächlich hielt ich es eines Tages doch nicht mehr aus, mit niemandem über ihn zu sprechen. Das kann man auf ganz verschiedene Weisen tun. In einem Interview, das ein Frankfurter Journalist mit mir führte, habe ich »meinen« Carver eigentlich verraten. Vielleicht lag es an der Privatheit des Gesprächs in seinem Wohnzimmer, vielleicht am ungewohnten Whiskey, vielleicht war ich unaufmerksam, auf eine Nähe suchende Art traurig auch – irgendwann fiel die Frage nach den literarischen Vorlieben, den Vorbildern. Ich hatte bisher niemals Carver genannt. Ich hatte alle möglichen anderen Autoren genannt, aber Carver hatte ich ganz bewusst verschwiegen, ich hatte ihn, wie soll ich es sagen, niemandem gegönnt? Und wenn ich zurückdenke an diesen Nachmittag in Frankfurt – es war Winter und schon dunkel, es klingelte immerzu an der Wohnungstür, Leute kamen und gingen, und ein langgliedriger, verschlafener Schweizer Theaterautor räkelte sich während des ganzen Interviews auf angenehm gelangweilte Art in einem Ledersessel –, so war es vor allem meine Eitelkeit, diese nach Bestätigung meines außergewöhnlichen Literaturgeschmacks suchende Eitelkeit, aber auch mein Alleinesein, mein Einsamsein mit Carver, das mich auf die Frage nach den Vorbildern dann doch seinen Namen sagen ließ. Immerhin sagte ich ihn zögernd, unsicher, hätte ihn gern sofort wieder zurückgenommen, fügte ein unsinniges »der amerikanische Autor, nach dessen Geschichten Altman *Short Cuts* gedreht hat« hinzu. Die Wirkung auf den Journalisten war erstaunlich. Sie war schön, es war schön, wie er »Carver!« wiederholte, dass er ihn kannte, alles von ihm gelesen hatte, ihn so schätzte und liebte wie ich, so schien es mir zumindest; es war schön, dass ich nicht mehr allein war mit Carver. Am Abend danach fuhr ich mit dem Zug zurück nach Berlin. Ich saß alleine im dunklen Abteil, ich rauchte, ich las einen Carver-Aufsatz des Journalisten, den er mir zum Abschied geschenkt hatte. Als ich in Berlin ankam, besaß ich Informationen über Carver: die Eingriffe des Lektors in seine Texte, der Alkoholismus, Krebs, das frühe Ende, Tess Gallagher und vieles mehr. Unabsehbar hatte sich etwas verändert, war etwas verloren gegangen, und ein Zurück gab es nicht mehr. Dies war mein Verrat. Auf die Vorbilder-Frage antworte ich nun immer und mit der Routine des schlechten Gewissens: Carver. Als der Berlin Verlag ihn neu übersetzen ließ und in vier Bänden veröffentlichen wollte, schlug man mir vor, eine Carver-Lesung mitzuveranstalten und mich an einem Vorwort zu versuchen; ich sagte zu.

Im November 1999 saß ich neben Ingo Schulze im Litera-
turhaus Pankow, wir lasen Carver, ich las »Eintreiber« aus
dem ersten Band *Würdest du bitte endlich still sein, bitte.*
Ich betonte humoristisch an Stellen, von denen ich nicht
wusste, ob der Autor sie unterhaltsam gefunden hatte. Wir
suchten nach Worten, Carvers Texte zu beschreiben und
zu dechiffrieren – wir bemühten uns tatsächlich, das zu be-
nennen, was Carver nicht benannt, was er (inzwischen für
mich angeblich) ausgelassen hatte; ich weiß nicht mehr, wie
es uns dabei ging, ich vermute, es war am ehesten amüsant.
Später gab es Sekt und ich erstand in einer Art Rausch einen
Carver-Fotoband, *Carver Country – The World of Raymond Carver.* Ich sah mir noch an Ort und Stelle und nicht
ohne Voyeurismus die wirklich schönen Schwarz-Weiß-
Fotos an: Carver, seine Frau und seine Freunde, das Vorbild
des realen Blinden Jerry Carriveau für den Blinden aus »Kathedrale«, der Motelkomplex aus »Pavillon«, das dicke Kind
Raymond am Ufer des Columbia River, die Zähne von Tess,
die via »Federn« in die Literatur eingegangen sind. »While
we worked together on *Cathedral*«, schreibt Tess Gallagher
im Vorwort. Wenigstens von dieser Szene gab es kein Foto.
Ich habe mich von Anfang an eigentlich für ungeeignet und
auch unwillig gehalten, ein Vorwort zu schreiben. Dennoch
habe ich angenommen. Um wenigstens eines der vier Vor-
worte zu verhindern? Um einen Experten fernzuhalten? Ich
habe Carver noch einmal gelesen, ratlos jetzt, traurig, böse,
zunehmend distanziert und natürlich mit dieser gewissen
bestochenen Energie des Rezensenten, der zeigen will, dass
die private Geschichte auch die des Autors ist. In der Geschichte »Konservierung« geht Sandy und ihrem arbeits-
losen Mann der Kühlschrank kaputt. Sie denken daran, sich
auf einer Versteigerung einen neuen zu kaufen, und Sandy
erinnert sich auf einmal an ihren Vater, mit dem sie als Kind

auf Viehversteigerungen gewesen war und »plötzlich vermisste sie ihren Dad ... Sie stand am Herd, wendete das Fleisch und vermisste ... ihren Dad ...« Und mehr »Vorwort«, als auf die Carversche Sprachlosigkeit zu zeigen, scheint mir kaum möglich.

Es gibt einige Gedichte Carvers über seinen Vater und das Fischen. Keines, meine ich, zeigt seine Liebe zu ihm schöner als das Gedicht »Bobber«. Der Sohn, der Vater und der Freund des Vaters Lindgren sind beim Fischen; der Vater, anders als Lindgren, hat nichts zu sagen und der Sohn schämt sich seiner. Am Ende aber gehört die Liebe des Sohnes doch wieder ihm, dem Vater, der schweigt und es besser weiß: »But my dad was right. I mean, he kept silent and looked into the river, worked his tongue, like a thought, behind the bait.«

Und natürlich habe ich doch, nachts, betrunken sicherlich, mit anderen über Carver reden können, der ein Trinker war, fast sein Leben lang, ein pathetischer, sehnsüchtiger, liebender Schreiber auf Entzug. Scotty, eine Geburtstagstorte, ein nächtlicher Anruf, Mondlicht und Nachtschnecken, vom Tisch tropfendes Wasser, die Füße eines Mannes über der Lehne einer Couch. Ich erinnere mich, wie wir rätselten und tranken und sagten, dass Carver nur deshalb so habe schreiben können, weil er ein trockener Alkoholiker war mit Geschichten, die sich in der Nüchternheit an der Sehnsucht berauschten. Vielleicht, dass er uns denken ließ, dass »under the broken and unsettled surface of things« auch unser Leben eine Geschichte sein kann, ja, vielleicht ist es das.

Federn

Dieser Freund von mir, Bud, den ich von der Arbeit kenne, hatte Fran und mich zum Abendessen eingeladen. Ich kannte seine Frau nicht, und er kannte Fran nicht. Also waren wir in der gleichen Lage. Aber Bud und ich waren befreundet. Und ich wusste, dass es bei Bud zu Hause ein kleines Baby gab. Das Baby muss acht Monate alt gewesen sein, als Bud uns zum Abendessen einlud. Wo waren die acht Monate geblieben? Verdammt, wo ist die Zeit seither geblieben? Ich weiß noch, wie Bud eines Tages mit einer Kiste Zigarren zur Arbeit kam. Er verteilte sie in der Kantine. Es waren Zigarren aus dem Drugstore. Dutch Masters. Aber jede Zigarre hatte eine rote Bauchbinde und eine Hülle, auf der stand: ES IST EIN JUNGE! Ich rauchte keine Zigarren, aber ich nahm trotzdem eine. »Nimm zwei«, sagte Bud. Er schüttelte die Kiste. »Ich mag auch keine Zigarren. Aber es war ihre Idee.« Er sprach von seiner Frau. Olla.

Ich hatte seine Frau nie kennen gelernt, aber einmal hatte ich ihre Stimme am Telefon gehört. Das war an einem Sonnabendnachmittag, und ich wusste nicht, was ich machen sollte. Also rief ich Bud an und wollte sehen, ob er zu irgendwas Lust hätte. Seine Frau nahm den Hörer ab und sagte: »Hallo.« In dem Moment fiel mir ihr Name nicht ein. Buds Frau. Bud hatte ihren Namen mir gegenüber mehrere Male erwähnt. Aber er war mir zum einen Ohr rein und zum andern Ohr rausgegangen. »Hallo!« sagte die Frau wieder. Ich konnte einen Fernseher laufen hören. Dann sagte die Frau: »Wer ist da?« Ich hörte, wie ein Baby zu schreien begann. »Bud!« rief die Frau. »Was ist?« hörte ich Bud sagen. Ich konnte mich immer noch nicht an ihren Namen erinnern. Also legte ich auf. Als ich Bud das nächste Mal bei der Arbeit traf, sagte ich natürlich kein Wort davon, dass ich angerufen hatte. Aber ich brachte ihn dazu, dass er den Namen seiner Frau erwähnte. »Olla«, sagte er. Olla, sagte ich mir. *Olla.*

»Keine große Sache«, sagte Bud. Wir waren in der Kantine und tranken Kaffee. »Nur wir vier. Du und deine Frau, und ich und Olla. Nichts Besonderes. Kommt gegen sieben. Sie stillt das Baby um sechs. Danach legt sie es hin, und dann essen wir. Unser Haus ist nicht schwer zu finden. Aber hier ist eine Karte.« Er gab mir ein Blatt Papier mit allen möglichen Linien, die größere und kleinere Straßen andeuteten, und Wege und so, mit Pfeilen, die die vier Himmelsrichtungen anzeigten. Ein großes X bezeichnete die Stelle, wo sein Haus war. Ich sagte: »Wir freuen uns darauf.« Aber Fran war nicht allzu begeistert.

An diesem Abend, vorm Fernseher, fragte ich sie, ob wir Bud und seiner Frau was mitbringen sollten.

»Was denn?« sagte Fran. »Hat er gesagt, wir sollen was mitbringen? Wie soll ich das wissen? Ich hab keine Ahnung.« Sie zuckte mit den Schultern und warf mir diesen Blick zu. Sie hatte mich schon manchmal von Bud sprechen hören. Aber sie kannte ihn nicht, und sie war nicht daran interessiert, ihn kennen zu lernen. »Wir könnten eine Flasche Wein mitnehmen«, sagte sie. »Aber mir ist es egal. Warum nimmst du nicht eine Flasche Wein mit?« Sie schüttelte den Kopf. Ihr langes Haar schwang über den Schultern hin und her. Was brauchen wir andere Leute? schien sie zu sagen. Wir haben doch uns. »Komm her«, sagte ich. Sie kam ein bisschen näher, so dass ich sie umarmen konnte. Fran ist eine große ruhige Frau. Sie hat diese Mähne von blondem Haar, die ihr über den Rücken hängt. Ich nahm eine Strähne von ihrem Haar und schnüffelte daran. Ich schlang die Hand in ihr Haar. Sie ließ sich von mir in die Arme nehmen. Ich drückte mein Gesicht in ihr Haar und umarmte sie noch etwas mehr.

Manchmal, wenn das Haar ihr im Weg ist, muss sie es aufnehmen und über die Schulter zurückschieben. Es macht sie ganz wild. »Diese Haare«, sagt sie dann. »Nichts als Ärger.« Fran arbeitet in einer Molkerei und muss ihr Haar hochgesteckt tragen, wenn sie zur Arbeit geht. Sie muss es jeden Abend waschen und lange bürsten, wenn wir vor dem Fernseher sitzen. Hin und wieder droht sie damit, es abschneiden zu lassen. Aber ich glaube nicht, dass sie das tun würde. Sie weiß, dass ich es dafür zu gern hab. Sie weiß, dass ich verrückt danach bin. Ich sage ihr, dass ich mich wegen ihres Haares in sie verliebt hab. Ich sage ihr, ich würde aufhören, sie zu lieben, wenn sie es sich abschneidet. Manchmal nenne ich sie »Schwedin«. Sie könnte glatt als Schwedin durchgehen. Abends, wenn wir zusammen waren und sie sich die Haare bürstete, haben wir uns manchmal Dinge gewünscht, die wir nicht hatten. Wir wünschten uns ein neues Auto – das war eins von den Dingen, die wir uns wünschten. Und wir wünschten uns, wir könnten zwei Wochen in Kanada verbringen. Aber was wir uns nicht wünschten, das waren Kinder. Der Grund dafür, dass wir keine Kinder hatten, war, dass wir keine Kinder wollten. Vielleicht später mal, sagten wir uns gegenseitig. Aber damals wollten wir damit noch warten. Wir dachten, wir sollten ruhig noch etwas warten. Manchmal gingen wir abends ins Kino. An anderen Abenden blieben wir einfach nur zu Hause und sahen fern. Manchmal backte Fran etwas für mich, und wir aßen dann alles auf einmal, egal, was es war.

»Vielleicht trinken sie keinen Wein«, sagte ich.

»Nimm trotzdem eine Flasche Wein mit«, sagte Fran. »Wenn sie keinen Wein trinken, trinken wir ihn.«

»Weißen oder roten?« sagte ich.

»Wir nehmen ihnen was Süßes mit«, sagte sie, ohne mich zu beachten. »Aber es ist mir auch recht, wenn wir gar nichts mitbringen. Es ist deine Angelegenheit. Lass uns keine große Affäre daraus machen, sonst geh ich lieber gar nicht erst mit. Ich kann einen Kranzkuchen mit Himbeerfüllung backen. Oder Napfkuchen.«

»Bestimmt haben sie Nachtisch«, sagte ich. »Du lädst nicht Leute zum Abendessen ein, ohne einen Nachtisch vorzubereiten.«

»Es könnte Milchreis geben. Oder Wackelpudding! Irgendwas, was wir nicht mögen«, sagte sie. »Ich weiß nichts über die Frau. Wie können wir da wissen, was sie vorbereitet hat? Was machen wir, wenn sie uns Wackelpudding vorsetzt?« Fran schüttelte den Kopf. Ich zuckte mit den Schultern. Aber sie hatte Recht. »Da sind noch diese alten Zigarren, die er dir geschenkt hat«, sagte sie. »Nimm sie mit. Dann könnt ihr, du und er, nach dem Essen rausgehen, ins Wohnzimmer, und Zigarren rauchen und Portwein trinken, oder was immer die Leute in Filmen trinken.«

»Okay, dann bringen wir nur uns selbst mit«, sagte ich.

Fran sagte: »Wir nehmen einen Laib von meinem Brot mit.«

Bud und Olla wohnten etwa zwanzig Meilen außerhalb der Stadt. Wir lebten schon seit drei Jahren in dieser Stadt, aber komisch, Fran und ich hatten noch nie auch nur eine kleine Spritztour in die Umgebung gemacht. Es machte Spaß, die kurvigen, engen Landstraßen entlangzufahren. Es war früher Abend, schön und noch warm, und wir sahen Weiden, Holzgatter, Milchkühe, die langsam auf alte Scheunen zu trotteten. Wir sahen Rotdrosseln auf den Zäunen und Tauben, die über Heuböden kreisten. Da waren Gärten und so was, blühende Wiesenblumen und von der Straße zurückgesetzte kleine Häuser. Ich sagte: »Ich wünschte, wir hätten ein Häuschen hier draußen.« Es war nur ein leerer Gedanke, ein weiterer Wunsch, der zu nichts führen würde. Fran antwortete nicht. Sie war damit beschäftigt, auf Buds Landkarte zu gucken. Wir kamen an die Kreuzung, die er eingezeichnet hatte. Wir bogen, wie auf der Karte angegeben, nach rechts ab und fuhren genau drei und drei Zehntel Meilen. Links von der Straße sah ich ein Maisfeld, einen Briefkasten und eine lange, mit Kies bestreute Zufahrt. Am Ende der Zufahrt, weit hinten zwischen ein paar Bäumen, stand ein Haus mit einer Veranda. Das Haus hatte einen Schornstein. Aber es war Sommer, und so stieg natürlich kein Rauch aus dem Schornstein auf. Immerhin war es, wie ich fand, ein hübsches Bild, und ich sagte das zu Fran.

»Das ist hier das Ende der Welt«, sagte sie.

Ich bog in die Zufahrt ein. Mais wuchs zu beiden Seiten des Wegs. Der Mais stand höher, als das Auto war. Ich hörte den Kies unter den Reifen knirschen. Als wir uns dem Haus näherten, sahen wir einen Garten mit grünen Dingern, die, jedes so groß wie ein Baseball, von Ranken herabhingen.

»Was ist das?« sagte ich.

»Wie soll ich das wissen?« sagte sie. »Kürbisse vielleicht. Ich hab keine Ahnung.«

»He, Fran«, sagte ich. »Sei nicht so verbissen.«

Sie sagte nichts. Sie zog die Unterlippe ein und ließ sie wieder los. Sie machte das Radio aus, als wir dicht vor dem Haus waren.

Eine Babyschaukel stand im Vorgarten, und auf der Veranda lag Spielzeug. Ich fuhr bis vor das Haus und hielt an. In diesem Moment hörten wir einen furchtbaren Schrei. Es war ein kleines Kind im Haus, sicher, aber dieser Schrei war zu laut, als dass er von einem Baby kommen konnte.

»Was war das für ein Geräusch?« sagte Fran.

Dann flatterte etwas, das so groß wie ein Geier war, mit schweren Flügelschlägen von einem der Bäume herab und landete unmittelbar vor dem Auto. Es schüttelte sich. Es drehte seinen langen Hals zum Auto hin, hob den Kopf und betrachtete uns.

»Oh, verdammt«, sagte ich, und ich saß da, beide Hände auf dem Lenkrad, und starrte das Ding an.

»Gibt's denn das?« sagte Fran. »Ich hab noch nie einen richtigen gesehen.«

Wir wussten beide, dass es ein Pfau war, klar, aber wir sprachen das Wort nicht aus. Wir beobachteten ihn nur. Der Vogel reckte den Kopf nach oben und gab wieder diesen schrillen Schrei von sich. Er hatte sich aufgeplustert und sah jetzt zwei Mal so groß aus wie in dem Moment, als er gelandet war.

»Oh, verdammt«, sagte ich wieder. Wir blieben, wo wir waren, auf den vorderen Sitzen im Auto.

Der Vogel bewegte sich ein Stückchen auf uns zu. Dann drehte er den Kopf zur Seite und streckte sich. Er hielt sein helles, wildes Auge direkt auf uns gerichtet. Die Schwanzfedern, die er aufgestellt hatte, waren wie ein großer sich schließender und öffnender Fächer. Alle Farben des Regenbogens schillerten in diesem Rad.

»Mein Gott«, sagte Fran mit leiser Stimme. Sie legte mir die Hand aufs Knie.

»Oh, verdammt«, sagte ich. Es gab nichts anderes zu sagen.

Der Vogel machte noch einmal dieses seltsame, klagende Geräusch. »*Mä-oooa, mä-oooa!*« Hätte ich es irgendwo spät am Abend und zum ersten Mal gehört, dann hätte ich gedacht, da liegt jemand im Sterben, oder aber irgendwas Wildes und Gefährliches passiert.

Die Haustür öffnete sich, und Bud kam heraus auf die Veranda. Er knöpfte sich das Hemd zu. Seine Haare waren nass. Er sah aus, als komme er gerade aus der Dusche. »Halt die Klappe, Joey!« sagte er zu dem Pfau. Er klatschte zu dem Vogel hin in die Hände, und das Ding wich ein Stückchen zurück. »Genug jetzt. Schon gut, halt die Klappe! Du hältst jetzt die Klappe, du alter Teufel!« Bud kam die Stufen herab. Er stopfte sein Hemd in die Hose, während er zum Auto herüberkam. Er hatte die Sachen an, die er auch bei der Arbeit immer trug – Blue Jeans und ein Drillichhemd. Ich hatte meine gute Hose und ein kurzärmeliges Sporthemd an. Und meine guten Slipper. Als ich sah, wie Bud angezogen war, ärgerte ich mich, dass ich mich fein gemacht hatte.
»Schön, dass ihr da seid«, sagte Bud, als er ans Auto trat. »Kommt rein.«
»He, Bud«, sagte ich.
Fran und ich stiegen aus. Der Pfau stand ein Stückchen abseits und duckte seinen böse aussehenden Kopf dahin und dorthin. Wir achteten darauf, dass wir einigen Abstand hielten zwischen ihm und uns.
»War's schwer zu finden?« sagte Bud zu mir. Er hatte Fran noch nicht angesehen. Er wartete darauf, dass er ihr vorgestellt wurde.
»Gute Wegbeschreibung«, sagte ich. »He, Bud, das ist Fran. Fran, das ist Bud. Sie hat eine Menge über dich zu hören bekommen, Bud.«
Er lachte, und sie gaben sich die Hand. Fran war größer als Bud. Bud musste hochgucken.

»Er spricht oft über Sie«, sagte Fran. Sie zog die Hand zurück. »Bud hier, Bud da. Sie sind so ungefähr der Einzige da unten, von dem er erzählt. Ich hab das Gefühl, ich kenn Sie schon.« Fran behielt die ganze Zeit den Pfau im Auge. Er war fast bis zur Veranda herübergekommen.

»Schließlich ist er mein Freund«, sagte Bud. »Da *soll* er gefälligst von mir erzählen.« Bud sagte das, und dann grinste er und versetzte mir einen leichten Knuff auf den Oberarm.

Fran hielt immer noch ihren Laib Brot. Sie wusste nicht, was sie damit machen sollte. Sie gab das Brot Bud. »Wir haben Ihnen was mitgebracht.«

Bud nahm das Brot. Er drehte und wendete es und betrachtete es, als wäre es der erste Laib Brot, den er je gesehen hätte. »Das ist wirklich nett von euch.« Er hob das Brot ans Gesicht und schnupperte daran.

»Fran hat das Brot gebacken«, teilte ich Bud mit.

Bud nickte. Dann sagte er: »Lasst uns reingehen, damit ihr die Frau und Mutter kennen lernt.«

Er sprach von Olla, natürlich. Olla war die einzige Mutter weit und breit. Bud hatte mir erzählt, dass seine eigene Mutter gestorben war und dass sein Vater sich aus dem Staub gemacht hatte, als er, Bud, noch ein Kind war.

Der Pfau trippelte vor uns her, und als Bud die Tür öffnete, hopste er auf die Veranda. Er versuchte, ins Haus zu kommen.

»Oh«, sagte Fran, als der Pfau sich an ihr Bein drängte.

»Joey, verdammt nochmal«, sagte Bud. Er schlug den Vogel mit der flachen Hand auf den Kopf. Der Pfau wich auf die Veranda zurück und schüttelte sich. Die Federkiele in seinem Schweif rasselten, als er sich schüttelte. Bud tat so, als wollte er nach ihm treten, und der Pfau wich noch ein Stück zurück. Dann hielt Bud uns die Tür auf. »Sie lässt das verdammte Ding ins Haus. Bald wird es noch an unserem verdammten Tisch essen und in unserem verdammten Bett schlafen wollen.«

Fran blieb in der Tür stehen. Sie blickte zurück auf das Maisfeld. »Schön habt ihr's hier«, sagte sie. Bud hielt noch immer die Tür. »Findest du nicht auch, Jack?«

»Aber ja!« sagte ich. Es überraschte mich, Fran das sagen zu hören.

»Ganz so großartig, wie's immer heißt, ist das Leben auf dem Land nicht«, sagte Bud, der noch immer die Tür hielt. Er machte eine drohende Bewegung zu dem Pfau hin. »Es hält einen in Trab. Langeweile gibt's da nicht.« Dann sagte er: »Nur zu, kommt rein, Leute.«

Ich sagte: »He, Bud, was ist das, was da wächst?«

»Sind Tomaten«, sagte Bud.

»Da hab ich ja einen tollen Farmer«, sagte Fran und schüttelte den Kopf.

Bud lachte. Wir gingen rein. Die pummelige kleine Frau mit ihrem zu einem Knoten gebundenen Haar erwartete uns im Wohnzimmer. Sie hatte beide Hände in die Schürze gerollt. Ihre Wangen leuchteten rot. Zuerst dachte ich, sie wäre vielleicht außer Atem, oder wütend auf irgendwas. Sie musterte mich kurz, und dann wanderten ihre Augen zu Fran. Nicht unfreundlich, nur neugierig. Sie starrte Fran an und errötete noch mehr.

Bud sagte: »Olla, das ist Fran. Und das ist mein Freund Jack. Du weißt alles über Jack. Leute, das ist Olla.« Er gab Olla das Brot.

»Was ist das?« sagte sie. »Oh, das ist selbst gebackenes Brot. Schön, danke. Setzt euch doch, irgendwo. Macht es euch gemütlich. Bud, warum fragst du sie nicht, was sie trinken möchten. Ich hab was auf dem Herd.« Das sagte Olla, und dann ging sie mit dem Brot wieder in die Küche.

»Nehmt Platz«, sagte Bud. Fran und ich ließen uns auf das Sofa fallen. Ich griff nach meinen Zigaretten. Bud sagte: »Hier ist ein Aschenbecher.« Er hob etwas Schweres vom Fernsehapparat. »Nimm den«, sagte er und stellte das Ding auf den niedrigen Sofatisch vor mir. Es war einer dieser Aschenbecher aus Glas, die aussehen sollen wie ein Schwan. Ich steckte mir eine an und ließ das Streichholz in die Öffnung im Rücken des Schwans fallen. Ich beobachtete, wie ein kleines Rauchwölkchen aus dem Schwan aufstieg.

Der Farbfernseher lief, also blickten wir einen Moment lang darauf. Es war ein Autorennen. Der Reporter sprach mit Grabesstimme. Aber es klang so, als hielte er zugleich eine gewisse Aufregung zurück. »Wir warten noch, bis wir die offizielle Bestätigung haben«, sagte der Reporter.

»Wollt ihr das sehen?« sagte Bud. Er stand noch.

Ich sagte, mir sei es egal. Und mir war's auch egal. Fran zuckte mit den Schultern. Was hatte das schon zu bedeuten, schien sie zu sagen. Der Tag war sowieso im Eimer.

»Es sind nur noch ungefähr zwanzig Runden«, sagte Bud. »Ist ein enges Rennen. Vorhin hat's einen großen Unfall gegeben. Hat ein halbes Dutzend Wagen außer Gefecht gesetzt. Ein paar Fahrer sind verletzt. Sie haben nicht gesagt, wie schlimm.«

»Lass es an«, sagte ich. »Sehen wir's uns an.«

»Vielleicht explodiert ja eins von diesen verdammten Autos direkt vor unseren Augen«, sagte Fran. »Oder vielleicht rast eins in die Tribüne und zerquetscht den Kerl, der da die miesen Hot Dogs verkauft.« Sie nahm eine Haarsträhne zwischen die Finger, den Blick fest auf den Fernsehapparat gerichtet.

Bud guckte Fran an. Er wollte sehen, ob sie Spaß machte. »Die Sache vorhin, dieser Unfall, das war vielleicht was. Das ging Schlag auf Schlag. Autos, Autoteile, Leute – alles lag überall rum. Na gut, was kann ich euch bringen? Wir haben Bier, und da ist auch eine Flasche Old Crow.«

»Was trinkst du?« sagte ich zu Bud.

»Bier«, sagte Bud. »Ist schön kalt.«

»Ich nehm ein Bier«, sagte ich.

»Ich nehme etwas von dem Old Crow und ein bisschen Wasser dazu«, sagte Fran. »In einem großen Glas, bitte. Mit ein bisschen Eis. Vielen Dank, Bud.«

»Geht in Ordnung«, sagte Bud. Er warf noch einen Blick auf den Fernseher und ging raus in die Küche.

Fran stieß mich an und nickte in Richtung des Fernsehapparats. »Guck mal, da oben«, flüsterte sie. »Siehst du, was ich sehe?« Ich guckte, wohin sie guckte. Da stand eine schlanke rote Vase, in die jemand ein paar Gänseblümchen gesteckt hatte. Und neben der Vase, auf dem Zierdeckchen, lag ein alter Gipsabdruck von den krummsten und schiefsten Zähnen der Welt. Es gab keine Lippen zu dem furchtbar aussehenden Ding und auch keinen Kiefer, nur diese alten Gipszähne, die in etwas steckten, das wie dicke gelbe Gaumen aussah.

In diesem Moment kam Olla wieder rein, mit einer Dose mit gemischten Nüssen und einer Flasche Root Beer. Die Schürze hatte sie inzwischen abgenommen. Sie stellte die Dose mit Nüssen auf den Sofatisch, neben den Schwan. Sie sagte: »Bedient euch. Bud holt eure Drinks.« Ollas Gesicht wurde wieder rot, als sie das sagte. Sie setzte sich in einen alten Schaukelstuhl aus Rohr und fing an zu schaukeln. Sie trank von ihrem Root Beer und guckte auf den Bildschirm. Bud kam wieder rein. Er trug ein kleines Holztablett, auf dem Frans Glas mit Whiskey und Wasser stand und meine Flasche Bier. Er hatte auf dem Tablett auch eine Flasche Bier für sich selbst.

»Willst du ein Glas haben?« fragte er mich.

Ich schüttelte den Kopf. Er tippte mir mit der Hand auf die Knie und wandte sich Fran zu.

Sie nahm ihr Glas von Bud entgegen und sagte: »Vielen Dank.« Ihre Augen wanderten wieder zu den Zähnen. Bud sah, wohin sie guckte. Die Autos kreischten die Piste entlang. Ich nahm das Bier und wandte meine Aufmerksamkeit dem Bildschirm zu. Die Zähne gingen mich nichts an.

»So haben Ollas Zähne ausgesehen, ehe sie ihre Klammern bekommen hat«, sagte Bud. »Ich hab mich daran gewöhnt. Aber ich nehm an, sie sehen komisch aus da oben. Ich weiß beim besten Willen nicht, warum sie sie immer da stehen haben will.« Er sah zu Olla rüber. Dann sah er mich an und zwinkerte. Er setzte sich auf seinen Fernsehsessel und schlug ein Bein über das andere. Er trank von seinem Bier und sah Olla an.

Olla wurde wieder rot. Sie hielt ihre Flasche Root Beer in der Hand. Sie trank einen Schluck davon. Dann sagte sie: »Sie sollen mich daran erinnern, wie viel ich Bud verdanke.«

»Was war das?« sagte Fran. Sie fingerte in der Dose mit Nüssen herum und nahm sich die Cashewnüsse. Fran unterbrach ihre Suche und sah Olla an. »Entschuldigung, aber ich hab das gerade nicht mitgekriegt.« Fran starrte die Frau an und wartete darauf, was sie als Nächstes sagen würde.

Ollas Gesicht wurde wieder rot. »Es gibt eine Menge Dinge, für die ich dankbar sein muss«, sagte sie. »Und das da ist eins von den Dingen, für die ich dankbar bin. Ich hab sie immer da stehen, damit sie mich daran erinnern, wie viel ich Bud verdanke.« Sie trank von ihrem Root Beer. Dann senkte sie die Flasche und sagte: »Du hast sehr schöne Zähne, Fran. Das ist mir gleich aufgefallen. Meine Zähne dagegen, die waren schon krumm und schief, als ich ein Kind war.« Mit dem Nagel des Zeigefingers tippte sie sich an die Schneidezähne. Sie sagte: »Meine Eltern konnten es sich nicht leisten, Zähne in Ordnung bringen zu lassen. Meine Zähne waren eben so gewachsen. Und meinem ersten Mann war es egal, wie ich aussah. Es war ihm völlig egal! Ihm war alles egal, außer, woher er seinen nächsten Drink kriegte. Er hatte nur einen einzigen Freund auf der Welt, und das war die Flasche.« Sie schüttelte den Kopf. »Dann kam Bud und hat mir aus dieser Misere rausgeholfen. Als wir zusammen waren, hat Bud als Erstes gesagt: ›Wir müssen deine Zähne in Ordnung bringen lassen.‹ Den Abdruck da haben sie gleich, nachdem Bud und ich uns kennen gelernt hatten, gemacht, bei meinem zweiten Besuch beim Kieferorthopäden. Kurz bevor die Klammern eingesetzt wurden.«

Ollas Gesicht blieb rot. Sie blickte auf den Bildschirm. Sie trank von ihrem Root Beer und hatte anscheinend nichts weiter zu sagen.

»Dieser Kieferorthopäde muss ein Zauberkünstler gewesen sein«, sagte Fran. Sie blickte wieder zu den Schreckens-Zähnen oben auf dem Fernsehapparat.

»Er war fantastisch«, sagte Olla. Sie drehte sich in ihrem Schaukelstuhl in unsere Richtung und sagte: »Seht ihr?« Sie machte den Mund auf und zeigte uns wieder ihre Zähne, jetzt gar nicht mehr schüchtern.

Bud war zum Fernsehapparat gegangen und hatte die Zähne aufgenommen. Er ging zu Olla hinüber und hielt sie neben Ollas Wange. »Vorher und nachher«, sagte Bud.

Olla hob die Hand und nahm Bud den Abdruck aus der Hand. »Und wisst ihr was? Der Kieferorthopäde wollte das hier behalten.« Sie hielt den Abdruck im Schoß, während sie sprach. »Ich hab gesagt, nichts da. Ich hab ihm klar gemacht, dass es *meine* Zähne waren. Also hat er stattdessen Fotos davon gemacht. Er hat gesagt, er würde die Bilder in eine Zeitschrift bringen.«

Bud sagte: »Stellt euch vor! Was das wohl für eine Zeitschrift war. Bestimmt kein sehr gefragtes Blatt, nehm ich an«, sagte er, und wir alle lachten.

»Als die Klammern rausgenommen wurden, hab ich immer noch die Hand vor den Mund gehalten, wenn ich gelacht hab. So ungefähr«, sagte sie. »Manchmal tu ich's jetzt noch. Eine Angewohnheit. Eines Tages hat Bud gesagt: ›Du kannst aufhören, das jedes Mal zu tun, Olla. Du brauchst so hübsche Zähne wie die nicht zu verstecken. Du hast jetzt schöne Zähne.‹« Olla sah zu Bud hinüber. Bud zwinkerte ihr zu. Sie grinste und senkte die Augen.

Fran trank aus ihrem Glas. Ich trank einen Schluck von meinem Bier. Ich wusste nicht, was ich dazu sagen sollte. Fran wusste es auch nicht. Aber ich wusste, dass Fran später eine Menge dazu zu sagen haben würde.

Ich sagte: »Olla, ich hab hier mal angerufen. Du warst am Telefon. Aber ich hab aufgelegt. Ich weiß nicht, warum ich aufgelegt hab.« Ich sagte das, und dann trank ich von meinem Bier. Ich wusste selbst nicht, warum ich das jetzt gesagt hatte.

»Ich kann mich nicht erinnern«, sagte Olla. »Wann war das?«

»Ist schon eine Weile her.«

»Ich kann mich nicht erinnern«, sagte sie und schüttelte den Kopf. Sie strich mit den Fingern über die Gipszähne in ihrem Schoß. Sie richtete den Blick auf das Autorennen und fing wieder an zu schaukeln.

Fran sah zu mir herüber. Sie zog die Lippe zwischen die Zähne. Aber sie sagte nichts.

Bud sagte: »Na, und was gibt's sonst Neues?«

»Nehmt noch ein paar Nüsse«, sagte Olla. »Das Abendessen ist bald fertig.«

Man hörte einen Schrei aus einem Zimmer hinten im Haus.

»Nein, bitte nicht«, sagte Olla zu Bud und verzog das Gesicht.

»Der alte Junior!« sagte Bud. Er lehnte sich in seinem Sessel zurück, und wir sahen uns das Ende des Rennens an, drei oder vier Runden, ohne Ton.

Noch ein Mal oder zwei Mal hörten wir das Baby, kleine ängstliche Schreie, die aus dem Zimmer hinten im Haus kamen.

»Ich weiß nicht«, sagte Olla. Sie stand von ihrem Schaukelstuhl auf. »Es ist alles soweit, dass wir uns hinsetzen können. Ich muss nur noch die Sauce einfüllen. Aber ich werd lieber erst mal nach dem Kleinen sehen. Warum geht ihr nicht rüber und setzt euch an den Tisch? Ich bin gleich wieder da.«

»Ich würde das Baby gern sehen«, sagte Fran.

Olla hielt noch immer die Zähne in den Händen. Sie ging hinüber und stellte den Abdruck wieder oben auf den Fernsehapparat. »Es könnte ihn jetzt aufregen«, sagte sie. »Er ist Fremde nicht gewöhnt. Wir warten mal ab, ob ich ihn wieder zum Einschlafen bringen kann. Dann kannst du mal reinschauen. Wenn er schläft.« Sie sagte das, und dann ging sie durch den Flur zu einem Zimmer und öffnete eine Tür. Sie schlüpfte hinein und schloss die Tür hinter sich. Das Baby hörte auf zu schreien.

Bud stellte den Fernseher ab, und wir gingen rüber und setzten uns an den Tisch. Bud und ich sprachen über Dinge bei der Arbeit. Fran hörte zu. Hin und wieder stellte sie sogar eine Frage. Aber ich merkte ihr an, dass sie sich langweilte, und vielleicht war sie etwas eingeschnappt, weil Olla nicht wollte, dass sie sich das Baby ansah. Sie guckte sich in Ollas Küche um. Sie wickelte sich eine Haarsträhne um die Finger und musterte Ollas Sachen.

Olla kam wieder in die Küche und sagte: »Ich hab ihn frisch gewickelt und hab ihm seine Gummiente gegeben. Vielleicht lässt er uns jetzt in Ruhe essen. Aber verlassen könnt ihr euch nicht darauf.« Sie hob einen Deckel ab und nahm eine Pfanne vom Herd. Sie goss rote Bratensauce in eine Schüssel und stellte die Schüssel auf den Tisch. Sie nahm die Deckel von anderen Töpfen ab und sah nach, ob alles fertig war. Auf dem Tisch waren gebackener Schinken, süße Kartoffeln, Kartoffelbrei, Limabohnen, Maiskolben, grüner Salat. Frans Brotlaib stand in der Mitte neben dem Schinken.

»Ich hab die Servietten vergessen«, sagte Olla. »Fangt ihr alle an. Wer möchte was zum Trinken? Bud trinkt Milch zu allen Mahlzeiten.«

»Milch ist prima«, sagte ich.

»Für mich Wasser«, sagte Fran. »Aber ich kann's mir holen. Ich möchte nicht, dass du mich bedienst. Du hast genug zu tun.« Sie machte Anstalten, von ihrem Stuhl aufzustehen.

Olla sagte: »Bitte. Du bist hier Gast. Bleib sitzen. Ich hol es schon.« Wieder errötete sie.

Wir saßen da, die Hände im Schoß, und warteten. Ich musste an die Gipszähne denken. Olla kam zurück und brachte Servietten, große Gläser mit Milch für Bud und mich und ein Glas Eiswasser für Fran. Fran sagte: »Danke.«

»Bitte sehr«, sagte Olla. Dann setzte auch sie sich. Bud räusperte sich. Er neigte den Kopf und sprach ein kurzes Gebet. Er redete mit so leiser Stimme, dass ich die Worte kaum verstehen konnte. Aber ich kriegte den Sinn mit – er dankte dem Allmächtigen für die Speisen, die wir gleich zu uns nehmen würden.

»Amen«, sagte Olla, als er fertig war.

Bud reichte mir die Platte mit dem Schinken und füllte sich Kartoffelbrei auf. Und dann fingen wir an zu essen. Wir sagten nicht viel, außer dass Bud oder ich hin und wieder sagten: »Das ist wirklich guter Schinken.« Oder: »Dieser Mais ist der beste Mais, den ich je gegessen hab.«

»Dieses Brot, das ist aber was Besonderes«, sagte Olla.

»Ich nehm gern noch Salat, Olla«, sagte Fran, die nach und nach vielleicht ein bisschen lockerer wurde.

»Nimm noch mehr von dem hier«, sagte Bud jedes Mal, wenn er mir die Platte mit Schinken reichte, oder die Schüssel mit roter Bratensauce.

Ab und zu hörten wir das Baby seine kleinen Geräusche machen. Olla hob jedes Mal den Kopf und horchte und wandte sich dann, befriedigt, dass das Baby nur quengelte, wieder ihrem Essen zu.

»Der Kleine ist heute Abend irgendwie durcheinander«, sagte Olla zu Bud.

»Ich würde ihn trotzdem gern mal angucken«, sagte Fran. »Meine Schwester hat ein kleines Baby. Aber sie und das Baby leben in Denver. Und wann komme ich schon mal nach Denver? Da hab ich eine Nichte und hab sie noch nicht mal gesehen.« Fran dachte einen Augenblick darüber nach, und dann fing sie wieder an zu essen.

Olla schob sich mit der Gabel ein Stück Schinken in den Mund. »Hoffentlich schläft er ein«, sagte sie.

Bud sagte: »Es ist von allem noch eine Menge da. Nehmt doch alle noch von dem Schinken und den süßen Kartoffeln.«

»Ich krieg keinen Bissen mehr runter«, sagte Fran. Sie legte ihre Gabel auf den Teller. »Es schmeckt fantastisch, aber mehr kann ich nicht essen.«

»Lasst noch etwas Platz«, sagte Bud. »Olla hat Rhabarberkuchen gemacht.«

Fran sagte: »Ich glaub, davon könnte ich noch ein Stückchen essen. Wenn alle anderen fertig sind.«

»Ich auch«, sagte ich. Aber ich sagte es nur aus Höflichkeit. Ich konnte Rhabarberkuchen nicht ausstehen, seit mir mit dreizehn Jahren einmal übel davon geworden war, als ich ihn mit Erdbeereis gegessen hatte.

Wir aßen auf, was auf unseren Tellern war. Dann hörten wir den verdammten Pfau wieder kreischen. Diesmal war das Ding auf dem Dach. Wir konnten es über unseren Köpfen hören. Es machte ein tickendes Geräusch, als es auf den Holzschindeln hin und her trippelte.

Bud schüttelte den Kopf. »Joey hört bestimmt gleich damit auf. Er wird es bald leid sein und schlafen gehen«, sagte Bud. »Er schläft in einem von den Bäumen.«

Der Vogel stieß wieder seinen Schrei aus. »*Mä-oooa!*« tönte es. Keiner sagte etwas. Was gab es da auch zu sagen?

Dann sagte Olla: »Er will rein, Bud.«

»Aber er kann nicht reinkommen«, sagte Bud. »Wir haben Gäste, falls du es nicht bemerkt haben solltest. Diese Leute wollen keinen gottverdammten alten Vogel im Haus. Dieser schmutzige Vogel und deine alten Zähne! Was sollen die Leute denken?« Er schüttelte den Kopf. Er lachte. Wir alle lachten. Fran lachte mit uns anderen.

»Er ist nicht *schmutzig*, Bud«, sagte Olla. »Was ist in dich gefahren? Du magst Joey. Seit wann nennst du ihn auf einmal schmutzig?«

»Seit er auf den Teppich gekackt hat, seit damals«, sagte Bud. »Entschuldige bitte den Ausdruck«, sagte er zu Fran. »Aber ich sag euch, manchmal könnte ich dem alten Vieh den Hals umdrehen. Er ist es nicht mal wert, dass man ihn tötet, stimmt's, Olla? Manchmal scheucht er mich mitten in der Nacht aus dem Bett mit seinem Gekreisch. Er ist keinen Cent wert – hab ich Recht, Olla?«

Olla schüttelte den Kopf über Buds unsinniges Gerede. Sie schob ein paar Limabohnen auf ihrem Teller herum.

»Wie seid ihr überhaupt an einen Pfau gekommen?« wollte Fran wissen.

Olla sah von ihrem Teller auf. Sie sagte: »Es war mein Traum, ich wollte immer gern einen Pfau haben. Seit ich als kleines Mädchen einmal einen in einer Zeitschrift gesehen hab. Ich fand, es war das Schönste, was ich je gesehen hatte. Ich hab das Bild ausgeschnitten und über mein Bett gehängt. Ich hatte das Bild ganz lange. Dann, als Bud und ich das Haus hier kriegten, sah ich meine Chance. Ich sagte: ›Bud, ich möchte einen Pfau haben.‹ Bud hat über die Idee gelacht.«

»Schließlich hab ich rumgefragt«, sagte Bud. »Jemand erzählte mir von einem alten Mann im Nachbar-County, der sie züchtete. Paradiesvögel nannte er sie. Wir haben hundert Dollar für diesen Paradiesvogel hingelegt«, sagte er. Er schlug sich mit der flachen Hand an die Stirn. »Allmächtiger Gott, ich hab mir eine Frau mit teuren Neigungen eingefangen.« Er sah Olla grinsend an.

»Bud«, sagte Olla, »du weißt, das ist nicht wahr. Abgesehen von allem anderen ist Joey ein guter Wachhund«, sagte sie zu Fran. »Solange wir Joey haben, brauchen wir keinen Wachhund. Er hört praktisch alles.«

»Wenn harte Zeiten kommen, was gut passieren könnte, stecke ich Joey in den Kochtopf«, sagte Bud. »Mitsamt Federn und allem.«

»Bud! Das ist überhaupt nicht komisch«, sagte Olla. Aber sie lachte, und wir bekamen wieder einen Moment lang ihre Zähne zu sehen.

Das Baby fing wieder an. Diesmal war es ein ernstes Schreien. Olla legte ihre Serviette hin und stand auf.

Bud sagte: »Wenn's das eine nicht ist, ist's das andere. Bring ihn doch einfach mit, Olla.«

»Mach ich«, sagte Olla, und ging, um das Baby zu holen.

Der Pfau stieß wieder seinen klagenden Schrei aus, und ich spürte, wie sich mir die Haare im Nacken aufstellten. Ich sah Fran an. Sie nahm ihre Serviette und legte sie dann wieder hin. Ich sah zum Küchenfenster hinüber. Draußen war es dunkel. Das Fenster war hochgeschoben, aber es war ein Fliegengitter im Fensterrahmen. Ich glaubte, den Vogel auf der Veranda zu hören.

Fran wandte den Kopf und sah den Flur hinunter. Sie hielt nach Olla und dem Baby Ausschau.

Nach einiger Zeit kam Olla zurück, mit dem Baby. Ich sah das Baby an und holte tief Luft. Olla setzte sich mit dem Baby an den Tisch. Sie hielt es unter den Armen, so dass es auf ihrem Schoß stehen und uns sehen konnte. Sie sah Fran an und dann mich. Jetzt wurde sie nicht rot. Sie wartete darauf, dass einer von uns etwas sagte.

»Ah!« sagte Fran.

»Was ist?« sagte Olla sofort.

»Nichts«, sagte Fran. »Ich dachte, ich hätte was draußen vorm Fenster gesehen. Ich dachte, ich hätte eine Fledermaus gesehen.«

»Wir haben hier in der Gegend keine Fledermäuse«, sagte Olla.

»Vielleicht war's ein Nachtfalter«, sagte Fran. »Irgendwas war da. Aber«, sagte sie, »das ist ja mal ein Baby.«

Bud sah den Kleinen an. Dann sah er zu Fran hinüber. Er kippte seinen Stuhl auf die hinteren Beinen und nickte. Er nickte wieder und sagte: »Ist schon in Ordnung, macht euch keine Sorgen. Wir wissen selbst, im Moment würde er keinen Schönheitswettbewerb gewinnen. Er ist kein Clark Gable. Aber gebt ihm Zeit. Mit ein bisschen Glück, versteht ihr, wird er groß werden und eines Tages so aussehen wie sein alter Herr.«

Das Baby stand auf Ollas Schoß, blickte auf dem Tisch herum und sah uns an. Olla hatte die Hände nach unten geschoben und hielt es an der Taille umfasst, so dass das Baby auf seinen dicken Beinen hin und her schaukeln konnte. Es war, ohne Ausnahme, das hässlichste Baby, das ich je gesehen hatte. Es war so hässlich, dass ich nichts sagen konnte. Kein Wort kam mir über die Lippen. Ich will damit nicht sagen, dass es irgendwie krank oder missgebildet war. Nichts dergleichen. Es war einfach nur hässlich. Es hatte ein großes rotes Gesicht, Glupschaugen, eine breite Stirn und große, dicke Lippen. Es hatte sozusagen keinen Hals, und es hatte ein Dreifach- oder Vierfachkinn. Die Kinnfalten rollten sich rauf bis unter die Ohren, und die Ohren standen weit ab von seinem kahlen Kopf. Fettwülste hingen über seinen Handgelenken. Die Arme und die Finger waren fett. Zu sagen, das Baby sei hässlich, war noch geschmeichelt.

Das hässliche Baby machte seine kleinen Geräusche und hüpfte auf dem Schoß seiner Mutter auf und ab. Dann hörte es auf zu hüpfen. Es beugte sich vor und versuchte, mit seiner dicken Hand auf Ollas Teller zu greifen.
Ich habe einige kleine Kinder gesehen. In den Jahren, als ich heranwuchs, haben meine zwei Schwestern insgesamt sechs Babys gekriegt. Ich bin als Junge oft von Babys umgeben gewesen. Ich habe Kleinkinder in Läden gesehen, und so weiter. Aber dieses Baby schlug alles. Auch Fran starrte es an. Ich nehme an, sie wusste auch nicht, was sie sagen sollte.
»Ein kräftiger Bursche, was?« sagte ich.
Bud sagte: »Nicht mehr lange, bei Gott, und er wird als Footballspieler groß rauskommen. Ganz bestimmt wird er in diesem Haus niemals Hunger leiden.«
Und wie zur Bekräftigung steckte Olla ihre Gabel in ein paar Stückchen von den süßen Kartoffeln und hob dem Kleinen

die Gabel an den Mund. »Er ist mein Baby. Stimmt's?« sagte sie zu dem dicken Ding und beachtete uns nicht.

Der Kleine beugte sich vor und sperrte in Erwartung der süßen Kartoffeln Mund und Augen auf. Er griff nach Ollas Gabel, als Olla ihm die Kartoffelstückchen in den Mund schob, dann presste er die Lippen aufeinander. Der Kleine kaute das Zeug und schaukelte noch mehr auf Ollas Schoß herum. Er war so glupschäugig, es sah aus, als wäre er an eine Steckdose angeschlossen.

Fran sagte: »Das ist ja mal ein Baby, Olla.«

Das Baby verzog das Gesicht. Es fing wieder an zu quengeln und zu strampeln.

»Lass Joey rein«, sagte Olla zu Bud.

Bud ließ die vorderen Beine seines Stuhls auf den Fußboden runter. »Ich finde, wir sollten wenigstens die Leute hier fragen, ob sie was dagegen haben«, sagte Bud.

Olla guckte Fran an, und dann guckte sie mich an. Ihr Gesicht war wieder rot geworden. Das Baby zappelte weiter auf ihrem Schoß herum und wand sich, weil es runter wollte.

»Wir sind doch alle Freunde hier«, sagte ich. »Macht einfach, was ihr wollt.«

Bud sagte: »Vielleicht wollen sie keinen großen alten Vogel wie Joey im Haus haben. Hast du daran mal gedacht, Olla?«

»Habt ihr Leute was dagegen?« fragte uns Olla. »Wenn Joey reinkommt? Alles ist durcheinander mit dem Vogel, heut Abend. Und mit dem Kleinen auch. Er ist es gewohnt, dass Joey reinkommt und ein bisschen mit ihm rumalbert, ehe er ins Bett muss. Beide kommen nicht zur Ruhe heut Abend.«

»Fragt uns nicht«, sagte Fran. »Ich hab nichts dagegen, dass er reinkommt. Ich bin noch nie einem so nahe gekommen.

Aber ich hab nichts dagegen.« Sie sah mich an. Ich meine, ich hab ihr angesehen, dass sie wollte, dass ich etwas sagte.

»Verdammt, nein«, sagte ich. »Lasst ihn rein.« Ich griff nach meinem Glas und trank die Milch aus.

Bud stand auf. Er ging zur Haustür und öffnete sie. Er schaltete die Lampen draußen im Hof an.

»Wie heißt der Kleine denn?« wollte Fran wissen.

»Harold«, sagte Olla. Sie gab Harold noch mehr von den süßen Kartoffeln auf ihrem Teller. »Er ist wirklich klug. Ein schlaues Kerlchen. Weiß immer ganz genau, was man zu ihm sagt. Stimmt's, Harold? Wart nur, bis du selbst eins kriegst, Fran. Du wirst schon sehen.«

Fran sah sie nur an. Ich hörte, wie die Haustür aufging und dann geschlossen wurde.

»Er ist klug, wirklich«, sagte Bud, als er wieder in die Küche kam. »Er schlägt Ollas Dad nach. Na, das war vielleicht ein kluger alter Junge.«

Ich blickte in den Raum hinter Bud und sah den Pfau, der zögernd im Wohnzimmer stand und seinen Kopf nach rechts und nach links drehte, so wie man einen Handspiegel drehen würde. Er schüttelte sich, und es klang so, als würden im anderen Zimmer Spielkarten gemischt.

Er kam einen Schritt näher. Dann noch einen Schritt.

»Darf ich mal das Baby halten?« sagte Fran. Sie sagte es so, als wäre es eine besondere Gunst, wenn Olla es ihr erlaubte.

Olla gab ihr das Baby, über den Tisch hinweg.

Fran versuchte, das Baby auf ihren Schoß zu setzen. Aber es fing an, sich zu winden und seine kleinen Geräusche zu machen.

»Harold«, sagte Fran.

Olla beobachtete Fran, wie sie das Baby hielt. Sie sagte: »Als

Harolds Opa sechzehn Jahre alt war, hat er sich daran gemacht, das Lexikon von A bis Z zu lesen. Und er hat es geschafft. Er kam zum Ende, als er zwanzig war. Kurz bevor er meine Mama kennen gelernt hat.«

»Wo ist er jetzt?« fragte ich. »Was macht er?« Ich wollte wissen, was aus einem Mann geworden war, der sich ein solches Ziel gesetzt hatte.

»Er ist tot«, sagte Olla. Sie beobachtete Fran, die inzwischen das Baby auf den Rücken gelegt hatte, quer über ihre Knie. Fran kitzelte den Kleinen unter seinen Kinnfalten. Sie fing an, in Babysprache zu ihm zu sprechen.

»Er war Waldarbeiter«, sagte Bud. »Holzfäller haben einen Baum auf ihn fallen lassen.«

»Mama hat ein bisschen Geld von der Versicherung gekriegt«, sagte Olla. »Aber das hat sie ausgegeben. Bud schickt ihr jeden Monat was.«

»Nicht viel«, sagte Bud. »Wir haben selbst nicht gerade viel. Aber sie ist Ollas Mutter.« Inzwischen hatte der Pfau seinen Mut zusammengenommen und bewegte sich langsam, mit kleinen schwankenden und ruckartigen Bewegungen, in die Küche. Sein Kopf war hoch aufgerichtet, aber er hielt ihn schief, und seine roten Augen fixierten uns. Sein Kamm, ein kleines Federbüschel, stand ein paar Zentimeter über seinem Kopf. Federn hoben sich aus seinem Schwanz. Der Vogel blieb ein paar Schritte vor dem Tisch stehen und musterte uns.

»Sie nennen sie nicht umsonst Paradiesvögel«, sagte Bud. Fran blickte nicht auf. Sie wandte ihre ganze Aufmerksamkeit dem Kleinen zu. Sie hatte angefangen, mit ihm Backebacke-Kuchen zu spielen, was dem Kleinen ein bisschen Spaß machte. Ich meine, zumindest hatte er aufgehört zu quengeln. Sie nahm ihn hoch und legte ihn an ihren Hals und flüsterte ihm was ins Ohr.

»So«, sagte sie, »und dass du keinem verrätst, was ich gesagt hab.«

Das Baby starrte sie mit seinen Glupschaugen an. Dann streckte es die Hand aus und packte eine Babyhand voll von Frans blonden Haaren. Der Pfau trat näher an den Tisch heran. Keiner von uns sagte etwas. Wir saßen nur still da. Baby Harold sah den Vogel. Es ließ Frans Haare los und stellte sich auf ihren Schoß. Es zeigte mit seinen dicken Fingern auf den Vogel. Es hüpfte auf und ab und machte Geräusche.

Der Pfau trippelte mit schnellen Schritten um den Tisch herum und ging zu dem Kleinen. Er fuhr mit seinem langen Hals über die Beine des Babys. Er stieß seinen Schnabel unter das Pyjamaoberteil des Kleinen und bewegte seinen steifen Kopf vor und zurück. Das Baby lachte und strampelte mit den Füßen. Es ließ sich auf den Rücken gleiten, arbeitete sich über Frans Knie und dann runter auf den Fußboden. Der Pfau stieß immer noch sanft mit dem Kopf gegen das Baby, als wäre dies ein Spiel, das sie immer spielten. Fran hielt das Baby an ihre Beine gedrückt, während das Baby vorwärts strebte.

»Ich kann das einfach nicht glauben«, sagte sie.

»Der Pfau ist verrückt, das ist alles«, sagte Bud. »Der verdammte Vogel weiß nicht, dass er ein Vogel ist, das ist sein Problem.«

Olla grinste und zeigte wieder ihre Zähne. Sie guckte zu Bud hinüber. Bud schob seinen Stuhl vom Tisch zurück und nickte.

Es *war* ein hässliches Baby. Aber ich glaube, das machte den beiden, Bud und Olla, nichts weiter aus. Und wenn doch, dann dachten sie vielleicht einfach: Okay, selbst wenn es hässlich ist, es ist unser Baby. Und das ist jetzt nur ein Stadium. Bald kommt ein anderes Stadium. Erst kommt das eine Stadium, und dann kommt ein anderes. Auf die Dauer wird alles gut werden, irgendwann sind alle Stadien durch-laufen. Vielleicht haben sie etwas in der Richtung gedacht.

Bud nahm den Kleinen hoch und schwang ihn über seinem Kopf, bis Harold kreischte. Der Pfau plusterte sich auf und sah zu.

Fran schüttelte wieder den Kopf. Sie glättete ihr Kleid da, wo das Baby gewesen war. Olla nahm ihre Gabel und schob ein paar Limabohnen auf ihrem Teller herum.

Bud setzte den Kleinen auf seine Hüfte und sagte: »Es gibt noch Kuchen und Kaffee.«

Dieser Abend bei Bud und Olla war etwas Besonderes. Ich wusste, dass er etwas Besonderes war. An diesem Abend fand ich fast alles in meinem Leben gut. Ich konnte es kaum abwarten, mit Fran allein zu sein und mit ihr über das, was ich empfand, zu sprechen. Ich wollte mir an diesem Abend etwas wünschen. Während ich da am Tisch saß, schloss ich einen Moment lang die Augen und dachte fest daran. Ich wünschte mir, dass ich diesen Abend nie vergessen, dass er mir nie entgleiten würde. Das war ein Wunsch, der in Erfül-lung ging. Und es war mein Pech, dass es tat. Aber natür-lich konnte ich das damals nicht wissen.

»Was denkst du gerade, Jack?« sagte Bud zu mir.

»Ich denk nur so«, sagte ich, und ich sah ihn grinsend an.

»Ich würd was drum geben, wenn ich wüsste, was«, sagte Olla.

Ich grinste nur noch ein bisschen mehr und schüttelte den Kopf.

Als wir an diesem Abend von Bud und Olla nach Hause ka-men und als wir unter der Decke lagen, sagte Fran: »Schatz, fülle mich mit deinem Samen!« Als sie das sagte, hörte ich sie ganz bis runter in die Zehenspitzen, und ich brüllte und ließ es strömen.

Später, nachdem sich alles für uns verändert hatte und das Kind gekommen war und all das, blickte Fran manchmal zurück auf den Abend damals bei Bud und meinte, das sei der Anfang der Veränderung gewesen. Aber sie irrt sich. Die Veränderung kam später – und als sie kam, war sie wie etwas, das anderen Leuten zustieß, nicht wie etwas, das uns je hätte zustoßen können.

»Diese gottverdammten Leute mit ihrem hässlichen Baby«, sagt Fran manchmal ohne ersichtlichen Grund, während wir vielleicht spät am Abend noch fernsehen. »Und dieser stinkende Vogel!« sagt sie dann. »Gott nochmal, wer braucht denn so was!« sagt Fran dann. Sie sagt solche Sachen oft, obwohl sie Bud und Olla seit dem einen Mal nicht mehr gesehen hat.

Fran arbeitet nicht mehr in der Molkerei, und schon vor langer Zeit hat sie sich die Haare abschneiden lassen. Obendrein ist sie auch noch dick geworden. Wir reden nicht darüber. Was soll man dazu sagen?

Bud sehe ich nach wie vor in der Fabrik. Wir arbeiten zusammen, und wir öffnen mittags unsere Lunchdosen zusammen. Wenn ich frage, erzählt er mir von Olla und Harold. Von Joey ist nicht mehr die Rede. Er ist auf seinen Baum geflogen, eines Abends, und das war's dann für ihn. Er ist nicht wieder runtergekommen. Das Alter vielleicht, sagt Bud. Jetzt saßen die Eulen da oben. Bud zuckt mit den Schultern. Er isst sein Brot und sagt, dass Harold sicher eines Tages Linebacker wird. »Du solltest ihn sehen, den Jungen«, sagt Bud. Ich nicke. Wir sind noch Freunde. Daran hat sich nichts geändert. Aber ich bin vorsichtig geworden mit dem, was ich ihm erzähle. Und ich weiß, er spürt das und wünschte, es wäre anders. Ich wünschte das auch.

Ganz selten fragt er mich nach meiner Familie. Wenn er es tut, sage ich ihm, dass es allen gut geht. »Allen geht's gut«, sage ich. Ich schließe die Lunchdose und nehme meine Zigaretten aus der Tasche. Bud nickt und schlürft seinen Kaffee. Die Wahrheit ist, dass mein Junge etwas Hinterhältiges an sich hat. Aber ich spreche nicht darüber. Nicht einmal mit seiner Mutter. Mit ihr schon gar nicht. Sie und ich sprechen immer weniger, so wie die Dinge liegen. Meistens ist es nur das Fernsehen. Aber ich erinnere mich an den Abend. Ich sehe noch, wie der Pfau seine grauen Füße hob und zentimeterweise um den Tisch herum trippelte. Und dann sagten uns mein Freund und seine Frau auf der Veranda gute Nacht. Olla schenkte Fran ein paar Pfauenfedern, die sie mit nach Hause nehmen sollte. Ich weiß noch, wie wir uns alle die Hände schüttelten, einander umarmten und dabei redeten. Im Auto setzte sich Fran dicht neben mich, als wir wegfuhren. Sie legte die Hand auf meinen Oberschenkel. So fuhren wir vom Haus meines Freundes nach Hause.

Chefs Haus

In dem Sommer mietete Wes nördlich von Eureka ein möbliertes Haus von einem ehemaligen Alkoholiker, der Chef hieß. Dann rief Wes mich an, bat mich, alles zu vergessen, was bei mir lief; ich solle raufkommen und da oben mit ihm zusammen leben. Er sagte, er sei auf Entzug. Ich wusste schon, dass das nichts bedeutete. Aber er ließ sich nicht abwimmeln. Er rief wieder an und sagte: Edna, du kannst den Ozean vom vorderen Fenster aus sehen. Du kannst Salz in der Luft riechen. Ich achtete darauf, wie er redete. Er sprach klar und deutlich. Ich sagte: Ich werd's mir überlegen. Und ich überlegte es mir. Eine Woche später rief er wieder an und sagte: Kommst du nun? Ich sagte: Ich überlege noch. Er sagte: Wir fangen von vorn an. Ich sagte: Wenn ich raufkomme, möchte ich, dass du was für mich tust. Sag, was, sagte Wes. Ich sagte, ich möchte, dass du versuchst, wieder der Wes zu sein, den ich gekannt hab. Der alte Wes. Der Wes, den ich geheiratet hab. Wes fing an zu weinen, aber ich nahm es als ein Zeichen seiner guten Absichten. Ich sagte: Also gut, ich komm rauf.

Wes hatte seine Freundin verlassen, oder sie hatte ihn verlassen – ich wusste es nicht, es war mir egal. Als ich mich entschlossen hatte, zu Wes zu gehen, musste ich meinem Freund Lebewohl sagen. Mein Freund sagte: Du machst einen Fehler. Er sagte: Tu mir das nicht an. Was ist mit uns? sagte er. Ich sagte: Ich muss es tun, um seinetwillen. Er versucht, nüchtern zu bleiben. Du weißt doch noch, wie das ist.

Ich weiß es noch, sagte mein Freund, aber ich möchte nicht, dass du weggehst. Ich sagte, ich gehe für den Sommer. Dann werd ich weiter sehen. Ich komme sicher zurück, sagte ich. Er sagte: Und was wird aus mir? Was tust du um *meinet-* willen? Komm nicht zurück, sagte er.

Wir tranken Kaffee, Brause und alle Sorten von Frucht-säften in jenem Sommer. Den ganzen Sommer lang hatten wir nichts anderes zu trinken im Haus. Ich ertappte mich dabei, dass ich mir wünschte, der Sommer würde nie enden. Und obwohl ich es besser wusste, steckte ich mir nach einem Monat mit Wes in Chefs Haus meinen Ehering wieder an. Ich hatte den Ring zwei Jahre lang nicht getragen. Nicht mehr seit der Nacht, als Wes betrunken gewesen war und seinen Ring in eine Pfirsichplantage geworfen hatte.
Wes hatte ein bisschen Geld, so dass ich nicht zu arbeiten brauchte. Und es stellte sich heraus, dass Chef uns das Haus für fast nichts gegeben hatte. Wir hatten kein Telefon. Wir bezahlten Gas und Strom und kauften Sonderangebote bei Safeway. Eines Sonntagnachmittags ging Wes aus dem Haus, um einen Rasensprenger zu kaufen, und als er zurückkam, brachte er mir etwas mit. Er brachte mir einen hübschen Strauß Margeriten und einen Strohhut mit. Dienstagabends gingen wir ins Kino. An anderen Abenden ging Wes zu sei-nen Trink-Nicht-Treffen, wie er es nannte. Chef holte ihn mit dem Auto bei uns ab und fuhr ihn danach wieder nach Hause. An manchen Tagen gingen Wes und ich Forellen angeln, zu einem der Süßwasserteiche in der Nähe. Wir an-gelten vom Ufer aus und brauchten den ganzen Tag, bis wir ein paar kleine gefangen hatten. Das reicht uns doch, sagte ich dann, und abends briet ich sie zum Abendessen. Manch-mal nahm ich meinen Hut ab und schlief auf einer Decke neben meiner Angelrute ein. Das Letzte, woran ich mich

hinterher erinnerte, waren Wolken, die hoch über mir zum Tal hin zogen. In der Nacht nahm Wes mich in die Arme und fragte mich, ob ich noch sein Mädchen sei.

Unsere Kinder wahrten weiterhin Abstand. Cheryl lebte mit ein paar Leuten auf einer Farm in Oregon. Sie versorgte eine Herde Ziegen und verkaufte die Milch. Sie hielt Bienen und füllte Gläser mit Honig. Sie hatte ihr eigenes Leben, und ich konnte es ihr nicht verdenken. Sie kümmerte sich in keiner Weise um das, was ihr Vater und ich taten, solange wir sie da nicht reinzogen. Bobby half im Staat Washington bei der Heuernte. Nach der Heusaison hatte er vor, Äpfel zu pflücken. Er hatte eine Freundin und sparte sein Geld. Ich schrieb Briefe und unterzeichnete sie mit: »In Liebe, immer …«

Eines Nachmittags – Wes war im Garten und jätete Unkraut – fuhr Chef vor dem Haus vor. Ich war gerade an der Spüle beschäftigt. Ich sah hinaus und sah Chefs großen Wagen einbiegen. Ich konnte seinen Wagen sehen, die Zufahrtsstraße und den Freeway und, hinter dem Freeway, die Dünen und den Ozean. Wolken hingen über dem Wasser. Chef stieg aus dem Auto und zog sich die Hose hoch. Ich wusste sofort – da war irgendwas. Wes unterbrach die Arbeit und stand auf. Er hatte Handschuhe an und trug einen Segeltuchhut. Er nahm den Hut ab und fuhr sich mit dem Handrücken über das Gesicht. Chef ging rüber zu ihm und legte Wes den Arm um die Schultern. Wes zog den einen Handschuh aus. Ich ging zur Tür. Ich hörte, wie Chef zu Wes sagte, es tue ihm weiß Gott Leid, aber er müsse uns bitten, bis zum Ende des Monats auszuziehen. Wes zog den anderen Handschuh aus. Wieso das, Chef? Chef sagte, Linda, seine Tochter, die Frau, die Wes seit seinen Trinkertagen immer die dicke Linda nannte, brauche eine Bleibe, und da sei das Haus genau das Richtige. Chef erzählte Wes, dass Lindas Mann vor ein paar Wochen mit dem Fischerboot rausgefahren war, und seither hatte niemand mehr von ihm gehört. Sie ist mein Fleisch und Blut, sagte Chef zu Wes. Sie hat ihren Mann verloren. Sie hat den Vater ihres Babys verloren. Ich kann ihr helfen. Ich bin froh, dass ich in der Lage bin, zu helfen, sagte Chef. Es tut mir Leid, Wes, aber du musst dich wohl nach einem anderen Haus umsehen. Dann umarmte er Wes wieder, zog sich die Hose hoch und stieg in seinen großen Wagen und fuhr davon.

Wes kam ins Haus. Er ließ seinen Hut und seine Handschuhe auf den Teppich fallen und setzte sich in den großen Sessel. Chefs Sessel, musste ich denken. Chefs Teppich, sogar. Wes sah blass aus. Ich goss zwei Tassen Kaffee ein und gab ihm die eine.

Es ist alles in Ordnung, sagte ich. Wes, mach dir deswegen keine Sorgen, sagte ich. Und ich setzte mich mit meinem Kaffee auf Chefs Sofa.

Statt uns wird jetzt die dicke Linda hier wohnen, sagte Wes. Er hielt seine Tasse in den Händen, aber er trank nicht daraus.

Wes, reg dich nicht auf, sagte ich.

Ihr Kerl ist nicht ertrunken, sagte Wes. Der Ehemann der dicken Linda hat sich schlicht abgesetzt. Und wer könnte es ihm verdenken? sagte Wes. Wes sagte, wenn er an seiner Stelle wäre, würde er auch lieber mit seinem Schiff untergehen, als den Rest seiner Tage mit der dicken Linda und ihrem Kind zu verbringen. Dann stellte Wes seine Tasse auf den Fußboden, neben die Handschuhe. Dies ist bis heute ein glückliches Haus gewesen, sagte er.

Wir werden ein anderes Haus finden, sagte ich.

Nicht so eins wie dieses, sagte Wes. Und es wäre so oder so nicht das Gleiche. Dies ist ein gutes Haus für uns gewesen. Dieses Haus hat gute Erinnerungen. Jetzt werden die dicke

Linda und ihr Kind hier wohnen, sagte Wes. Er nahm seine Tasse und probierte von dem Kaffee.

Es ist Chefs Haus, sagte ich. Er muss tun, was er tun muss.

Das weiß ich, sagte Wes. Aber mir muss es nicht gefallen.

Wes hatte diesen Blick an sich. Ich kannte diesen Blick. Er fuhr sich immer wieder mit der Zunge über die Lippen. Er schob dauernd mit dem Daumen sein Hemd hinter den Hosenbund. Er stand von dem Sessel auf und ging ans Fenster. Er stand da und blickte hinaus auf den Ozean und die Wolken, die sich dort aufbauten. Er tippte sich mit den Fingerspitzen ans Kinn, als denke er über etwas nach. Und er *dachte* nach.

Nimm's nicht so schwer, Wes, sagte ich.

Sie möchte, dass ich es nicht so schwer nehme, sagte Wes. Er stand immer noch da.

Aber eine Minute später kam er herüber und setzte sich neben mich auf das Sofa. Er schlug die Beine übereinander und begann an seinen Hemdknöpfen herumzuspielen. Ich nahm seine Hand. Ich fing an zu reden. Ich redete über den Sommer. Aber ich ertappte mich dabei, dass ich darüber sprach wie über etwas, das in der Vergangenheit geschehen war. Vor Jahren, vielleicht. Jedenfalls wie über etwas, das vorbei war. Dann fing ich an, über die Kinder zu sprechen. Wes sagte, er wünschte, er könnte alles noch einmal machen und es diesmal richtig machen.

Sie lieben dich, sagte ich.

Nein, das tun sie nicht, sagte er.

Ich sagte: Eines Tages werden sie vieles verstehen.

Vielleicht, sagte Wes. Aber dann spielt es keine Rolle mehr.

Das kannst du nicht wissen, sagte ich.

Ich weiß ein paar Sachen, sagte Wes und sah mich an. Ich weiß, dass ich froh bin, dass du hier raufgekommen bist. Ich werde dir das nicht vergessen, sagte Wes.

Ich bin auch froh, sagte ich. Ich bin froh, dass du dieses Haus gefunden hast, sagte ich.

Wes schnaubte. Dann lachte er. Wir lachten beide. Dieser Chef, sagte Wes, und schüttelte den Kopf. Er stellt uns auf eine harte Probe, der Schuft. Aber ich bin froh, dass du deinen Ring getragen hast. Ich bin froh, dass wir diese Zeit zusammen gehabt haben, sagte Wes.

Dann sagte ich etwas. Ich sagte: Nimm an, nimm nur einmal an, nichts von dem allen wär je passiert. Nimm an, dies wär das erste Mal gewesen. Nimm es nur einmal an. Es tut ja nicht weh, es einmal anzunehmen. Nimm an, nichts von dem andern wär je passiert. Verstehst du, was ich mein? Was dann? sagte ich.

Wes richtete seine Augen fest auf mich. Er sagte: Dann, nehm ich an, müssten wir andere Menschen sein, wenn das der Fall wäre. Aber wir sind wir. Ich hab nicht mehr die Fähigkeit in mir, so was anzunehmen. Wir sind so geboren, wie wir sind. Verstehst du, was ich sagen will?

Ich sagte, ich hätte nicht etwas, was gut war, weggeworfen und wäre die sechshundert Meilen raufgekommen, um ihn so reden zu hören.

Er sagte: Es tut mir Leid, aber ich kann nicht reden wie jemand, der ich nicht bin. Ich bin nicht jemand anders. Wenn ich jemand anders wär, dann wär ich todsicher nicht hier. Wenn ich jemand anders wär, dann wäre ich nicht ich. Aber ich bin der, der ich bin. Verstehst du nicht?

Wes, es ist in Ordnung, sagte ich. Ich nahm seine Hand und hielt sie an meine Wange. Und dann, ich weiß nicht warum, musste ich daran denken, wie er war, als er neunzehn war, wie er ausgesehen hatte, als er quer über das Feld rannte, zu seinem Dad, der auf dem Traktor saß, die Hand über den Augen, und beobachtete, wie Wes auf ihn zugelaufen kam. Wir waren gerade mit dem Auto von Kalifornien raufgekommen. Ich stieg mit Cheryl und Bobby aus und sagte: Da ist euer Großvater. Aber sie waren beide noch Babys.

Wes saß neben mir und tippte an sein Kinn, als versuchte er rauszukriegen, was nun passieren würde. Wes' Dad war gestorben, und unsere Kinder waren erwachsen. Ich sah Wes an, und dann guckte ich mich um in Chefs Wohnzimmer und betrachtete Chefs Sachen, und ich dachte: Wir müssen jetzt etwas tun, und zwar schnell.

Schatz, sagte ich. Wes, hör mir zu.

Was willst du? sagte er. Aber das ist alles, was er sagte. Er schien seinen Entschluss gefasst zu haben. Aber da er seinen Entschluss gefasst hatte, war er nicht in Eile. Er lehnte sich auf dem Sofa zurück, faltete die Hände im Schoß und schloss die Augen. Er sagte nichts weiter. Er musste nichts weiter sagen.

Ich sagte seinen Namen vor mich hin. Es war ein Name, den man leicht sagen konnte, und ich war es lange Zeit gewohnt gewesen, ihn zu sagen. Dann sagte ich ihn noch einmal. Diesmal sagte ich ihn mit lauter Stimme. Wes, sagte ich.

Er machte die Augen auf. Aber er sah mich nicht an. Er saß nur da, wo er saß, und sah zum Fenster hinüber. Die dicke Linda, sagte er. Aber sie war es nicht, das wusste ich. Sie war nichts. Nur ein Name. Wes stand auf und zog die Vorhänge zu, und der Ozean war verschwunden, einfach so. Ich ging, um das Abendessen zu machen. Wir hatten noch etwas Fisch im Eisschrank. Sonst war da nicht viel. Heute Abend räumen wir auf, dachte ich, und das ist dann das Ende.

Konservierung

Sandys Mann lag die ganze Zeit auf dem Sofa, seit ihm vor
drei Monaten gekündigt worden war. An dem Tag, vor drei
Monaten, war er, blass und verschreckt und mit allen seinen
Arbeitssachen in einem Pappkarton, nach Hause gekommen. »Fröhlichen Valentinstag«, sagte er zu Sandy und legte
eine herzförmige Schachtel mit Konfekt und eine Flasche
Jim Beam auf den Küchentisch. Er nahm die Mütze ab und
legte auch sie auf den Tisch. »Sie haben mich rausgeschmissen. He, was soll jetzt aus uns werden, was glaubst du?«
Sandy und ihr Mann saßen am Tisch und tranken Whiskey
und aßen die Pralinen. Sie sprachen darüber, was er vielleicht tun könnte, statt neue Häuser einzudecken. Aber es
fiel ihnen nichts ein. »Irgendwas wird sich schon ergeben«,
sagte Sandy. Es sollte ermutigend klingen. Aber sie hatte
auch Angst. Schließlich sagte er, er wolle es überschlafen.
Und das tat er. Er machte sein Bett an diesem Abend auf
dem Sofa, und dort hatte er jede Nacht geschlafen, seitdem
es passiert war.
Am Tag nach der Kündigung musste er sich um sein Arbeitslosengeld kümmern. Er fuhr in die Stadt, zum Arbeits-
amt, füllte Papiere aus und sah sich nach einer anderen
Stelle um. Aber es gab keine freien Stellen in seinem Beruf,
und auch keine in anderen Berufen. Schweißtropfen standen
auf seinem Gesicht, als er versuchte, Sandy das Gewühl von
Männern und Frauen dort zu beschreiben. An diesem Abend
legte er sich wieder auf das Sofa. Er ging dazu über, seine

ganze Zeit dort zu verbringen, als müsste er das nun tun, dachte sie, weil er keine Arbeit mehr hatte. Gelegentlich musste er aus dem Haus und mit jemandem über eine Stelle sprechen, und alle zwei Wochen musste er los und etwas unterschreiben, um sein Arbeitslosengeld zu bekommen. Aber die ganze übrige Zeit blieb er auf dem Sofa. Es ist so, als ob er dort *lebt*, dachte Sandy. Er *lebt* im Wohnzimmer. Manchmal blätterte er Zeitschriften durch, die sie vom Lebensmittelladen mit nach Hause brachte; und hin und wieder sah er sich, wenn sie hereinkam, das große Buch an, das sie als Bonus bekommen hatte, als sie einem Buchclub beigetreten war – es hieß *Mysterien der Vergangenheit*. Er hielt das Buch mit beiden Händen vor sich, den Kopf über die Seiten gebeugt, als wäre er fasziniert von dem, was er da las. Aber nach einer Weile bemerkte sie, dass er anscheinend überhaupt nicht vorankam, sondern immer noch an ungefähr der gleichen Stelle war – irgendwo im zweiten Kapitel, vermutete sie. Sandy nahm das Buch einmal in die Hand und schlug es an der Stelle, wo er immer las, auf. Und sie las dort von einem Mann, der entdeckt worden war, nachdem er zweitausend Jahre in einem Torfmoor in den Niederlanden gelegen hatte. Auf einer Seite gab es ein Foto von ihm. Die Stirn des Mannes war zerfurcht, aber es war ein heiterer Ausdruck in seinem Gesicht. Er trug eine Lederkappe und lag auf der Seite. Die Hände und Füße waren verschrumpelt, aber sonst sah er gar nicht so zum Fürchten aus. Sie las in dem Buch noch ein bisschen weiter, dann legte sie es wieder da hin, wo sie es weggenommen hatte. Ihr Mann hatte es immer in greifbarer Nähe auf dem Tischchen vor dem Sofa. Dieses verdammte Sofa! Was sie anging, so wollte sie nicht einmal mehr darauf sitzen. Sie konnte sich nicht vorstellen, dass sie beide jemals in der Vergangenheit darauf gelegen und sich geliebt hatten.

Die Zeitung wurde jeden Tag ins Haus gebracht. Er las sie von der ersten bis zur letzten Seite. Sie sah, wie er alles las, bis hin zu den Spalten mit den Nachrufen und dem Teil, wo die Temperaturen der größeren Städte angegeben waren, und dem Wirtschaftsteil, in dem über Fusionen und Zinssätze berichtet wurde. Morgens stand er vor ihr auf und ging ins Bad. Dann stellte er den Fernsehapparat an und machte Kaffee. Sie fand, dass er zu dieser frühen Tageszeit munter und fröhlich wirkte. Aber wenn sie fortging, zur Arbeit, hatte er sich wieder auf dem Sofa eingerichtet und der Fernseher lief. Meistens lief er noch, wenn sie am Nachmittag wieder nach Hause kam. Er saß dann aufrecht auf dem Sofa, oder aber er lag darauf, in den Sachen, die er früher zur Arbeit getragen hatte – in Jeans und einem Flanellhemd. Aber manchmal war der Fernsehapparat ausgestellt und er saß da und hielt das Buch in den Händen.

»Wie geht's denn so?« pflegte er zu sagen, wenn sie zu ihm hineinsah.

»Okay«, sagte sie dann. »Wie ist's bei dir?«

»Okay.«

Er hatte immer eine Kanne Kaffee auf dem Herd für sie warm gestellt. Sie setzte sich dann im Wohnzimmer in den großen Sessel, und er saß auf dem Sofa, und sie sprachen darüber, was sie am Tag erlebt hatte. Sie hielten ihre Tassen und tranken ihren Kaffee, als wären sie normale Menschen, dachte Sandy.

Sandy liebte ihn noch immer, obwohl ihr bewusst war, dass die Situation unheimlich wurde. Sie war dankbar, dass sie ihre Arbeit hatte, obwohl sie nicht wusste, was ihnen oder irgendjemand anders in der Welt wohl noch alles zustoßen würde. Sie hatte bei der Arbeit eine Freundin, der sie einmal im Vertrauen von ihrem Mann erzählte – davon, dass er die ganze Zeit auf dem Sofa verbrachte. Aus irgendeinem

Grund schien ihre Freundin das gar nicht besonders seltsam zu finden, was Sandy überraschte und zugleich deprimierte. Ihre Freundin erzählte ihr von einem Onkel in Tennessee – als ihr Onkel vierzig geworden war, hatte er sich ins Bett gelegt und war nicht wieder aufgestanden. Und er hatte viel geweint– er weinte mindestens ein Mal am Tag. Sie sagte zu Sandy, sie nehme an, ihr Onkel hatte Angst vor dem Alter. Sie nahm an, er habe vielleicht Angst vor einem Herzanfall gehabt oder dergleichen. Aber der Mann war inzwischen dreiundsechzig und lebte noch immer, sagte sie. Als Sandy das hörte, war sie bestürzt. Wenn diese Frau die Wahrheit sagte, dachte sie bei sich, dann hatte der Mann jetzt dreiundzwanzig Jahre im Bett gelegen. Sandys Mann war erst einunddreißig. Einunddreißig und dreiundzwanzig sind vierundfünfzig. Bis dahin würde auch sie über fünfzig sein. Mein Gott, ein Mensch konnte doch nicht den Rest seines Lebens im Bett verbringen oder aber auf dem Sofa. Wenn ihr Mann verletzt oder krank gewesen wäre, oder wenn er einen Autounfall gehabt hätte, dann wäre es etwas anderes. So etwas konnte sie verstehen. Wenn so etwas der Fall gewesen wäre, dann hätte sie es ertragen können, das wusste sie. Wenn er dann auf dem Sofa hätte leben müssen, und wenn sie ihm das Essen hätte bringen und ihm vielleicht sogar Löffel für Löffel zum Mund führen müssen, dann hätte das geradezu etwas Romantisches an sich gehabt. Aber dass ihr Mann, ein junger und sonst gesunder Mann, sich einfach auf dem Sofa einrichtete und nicht wieder aufstehen wollte, außer um ins Bad zu gehen oder den Fernsehapparat am Morgen anzustellen und am Abend abzustellen, das war etwas anderes. Es war etwas, dessen sie sich schämte; und abgesehen von dem einen Mal sprach sie nie mit jemandem darüber. Sie sagte auch nichts mehr darüber zu der Freundin, deren Onkel sich vor dreiundzwanzig Jahren ins Bett gelegt hatte und, soweit Sandy wusste, noch immer dort war.

Eines Nachmittags kam sie spät von der Arbeit zurück, stellte das Auto ab und ging ins Haus. Sie hörte den Fernseher im Wohnzimmer schon, als sie die hintere Tür zur Küche aufschloss. Die Kaffeekanne stand auf dem Herd, und die Flamme war klein gestellt. Von da, wo sie, noch mit ihrer Handtasche, in der Küche stand, konnte sie ins Wohnzimmer blicken und die Rückenlehne des Sofas und den Bildschirm des Fernsehapparats sehen. Gestalten bewegten sich über den Schirm. Die bloßen Füße ihres Mannes ragten über das eine Sofaende hinaus. Am anderen Ende, auf einem Kissen, das über der Armlehne des Sofas lag, konnte sie seinen Hinterkopf sehen. Er rührte sich nicht. Vielleicht schlief er, vielleicht auch nicht, und vielleicht hatte er sie kommen hören, vielleicht auch nicht. Aber ob so oder so, sie kam zu dem Schluss, dass es ohne Bedeutung war. Sie legte ihre Handtasche auf den Tisch und ging an den Kühlschrank, um sich einen Joghurt herauszuholen. Doch als sie die Tür öffnete, schlug ihr warme, abgestandene Luft entgegen. Sie sah den Dreck im Kühlschrank und konnte es nicht glauben. Die Eiskrem im Tiefkühlfach war geschmolzen und nach unten gelaufen, in die Reste von Fischstäbchen und Weißkohlsalat. Eiskrem war in die Schüssel mit Spanischem Reis gelaufen und bildete Pfützen auf dem Boden des Kühlschranks. Das Eis war überall. Sie öffnete die Tür des Tiefkühlfachs. Ein scheußlicher Geruch kam ihr entgegen, so dass sie fast gewürgt hätte. Eiskrem bedeckte den Boden des Fachs und schwamm in Pfützen um eine Drei-Pfund-Packung mit Hamburgern herum. Sie drückte den Zeigefinger in das Zellophan, mit dem das Fleisch eingewickelt war, und ihr Finger sank in die Packung ein. Die

Schweinekoteletts waren auch aufgetaut. Alles war aufgetaut, einschließlich einiger weiterer Fischstäbchen, einer Packung Steaks und zweier chinesischer Fertiggerichte von der Marke Chef Sammy. Die Würstchen und die selbst gemachte Spaghetti-Sauce waren aufgetaut. Sie schloß die Tür des Tiefkühlfachs und griff in den Kühlschrank nach ihrem Joghurt. Sie riss den Joghurtbecher auf und schnupperte. Das war der Moment, in dem sie ihren Mann anschrie.

»Was ist?« sagte er, setzte sich auf und guckte über die Rückenlehne des Sofas. »He, was ist los?« Er fuhr sich mehrmals mit der Hand durchs Haar. Sie konnte nicht sagen, ob er die ganze Zeit geschlafen hatte, oder was.

»Der verdammte Kühlschrank ist aus«, sagte Sandy. »Das ist los.«

Ihr Mann stand vom Sofa auf und stellte den Fernseher leiser. Dann schaltete er ihn ab und kam in die Küche. »Lass mich mal sehen«, sagte er. »He, das ist ja nicht zu glauben.«

»Guck's dir doch an«, sagte sie. »Es wird alles verderben.«

Ihr Mann guckte in den Kühlschrank, und sein Gesicht nahm einen sehr ernsten Ausdruck an. Dann steckte er den Kopf in das Tiefkühlfach und sah sich an, in welchem Zustand die Sachen darin waren.

»Was noch«, sagte er.

Eine Menge Dinge schossen ihr durch den Kopf, aber sie sagte nichts.

»Verdammt nochmal«, sagte er, »ein Unglück kommt selten allein. He, dieser Kühlschrank ist höchstens zehn Jahre alt. Er war fast neu, als wir ihn gekauft haben. Hör zu, meine Eltern hatten einen Kühlschrank, der hat fünfundzwanzig Jahre gehalten. Sie haben ihn meinem Bruder geschenkt, als der geheiratet hat. Er hat bestens funktioniert. He, was soll das bloß?« Er ging herum, so dass er in die schmale Lücke zwischen dem Kühlschrank und der Wand sehen konnte.

»Ich kapier's nicht«, sagte er und schüttelte den Kopf. »Er ist angeschlossen.« Dann packte er den Kühlschrank und ruckelte daran. Er hielt die Schulter dagegen und rückte ihn ein paar Zentimeter von der Wand ab. Etwas im Kühlschrank fiel vom Rost und zerbrach. »Mein Gott!« sagte er.

Sandy wurde bewusst, dass sie noch immer den Joghurtbecher in der Hand hielt. Sie ging zum Abfalleimer, hob den Deckel und ließ ihn in den Eimer fallen. »Ich muss alles heute Abend noch kochen«, sagte sie. Sie sah sich schon am Herd stehen und Fleisch braten, Dinge in Kochtöpfen auf dem Herd und im Backofen zubereiten. »Wir brauchen einen neuen Kühlschrank«, sagte sie.

Er sagte nichts. Er blickte wieder in das Tiefkühlfach und bewegte den Kopf hin und her.

Sie schob sich vor ihn und fing an, Sachen aus den Fächern zu nehmen und sie auf den Tisch zu stellen. Er half ihr. Er nahm das Fleisch aus dem Tiefkühlfach und legte die Packungen auf den Tisch. Dann nahm er die restlichen Sachen aus dem Tiefkühlfach und legte sie an einer anderen Stelle auf den Tisch. Er nahm alles raus, und dann holte er die Papiertuchrollen und den Spüllappen und fing an, den Kühlschrank auszuwischen.

»Uns ist das Freon ausgelaufen«, sagte er und hörte mit dem Wischen auf. »*Das* ist passiert. Ich kann es riechen. Das Freon ist ausgelaufen. Irgendwas ist passiert, und das Freon ist ausgelaufen. He, ich hab mal gesehen, wie das jemandem mit seinem Kühlschrank passiert ist.« Er war jetzt ganz ruhig. Er fing wieder an zu wischen. »Es ist das Freon«, sagte er.

Sie unterbrach sich bei ihrer Arbeit und sah ihn an. »Wir brauchen einen neuen Kühlschrank«, sagte sie.

»Das hast du schon gesagt. He, aber wo kriegen wir einen her? Sie wachsen nicht auf Bäumen.«

»Wir brauchen einen«, sagte sie. »Findest du nicht, dass wir einen Kühlschrank brauchen? Vielleicht brauchen wir keinen. Vielleicht können wir unsere verderblichen Sachen auf den Fensterbrettern aufbewahren, wie die Leute in den Mietshäusern. Oder wir besorgen uns so eine kleine Styropor-Kühlbox und kaufen jeden Tag Eiswürfel.« Sie legte einen Kopf Salat und ein paar Tomaten auf den Tisch neben die Packungen mit Fleisch. Dann setzte sie sich auf einen der Stühle in der Essecke und schlug beide Hände vors Gesicht.

»Wir kriegen schon einen anderen Kühlschrank«, sagte ihr Mann. »Verdammt, ja. Wir brauchen doch einen, oder? Wir kommen nicht ohne einen aus. Die Frage ist, wo wir einen herkriegen und wie viel wir dafür ausgeben können. In den Kleinanzeigen stehen bestimmt zigtausend gebrauchte Kühlschränke. Beruhig dich, wir sehen uns mal an, was sich in der Zeitung findet. He, ich bin Experte für Kleinanzeigen«, sagte er.

Sie nahm die Hände von ihrem Gesicht und sah ihn an.

»Sandy, wir suchen uns jetzt einen guten gebrauchten Kühlschrank in der Zeitung aus«, fuhr er fort. »Die meisten Kühlschränke sind so gebaut, dass sie ein Leben lang halten. Unserer hier, mein Gott, ich weiß nicht, was damit passiert ist. Es ist erst der zweite in meinem Leben, von dem ich gehört hab, dass er auf diese Art den Geist aufgegeben hat.« Er richtete den Blick wieder auf den Kühlschrank. »So ein verdammtes Pech«, sagte er.

»Hol die Zeitung rüber«, sagte sie. »Wir gucken mal, was es da gibt.«

»Keine Sorge«, sagte er. Er ging rüber zu dem Sofatischchen, sah einen Stapel Zeitungen durch und kam mit dem Anzeigenteil wieder in die Küche. Sie schob die Lebensmittel auf die Seite, damit er die Zeitung ausbreiten konnte. Er setzte sich auf einen der Stühle.

Sie sah auf die Zeitung und dann auf die aufgetauten Lebensmittel. »Ich muss heute Abend Schweinekoteletts braten«, sagte sie. »Und ich muss die Hamburger zubereiten. Und die Sandwich-Steaks und die Fischstäbchen. Und die Fernsehgerichte dürfen wir auch nicht vergessen.«

»Dieses gottverdammte Freon«, sagte er. »Man kann es riechen.«

Sie fingen an, die Kleinanzeigen durchzusehen. Er ließ den Zeigefinger eine Spalte nach der andern hinuntergleiten. Über die STELLENANGEBOTE ging er schnell hinweg. Sie sah Haken neben manchen Anzeigen, aber sie sah nicht nach, was er angestrichen hatte. Es hatte keine Bedeutung. Es gab eine Spalte mit der Überschrift CAMPING-ZUBE-HÖR. Dann fanden sie, was sie suchten: ELEKTRISCHE GERÄTE, NEU UND GEBRAUCHT.

»Hier«, sagte sie und legte den Finger auf die Zeitungsseite. Er schob ihren Finger zur Seite. »Lass mich sehen«, sagte er. Sie hielt den Finger wieder dahin, wo sie ihn gehabt hatte. »›Kühlschränke, Küchenherde, Waschmaschinen, Wäschetrockner etc.‹«, las sie aus einer umrandeten Anzeige in der Spalte vor. »›Auktions-Scheune‹ – was ist denn das? Auktions-Scheune.« Sie las weiter: »›Neue und gebrauchte Geräte und mehr, jeden Donnerstagabend. Auktion um sieben Uhr.‹ Das ist heute. Heute ist Donnerstag«, sagte sie. »Die Auktion ist heute Abend. Und es ist gar nicht weit von hier. Es ist unten an der Pine Street. Ich muss da schon hundert Mal vorbeigefahren sein. Und du auch. Du weißt bestimmt, wo es ist. Es ist da unten, neben dem Baskin-Robbins.«

Ihr Mann sagte nichts. Er starrte auf die Anzeige. Er hob die Hand an den Mund und zog mit zwei Fingern an seiner Unterlippe. »Auktions-Scheune«, sagte er.

Sie sah ihm fest in die Augen. »Lass uns hinfahren. Was meinst du? Es wird dir gut tun rauszukommen, und wir gucken mal, ob wir einen Kühlschrank für uns finden. Zwei Fliegen mit einer Klappe«, sagte sie.

»Ich bin noch nie in meinem Leben bei einer Auktion gewesen«, sagte er. »Ich glaub nicht, dass ich jetzt zu einer gehen möchte.«

»Nun *komm*«, sagte Sandy. »Was ist denn los mit dir? Auktionen machen Spaß. Ich bin schon seit Jahren, seit ich ein kleines Mädchen war, bei keiner mehr gewesen. Früher bin ich immer mit meinem Dad zu Auktionen gefahren.« Sie wollte plötzlich ganz dringend zu dieser Auktion.

»Dein Dad«, sagte er.

»Ja, mein Dad.« Sie sah ihren Mann an und wartete darauf, dass er noch etwas anderes sagte. Das kleinste Wörtchen. Aber er sagte nichts.

»Auktionen machen Spaß«, sagte sie.

»Wahrscheinlich, aber ich möchte nicht hin.«

»Ich brauche auch eine Nachttischlampe«, fuhr sie fort. »Sie haben bestimmt Nachttischlampen.«

»He, wir brauchen eine Menge Dinge. Aber ich hab keine Arbeit, hast du das vergessen?«

»Ich fahr jedenfalls zu dieser Auktion«, sagte sie. »Egal, ob du mitkommst oder nicht. Du könntest ruhig mitkommen. Aber es ist mir egal. Falls du die Wahrheit wissen willst, es ist völlig bedeutungslos für mich. Ich fahre jedenfalls.«

»Ich komm mit. Wer hat denn gesagt, dass ich nicht mitkomme?« Er sah sie an, und dann guckte er weg. Er nahm die Zeitungsseiten und las die Anzeige wieder. »Ich versteh nicht das Geringste von Auktionen. Aber klar, man muss alles mal ausprobieren. Wer hätte das gedacht, dass wir bei einer Auktion einen Kühlschrank kaufen?«

»Niemand«, sagte sie. »Aber trotzdem tun wir es.«

»Okay«, sagte er.

»Gut«, sagte sie. »Aber nur, wenn du wirklich willst.«

Er nickte.

Sie sagte: »Ich glaub, ich sollte langsam mal mit dem Kochen anfangen. Ich mach jetzt die verdammten Schweinekoteletts, und dann essen wir. Das übrige Zeug kann warten. Ich koch das alles später. Wenn wir von der Auktion zurück sind. Aber wir müssen uns ranhalten. In der Zeitung steht sieben Uhr.«

»Sieben Uhr«, sagte er. Er stand vom Tisch auf und ging hinüber ins Wohnzimmer, wo er einen Moment lang aus dem Erkerfenster sah. Draußen auf der Straße fuhr ein Auto vorbei. Er hob die Finger an die Lippen. Sandy beobachtete, wie er sich aufs Sofa setzte und nach dem Buch griff. Er schlug es an der gewohnten Stelle auf. Aber einen Moment später legte er es nieder und streckte sich auf dem Sofa aus. Sie sah, wie sein Kopf langsam auf das Kopfkissen sank, das über der Armlehne des Sofas lag. Er rückte das Kissen unter seinem Kopf zurecht und schob die Hände unter den Nacken. Dann lag er still da. Ziemlich bald sah sie, wie seine Arme sich hinunterschoben und an die Hüften legten.

Sie faltete die Zeitung zusammen. Sie stand vom Stuhl auf und ging leise zum Wohnzimmer hinüber, wo sie über die Rückenlehne des Sofas guckte. Seine Augen waren geschlossen. Seine Brust schien sich kaum zu heben und zu senken. Sie ging wieder in die Küche und stellte eine Bratpfanne auf den Herd. Sie drehte die Flamme an und goss Öl in die Pfanne. Sie begann die Schweinekoteletts zu braten. Sie war mit ihrem Vater bei Auktionen gewesen. Bei den meisten dieser Auktionen war es um Vieh gegangen. Sie meinte sich zu erinnern, dass ihr Vater damals immer ein Kalb zu verkaufen versuchte, oder aber eines kaufen wollte. Manchmal hatte es bei den Auktionen auch landwirtschaftliches Gerät und Haushaltsgegenstände gegeben. Aber meistens war es um Tiere gegangen. Dann, nachdem ihr Dad und ihre Mom sich hatten scheiden lassen und sie, Sandy, fortgegangen war, um bei ihrer Mutter zu leben, hatte ihr Dad ihr geschrieben, dass er die gemeinsamen Besuche von Auktionen mit ihr vermisse. Den letzten Brief schrieb er ihr, als sie längst erwachsen war und mit ihrem Mann zusammenlebte: er schrieb, er habe sich bei einer Auktion dort ein gutes Auto gekauft, für zweihundert Dollar. Wenn sie dagewesen wäre, schrieb er, hätte er für sie auch eines gekauft. Drei Wochen später kam mitten in der Nacht ein Anruf. Er war gestorben. In dem Auto, das er gekauft hatte, war Kohlenmonoxyd durch die Bodenbretter gedrungen und davon war er am Steuer ohnmächtig geworden. Er lebte auf dem Land. Der Motor lief weiter, bis kein Benzin mehr im Tank war. Er lag in dem Wagen, bis jemand ihn ein paar Tage später fand.

Die Pfanne fing an zu qualmen. Sie goss mehr Öl hinein und stellte den Ventilator an. Sie war zwanzig Jahre lang bei keiner Auktion mehr gewesen, und jetzt war sie drauf und dran, noch an diesem Abend zu einer zu fahren. Aber zuerst musste sie die Schweinekoteletts braten. Es war Pech, dass der Kühlschrank hin war, aber sie merkte auf einmal, dass sie sich auf die Auktion freute. Plötzlich vermisste sie ihren Dad. Sie vermisste jetzt sogar ihre Mom, obwohl sie und ihre Mom dauernd gestritten hatten, ehe sie ihren Mann kennen lernte und mit ihm zusammenzog. Sie stand am Herd, wendete das Fleisch und vermisste beide, ihren Dad und ihre Mom.

Sie vermisste sie auch noch, als sie einen Topflappen nahm und die Pfanne vom Herd zog. Rauch wurde durch den Abzug über dem Herd abgesaugt. Sie ging zur Tür, mit der Pfanne in der Hand, und guckte ins Wohnzimmer. Die Pfanne rauchte noch, und Tröpfchen von Öl und Fett sprangen über den Rand, während sie sie hielt. In dem abgedunkelten Zimmer konnte sie gerade den Kopf ihres Mannes erkennen und seine bloßen Füße. »Komm rüber«, sagte sie. »Es ist fertig.«

»Okay«, sagte er.

Sie sah, wie sein Kopf sich vom Sofaende hob. Sie stellte die Pfanne wieder auf den Herd und ging an den Küchenschrank. Sie nahm zwei Teller heraus und stellte sie auf die Anrichte. Sie benutzte den Bratenwender, um eines der Schweinekoteletts aus der Pfanne zu nehmen. Dann hob sie es auf den einen Teller. Das Fleisch sah nicht wie Fleisch aus. Es sah aus wie ein Teil von einem alten Schulterblatt oder wie ein Werkzeug zum Graben. Aber sie wusste, dass es ein Schweinekotelett war, und sie nahm auch das andere aus der Pfanne und legte es ebenfalls auf einen Teller.

Einen Moment darauf kam ihr Mann in die Küche. Er blickte wieder auf den Kühlschrank, der mit offener Tür da stand. Und dann fiel sein Blick auf die Schweinekoteletts. Sein Mund klappte auf, aber er sagte nichts. Sie wartete darauf, dass er etwas sagte, irgendetwas, aber er sagte nichts. Sie stellte Salz und Pfeffer auf den Tisch und sagte, er solle sich hinsetzen.

»Setz dich hin«, sagte sie und gab ihm einen Teller, auf dem ein zerfallenes Schweinekotelett lag. »Ich will, dass du das isst«, sagte sie. Er nahm den Teller. Aber er stand nur da und blickte darauf. Dann wandte sie sich um und nahm ihren eigenen Teller.

Sandy räumte die Zeitung weg und schob die Lebensmittel ans andere Ende des Tisches. »Setz dich hin«, sagte sie noch einmal zu ihrem Mann. Er nahm den Teller von der einen Hand in die andere. Aber er blieb stehen, wo er stand. Erst da sah sie die Wasserpfützen auf dem Tisch. Und sie hörte auch Wasser. Es tropfte vom Tisch auf das Linoleum hinunter.

Sie sah nach unten, auf die bloßen Füße ihres Mannes. Sie starrte auf seine Füße neben der Wasserpfütze. Sie wusste, nie wieder in ihrem Leben würde sie etwas so Ungewöhnliches sehen. Aber noch wusste sie nicht, was sie davon halten sollte. Sie dachte, dass es das Beste sei, wenn sie etwas Lippenstift auflegte, ihren Mantel nahm und zu der Auktion fuhr. Aber sie konnte den Blick nicht von den Füßen ihres Mannes abwenden. Sie stellte ihren Teller auf den Tisch und starrte, bis die Füße die Küche verließen und wieder ins Wohnzimmer gingen.

Das Abteil

Myers reiste in einem Eisenbahnwagen erster Klasse durch Frankreich. Er wollte in Strasbourg seinen Sohn besuchen, der dort an der Universität studierte. Er hatte den Jungen acht Jahre lang nicht gesehen. Es hatte in dieser Zeit keine Telefongespräche zwischen ihnen gegeben, nicht einmal eine Postkarte, seit Myers und die Mutter des Jungen auseinander gegangen waren – der Junge war bei ihr geblieben. Der endgültige Bruch war, wie Myers immer noch glaubte, beschleunigt worden, weil der Junge sich in bösartiger Weise in die Angelegenheiten seiner Eltern eingemischt hatte.

Beim letzten Mal, als Myers seinen Sohn sah, hatte der Junge sich im Verlauf eines wilden Streits auf ihn gestürzt. Myers Frau hatte an der Anrichte gestanden und einen Porzellanteller nach dem andern auf den Fußboden des Esszimmers fallen lassen. Dann war sie zu den Tassen übergegangen. »Jetzt reicht's«, hatte Myers gesagt, und im selben Augenblick hatte der Junge ihn angegriffen. Myers wich aus, packte ihn und nahm ihn in den Schwitzkasten, während der Junge weinte und Myers mit beiden Fäusten auf den Rücken und die Nieren trommelte. Myers hatte ihn fest im Griff, und solange er ihn in seiner Gewalt hatte, nutzte er das aus. Er schmetterte ihn gegen die Wand und drohte, ihn umzubringen. Und er meinte es ernst. »Ich habe dir das Leben gegeben«, hatte Myers, wie er sich erinnerte, geschrien, »und ich kann es dir wieder nehmen!«

Als Myers jetzt an diese schreckliche Szene dachte, schüttelte er den Kopf, als wäre sie jemand anders passiert. Und das war auch so. Er war einfach nicht mehr derselbe Mensch. Er lebte inzwischen allein und kam außer bei seiner Arbeit wenig mit Menschen zusammen. Abends hörte er klassische Musik und las Bücher über Lockenten für Wasservögel.

Er zündete sich eine Zigarette an und blickte weiter aus dem Zugfenster hinaus, ohne den Mann zu beachten, der auf dem Platz an der Tür saß und, den Hut über die Augen gezogen, schlief. Es war früh am Morgen, und Dunst hing über den grünen Feldern, die draußen vorüberglitten. Hin und wieder sah Myers ein Bauernhaus mit Scheunen und Stallungen, alles von einer Mauer umgeben. Und er dachte, dass es vielleicht gar nicht schlecht war, so zu leben – in einem alten, von einer Mauer umgebenen Haus.

Es war kurz nach sechs Uhr morgens. Myers hatte nicht geschlafen, seit er am Abend zuvor um elf in Mailand in den Zug gestiegen war. Als der Zug in Mailand abfuhr, war er froh gewesen, das Abteil für sich allein zu haben. Er ließ das Licht an und blätterte in Reiseführern. Er las Dinge, von denen er wünschte, er hätte sie gelesen, ehe er an den Stätten gewesen war, die sie beschrieben. Er entdeckte vieles, was er sich hätte ansehen und was er hätte tun sollen. In gewisser Weise war er bekümmert, jetzt alles Mögliche über das Land zu erfahren, in dem Augenblick, da er Italien nach seinem ersten und sicherlich einzigen Besuch verließ.

Er legte die Reiseführer in seinen Koffer, hob den Koffer auf die Gepäckablage über seinem Sitz und zog sich den Mantel aus, damit er ihn als Decke benutzen konnte. Er machte das Licht aus und saß mit geschlossenen Augen in dem abgedunkelten Abteil, in der Hoffnung, einschlafen zu können.

Nach, wie ihm schien, langer Zeit und gerade, als er dachte, jetzt würde er gleich einnicken, wurde der Zug langsamer.

Er hielt in einem kleinen Bahnhof außerhalb von Basel. Dort betrat ein Mann mittleren Alters in dunklem Anzug und mit einem Hut auf dem Kopf das Abteil. Der Mann sagte etwas zu Myers, in einer Sprache, die Myers nicht verstand, und dann legte der Mann seine Ledertasche auf die Gepäckablage. Er setzte sich auf die andere Seite des Abteils und dehnte die Schultern. Dann zog er sich den Hut über die Augen. Als der Zug wieder anfuhr, schlief der Mann bereits und schnarchte friedlich. Myers beneidete ihn. Ein paar Minuten darauf öffnete ein Schweizer Zollbeamter die Tür des Abteils und machte das Licht an. Auf Englisch und in einer anderen Sprache – Deutsch, wie Myers vermutete – fragte der Beamte nach ihren Pässen. Der Mann, der mit Myers in dem Abteil war, schob den Hut zurück, blinzelte und griff in seine Manteltasche. Der Beamte prüfte den Pass, sah den Mann genau an und gab ihm den Ausweis zurück. Myers reichte ihm seinen Pass. Der Beamte las die Eintragungen, prüfte das Foto und sah dann Myers an, bevor er nickte und den Pass zurückgab. Er machte das Licht aus, als er hinausging. Der Mann zog sich den Hut über die Augen und streckte die Beine aus. Myers vermutete, dass er gleich wieder einschlafen würde, und wieder empfand er Neid.

Danach blieb er wach und begann über das Treffen mit seinem Sohn nachzudenken, von dem ihn jetzt nur noch wenige Stunden trennten. Wie würde er sich verhalten, wenn er den Jungen auf dem Bahnhof sah? Sollte er ihn umarmen? Ihm war unbehaglich bei dieser Vorstellung. Oder sollte er ihm nur die Hand hinstrecken, lächeln, als hätte es diese acht Jahre nie gegeben, und dann dem Jungen auf die Schulter klopfen? Vielleicht würde der Junge ein paar Worte sagen – *Schön, dass du gekommen bist* – *Wie war die Reise?* Und Myers würde sagen – irgendetwas. Tatsächlich wusste er nicht, was er sagen sollte.

Der französische *contrôleur* kam an dem Abteil vorbei. Er sah herein, sah Myers an und den schlafenden Mann gegenüber von Myers. Es war derselbe *contrôleur*, der ihre Fahrkarten schon gelocht hatte, also wandte Myers den Blick ab und sah wieder zum Fenster hinaus. Weitere Häuser tauchten auf. Doch jetzt waren da keine Mauern, die sie umgaben, und die Häuser waren kleiner und standen dichter beieinander. Bald, Meyer war sich ganz sicher, würde er ein französisches Dorf sehen. Der Dunstschleier hob sich. Die Lokomotive pfiff, und der Zug raste über einen Bahnübergang, an dem Schranken heruntergelassen waren. Er sah eine junge Frau mit hochgestecktem Haar und in einem Pullover, die dort mit ihrem Fahrrad stand und beobachtete, wie die Eisenbahnwagen vorbeisausten.

Wie geht's deiner Mutter? konnte er vielleicht zu dem Jungen sagen, wenn sie sich ein wenig von dem Bahnhof entfernt hatten. *Was hörst du von deiner Mutter?* Einen wilden Moment lang kam Myers in den Sinn, dass sie tot sein könnte. Aber dann machte er sich klar, dass das nicht sein konnte, er hätte irgendetwas gehört – so oder so, er hätte davon gehört. Er wusste, wenn er sich erlaubte, weiter über diese Dinge nachzudenken, konnte es ihm das Herz brechen. Er knöpfte sich den obersten Hemdknopf zu und zog sich den Schlips zurecht. Er legte den Mantel auf den Sitz neben sich. Er band sich die Schuhe zu, stand auf und stieg über die Beine des schlafenden Mannes. Er öffnete die Tür und ging hinaus.

Myers musste sich mit der Hand an den Fenstern des Gangs abstützen, um das Gleichgewicht zu halten, während er an das Ende des Wagens ging. Er schloss die Tür der kleinen Toilette und legte den Riegel vor. Dann ließ er das Wasser laufen und befeuchtete sich das Gesicht. Der Zug fuhr in eine Kurve, immer noch mit derselben hohen Geschwindigkeit, und Myers musste sich am Waschbecken festhalten, um nicht die Balance zu verlieren.

Der Brief des Jungen hatte ihn vor zwei Monaten erreicht. Es war ein kurzer Brief gewesen. Er schrieb, dass er seit längerem in Frankreich lebe und seit dem vergangenen Jahr an der Universität in Strasbourg studiere. Es fand sich keine weitere Information darüber, was ihn bewogen hatte, nach Frankreich zu gehen, oder was er in den Jahren gemacht hatte, ehe er nach Frankreich gegangen war. Es war nur recht und billig, wie Myers fand, dass die Mutter des Jungen in dem Brief nicht erwähnt wurde – kein Hinweis auf ihr Befinden oder darauf, wo sie lebte. Aber unerklärlicherweise hatte der Junge den Brief mit den Worten *In Liebe* geschlossen, und darüber hatte Myers lange nachgedacht. Schließlich hatte er den Brief beantwortet. Nach einigem Überlegen schrieb Myers, er habe seit geraumer Zeit daran gedacht, eine kleine Reise nach Europa zu machen. Ob der Junge sich mit ihm am Bahnhof in Strasbourg treffen wolle? Er unterschrieb den Brief mit »In Liebe, Dad«. Er hatte von dem Jungen eine Antwort bekommen, und daraufhin hatte er seine Pläne gemacht. Ihm war plötzlich aufgegangen, dass es buchstäblich niemanden gab, außer seiner Sekretärin und ein paar Geschäftsfreunden, dem er mitteilen musste, dass er fortfuhr. Er hatte in der Ingenieursfirma, in der er arbeitete, sechs Wochen Urlaub angehäuft, und er beschloss, die ganze Zeit, die ihm zustand, für diese Reise zu nehmen. Er war froh, dass er das getan hatte, obwohl er inzwischen nicht mehr die Absicht hatte, all diese Zeit in Europa zu verbringen.

Er war zuerst nach Rom gefahren. Aber nachdem er die ersten paar Stunden allein durch die Straßen gegangen war, bedauerte er, dass er nicht mit einer Gruppe gereist war. Er fühlte sich einsam. Er fuhr nach Venedig – er und seine Frau hatten immer davon gesprochen, dass sie die Stadt irgendwann besuchen wollten. Aber Venedig war eine Enttäuschung. Er sah einen einarmigen Mann, der gebratenen Tintenfisch aß, und wohin er blickte, sah er schmutzige Gebäude mit feuchten Flecken. Er nahm den Zug nach Mailand, wo er in einem Vier-Sterne-Hotel abstieg und die Nacht damit verbrachte, dass er sich in einem Sony-Farbfernseher bis zum Sendeschluss ein Fußballspiel ansah. Am nächsten Morgen stand er auf und wanderte durch die Stadt, bis es Zeit war, zum Bahnhof zu gehen. Er hatte den kurzen Aufenthalt in Strasbourg als den Höhepunkt seiner Reise angesehen. Nach ein oder zwei oder auch nach drei Tagen – er würde sehen, wie es ging – wollte er nach Paris weiterfahren und nach Hause fliegen. Er war es leid, sich mühsam Fremden verständlich zu machen, und würde froh sein, wenn er wieder zurückkam.

Jemand ruckelte an der WC-Tür. Myers stopfte das Hemd in die Hose. Er machte den Gürtel zu. Dann entriegelte er die Tür und ging, schwankend unter dem Geschaukel des Zuges, zu seinem Abteil zurück. Als er die Tür öffnete, sah er sofort, dass sein Mantel nicht mehr so lag, wie er vorher gelegen hatte. Er lag auf einem anderen Platz, nicht mehr da, wohin er ihn gelegt hatte. Er spürte, dass er in eine lächerliche, aber womöglich ernste Lage geraten war. Sein Herz fing an zu rasen, als er den Mantel aufnahm. Er schob die Hand in die Innentasche und nahm den Pass heraus. Die Brieftasche hatte er in seiner Hüfttasche. Also hatte er noch die Brieftasche und den Reisepass. Er durchsuchte die anderen Manteltaschen. Was fehlte, war das Geschenk, das er für seinen Sohn gekauft hatte, eine teure japanische Armbanduhr, die er in einem Geschäft in Rom erworben hatte. Er hatte die Uhr sicherheitshalber in der inneren Manteltasche getragen. Jetzt war die Uhr verschwunden.

»Pardon«, sagte er zu dem Mann, der zusammengesunken auf seinem Platz saß, die Beine ausgestreckt, den Hut über den Augen. »Pardon.« Der Mann schob den Hut zurück und schlug die Augen auf. Er richtete sich auf und sah Myers an. Seine Augen waren groß. Vielleicht hatte er gerade geträumt. Aber vielleicht auch nicht.

Myers sagte: »Haben Sie jemanden hier reinkommen sehen?«

Aber es war klar, dass der Mann keine Ahnung hatte, was Myers sagte. Er starrte ihn weiter mit einem Ausdruck völliger Verständnislosigkeit, wie Myers glaubte, an. Aber vielleicht war es etwas anderes, dachte Myers. Vielleicht verschleierte der Blick Verschlagenheit und Betrug. Myers schüttelte seinen Mantel, um die Aufmerksamkeit des Mannes darauf zu lenken. Dann steckte er die Hand in die Tasche und kramte darin herum. Er zog den Ärmel seines Jacketts zurück und zeigte dem Mann seine Armbanduhr. Der Mann sah Myers an und sah dann auf Myers Armbanduhr. Er wirkte völlig ratlos. Myers tippte auf das Zifferblatt seiner Uhr. Er schob die andere Hand in die Manteltasche und machte eine Bewegung, als suchte er nach etwas. Myers deutete abermals auf die Uhr und wackelte mit den Fingern, in der Hoffnung, dem Mann verständlich zu machen, dass die Armbanduhr zur Tür hinaus entschwunden war.

Der Mann zuckte mit den Schultern und schüttelte den Kopf.

»Oh, verdammt«, sagte Myers frustriert. Er zog den Mantel an und ging hinaus auf den Gang. Er hielt es in dem Abteil keine Minute länger aus. Er fürchtete, er würde den Mann womöglich schlagen. Er blickte den Gang rauf und runter, als hoffte er, den Dieb zu erblicken und zu erkennen. Aber es war niemand zu sehen. Vielleicht hatte der Mann, der mit ihm im Abteil saß, die Uhr gar nicht genommen. Vielleicht war jemand anders, derjenige, der an der WC-Tür geruckelt hatte, an dem Abteil vorbeigegangen, hatte den Mantel entdeckt und den schlafenden Mann, hatte einfach die Tür geöffnet, die Taschen durchsucht, die Tür hinter sich geschlossen und war wieder davongegangen.

Myers ging langsam zum Ende des Wagens und spähte in die anderen Abteile. Es war nicht voll in der ersten Klasse, aber es saßen ein, zwei Leute in jedem Abteil. Die meisten schliefen oder schienen zu schlafen. Ihre Augen waren geschlossen, und ihre Köpfe waren zurückgelehnt an die Sitze. In einem Abteil saß ein Mann, der ungefähr in seinem Alter war, am Fenster und blickte in die Landschaft hinaus. Als Myers an der Glastür stehen blieb und ihn ansah, drehte sich der Mann um und warf ihm einen grimmigen Blick zu.

Myers ging in den Zweite-Klasse-Wagen hinüber. In diesem Wagen waren die Abteile voll besetzt – manchmal saßen fünf oder sechs Fahrgäste darin, und die Menschen waren, wie er mit einem Blick erkannte, verzweifelter. Viele waren wach – es war zu unbequem, um schlafen zu können –, und sie wandten ihm die Augen zu, wenn er vorbeiging. Fremde, dachte er. Falls der Mann in seinem Abteil die Uhr nicht genommen hatte, dann musste der Dieb, so viel war ihm klar, aus einem dieser Abteile gekommen sein. Aber was konnte er tun? Es war hoffnungslos. Die Uhr war weg. Sie war jetzt in jemandes anderen Tasche. Er konnte nicht hoffen, dass es ihm gelang, dem *contrôleur* verständlich zu machen, was geschehen war. Und selbst wenn es ihm gelang, was dann? Er machte sich auf den Rückweg zu seinem Abteil. Er blickte hinein und sah, dass der Mann sich wieder ausgestreckt hatte, mit dem Hut über den Augen.

Myers stieg über die Beine des Mannes und setzte sich auf seinen Platz am Fenster. Er war benommen vor Wut. Sie fuhren jetzt durch die Außenbezirke der Stadt. Gehöfte und Weideland waren Industrieanlagen mit unaussprechlichen Namen an den Fassaden der Gebäude gewichen. Der Zug fuhr langsamer. Myers sah Autos auf städtischen Straßen und andere, die in Schlangen vor den Bahnübergängen darauf warteten, dass der Zug vorbeifuhr. Er stand auf und nahm seinen Koffer herunter. Er hielt ihn auf den Knien, während er aus dem Fenster blickte auf diesen abscheulichen Ort.

Ihm wurde auf einmal klar, dass er den Jungen eigentlich gar nicht sehen wollte. Er war entsetzt von dieser Erkenntnis, und einen Moment lang kam er sich ihrer Gemeinheit wegen schlecht und klein vor. Er schüttelte den Kopf. In einem Leben voller Torheiten war diese Reise wohl das Törichste, was er je unternommen hatte. Tatsache aber war, dass er wirklich kein Verlangen hatte, seinen Sohn zu sehen, dessen Verhalten ihn vor langer Zeit so abgestoßen hatte. Plötzlich und mit großer Klarheit erinnerte er sich an den Gesichtsausdruck, mit dem der Junge sich damals auf ihn gestürzt hatte, und eine Welle von Bitterkeit durchlief ihn. Der Junge hatte Myers Jugend aufgezehrt, er hatte das junge Mädchen, dem Myers den Hof gemacht und das er geheiratet hatte, in eine nervöse Alkoholikerin verwandelt, die er abwechselnd bemitleidete und quälte. Warum, um alles in der Welt, fragte sich Myers, war er den ganzen weiten Weg gekommen, um jemanden zu sehen, den er nicht mochte? Er wollte nicht die Hand des Jungen, die Hand seines Feindes schütteln, er wollte ihm nicht auf die Schulter klopfen und Konversation mit ihm machen müssen. Er wollte ihn nicht nach seiner Mutter fragen müssen.

Er beugte sich vor auf seinem Platz, als der Zug in den Bahnhof einfuhr. Über die Lautsprecheranlage des Zuges wurde auf Französisch etwas ausgerufen. Der Mann gegen-

über von Myers fing an, sich zu regen. Er schob sich den
Hut zurecht und richtete sich auf, als noch etwas auf Französisch über den Lautsprecher durchgesagt wurde. Myers
verstand kein Wort. Er wurde noch aufgeregter, als der Zug
langsamer fuhr und schließlich anhielt. Er beschloss, dass er
das Abteil nicht verlassen würde. Er würde sitzen bleiben,
wo er war, bis der Zug wieder losfuhr. Wenn er losfuhr,
würde er drin sitzen und mit dem Zug weiterfahren bis nach
Paris, und damit war der Fall erledigt. Er blickte vorsichtig
aus dem Fenster, voller Sorge, plötzlich das Gesicht des
Jungen an der Scheibe zu sehen. Er wusste nicht, was er tun
würde, falls das passierte. Er fürchtete, er könnte die Faust
schütteln. Er sah ein paar Leute auf dem Bahnsteig, die alle
Mäntel und Schals trugen und neben ihren Koffern standen und darauf warteten, dass sie in den Zug einsteigen
konnten. Ein paar andere Leute warteten ohne Gepäck, die
Hände in den Hosentaschen; offensichtlich waren sie da,
um jemanden abzuholen. Sein Sohn war nicht unter diesen
Wartenden, aber natürlich hieß das nicht, dass er nicht irgendwo da draußen stand. Myers ließ den Koffer von den
Knien auf den Boden gleiten und rutschte Stückchen um
Stückchen auf seinem Platz nach unten.
Der Mann an der Tür gähnte und guckte aus dem Fenster.
Jetzt richtete er den Blick auf Myers. Er nahm den Hut ab
und fuhr sich mit der Hand durchs Haar. Dann setzte er
den Hut wieder auf, erhob sich langsam und nahm seine Ta-
sche von der Gepäckablage herunter. Er öffnete die Tür des
Abteils. Aber bevor er hinausging, drehte er sich um und
wies mit einer Geste in Richtung des Bahnhofs.
»Strasbourg«, sagte der Mann.
Myers wandte sich ab.
Der Mann wartete noch einen Moment, dann ging er hinaus
auf den Gang, mit seiner Tasche und, wie Myers ganz sicher

glaubte, mit der Armbanduhr. Doch das war jetzt die geringste seiner Sorgen. Er guckte wieder aus dem Fenster. Er sah einen Mann mit Schürze in der Bahnhofstür stehen und eine Zigarette rauchen. Der Mann beobachtete zwei Eisenbahner, die einer Frau in langem Rock, die ein Baby auf den Armen trug, etwas erklärten. Die Frau hörte zu, und dann nickte sie und hörte weiter zu. Sie nahm das Baby von einem Arm auf den anderen. Die Männer redeten weiter. Sie hörte zu. Der eine Mann kitzelte das Baby unter dem Kinn. Die Frau sah hinunter und lächelte. Sie nahm das Baby wieder auf den anderen Arm und hörte weiter zu. Myers sah ein junges Paar; die beiden standen auf dem Bahnsteig, nur ein Stück von seinem Wagen entfernt, und umarmten sich. Dann ließ der junge Mann die junge Frau los. Er sagte etwas, griff nach seinem Koffer und stieg in den Zug. Die Frau sah ihm nach. Sie hob die Hand ans Gesicht, berührte das eine Auge und dann das andere mit dem Handballen. Gleich darauf sah Myers sie den Bahnsteig entlanggehen, die Augen auf den Wagen, in dem er saß, gerichtet, als verfolgte sie jemanden. Er wandte den Blick von der Frau ab und sah auf die große Uhr über dem Wartesaal. Er sah den Bahnsteig hinauf und hinunter. Der Junge war weit und breit nicht zu sehen. Es war möglich, dass er verschlafen hatte, aber es konnte sein, dass auch er es sich anders überlegt hatte. Jedenfalls fühlte Myers sich erleichtert. Er richtete den Blick wieder auf die Bahnhofsuhr, dann auf die junge Frau, die auf das Fenster, an dem er saß, zugelaufen kam. Myers zog den Kopf zurück, als wäre sie im Begriff, an die Scheibe zu schlagen.

Die Tür des Abteils öffnete sich. Der junge Mann, den er draußen gesehen hatte, schloss sie hinter sich und sagte: »*Bonjour*.« Ohne auf eine Antwort zu warten, warf er seinen Koffer auf die Gepäckablage und trat ans Fenster. »*Par-*

donnez-moi.« Er zog das Fenster herunter. »Marie«, sagte
er. Die junge Frau lächelte und weinte zur gleichen Zeit.
Der junge Mann zog ihre Hände zu sich herauf und bedeckte ihre Finger mit Küssen.

Myers sah weg und presste die Zähne aufeinander. Er hörte
die letzten Rufe der Eisenbahner. Jemand pfiff. Der Zug
setzte sich in Bewegung, und der Bahnsteig blieb zurück.
Der junge Mann hatte die Hände der Frau losgelassen, aber
er winkte ihr immer weiter zu, während der Zug vorwärts-
rollte.

Aber der Zug fuhr nur eine kurze Strecke, in das freie
Gelände des Rangierbahnhofs, und dann spürte Myers, wie
er abrupt wieder zum Halten kam. Der junge Mann schloss
das Fenster und setzte sich auf den Platz an der Tür. Er zog
eine Zeitung aus der Manteltasche und fing an zu lesen.
Myers stand auf und öffnete die Tür. Er ging an das Ende
des Gangs, dahin, wo die Wagen aneinander gekuppelt waren. Er wusste nicht, warum der Zug stehen geblieben war.
Vielleicht war irgendetwas nicht in Ordnung. Er trat ans
Fenster. Aber er konnte nichts weiter sehen als ein kompli-
ziertes System von Schienen, wo Züge zusammengestellt,
Wagen abgekoppelt oder von einem Zug an den anderen
gehängt wurden. Er trat von dem Fenster zurück. Auf dem
Schild an der Tür zum nächsten Wagen stand POUSSEZ.
Myers schlug mit der Faust auf das Schild, und die Tür glitt
auf. Er war wieder in dem Wagen zweiter Klasse. Er ging an
einer Reihe voller Abteile entlang, wo die Leute sich gerade
einrichteten, als bereiteten sie sich auf eine lange Reise vor.
Er musste jemanden finden, der ihm sagte, wohin dieser
Zug fuhr. Als er die Fahrkarte kaufte, hatte er es so verstanden, dass der Zug zuerst nach Strasbourg und dann weiter
nach Paris fuhr. Aber er fand es demütigend, den Kopf in
eines der Abteile zu stecken und zu fragen: »Pari?«, oder

wie immer sie es aussprachen – es war so, als fragte er, ob sie gerade an einem Bahnhof angekommen seien. Er hörte ein lautes Geschepper, und der Zug fuhr ein Stückchen zurück. Er sah den Bahnhof wieder, und wieder dachte er an seinen Sohn. Vielleicht stand er jetzt dort, atemlos vom schnellen Laufen, und fragte sich, wo sein Vater blieb. Myers schüttelte den Kopf.

Der Wagen, in dem er war, kreischte und ächzte unter ihm, dann rastete etwas ein und fiel mit Wucht an seinen Platz. Myers blickte hinaus auf das Schienengewirr und sah, dass der Zug wieder Fahrt aufgenommen hatte. Er machte kehrt, eilte zurück an das Ende des Wagens und ging hinüber in den Wagen, in dem er gesessen hatte. Er ging durch den Gang zu seinem Abteil. Aber der junge Mann mit der Zeitung war verschwunden. Und Myers' Koffer war verschwunden. Es war überhaupt nicht sein Abteil. Plötzlich wurde ihm klar, dass man seinen Wagen auf dem Rangierbahnhof abgekoppelt und einen weiteren Zweite-Klasse-Wagen an den Zug angehängt hatte. Das Abteil, vor dem er stand, war fast voll besetzt von kleinen, dunkelhäutigen Männern, die sehr schnell sprachen, in einer Sprache, die Myers noch nie gehört hatte. Einer von den Männern gab ihm ein Zeichen, dass er hereinkommen solle. Myers ging in das Abteil, und die Männer machten ihm Platz. In dem Abteil schien eine fröhliche Stimmung zu herrschen. Der Mann, der ihm das Zeichen gegeben hatte, lachte und schlug mit der Handfläche auf den Platz neben sich. Myers setzte sich, mit dem Rücken zur Fahrtrichtung. Die Landschaft draußen vor dem Fenster glitt jetzt schneller und schneller vorbei. Einen Moment lang hatte Myers den Eindruck, die Landschaft schieße vor ihm davon. Er war irgendwohin unterwegs, das wusste er. Und falls es die falsche Richtung war – früher oder später würde er es herausfinden.

Er lehnte sich zurück und schloss die Augen. Die Männer sprachen und lachten weiter. Ihre Stimmen drangen wie aus weiter Ferne an sein Ohr. Bald wurden die Stimmen Teil der Bewegungen des Zuges – und Myers spürte, wie er allmählich davongetragen und dann in den Schlaf gezogen wurde.

Eine kleine, gute Sache*

Am Samstagnachmittag fuhr sie zu der Bäckerei im Einkaufszentrum. Nachdem sie ein Ringbuch durchgesehen hatte,
dessen Seiten mit Fotos von Torten beklebt waren, bestellte
sie eine Schokoladentorte, die Lieblingstorte des Kindes.
Die Torte war mit einem Raumschiff und einer Abschuss-
rampe unter einem mit Sternen übersäten Himmel verziert
und mit einem Planeten aus rotem Zuckerguss am anderen Ende. Sein Name, SCOTTY, sollte in grünen Lettern
unter dem Planeten stehen. Der Bäcker, ein älterer Mann
mit einem Specknacken, hörte, ohne etwas zu sagen, zu, als
sie ihm erklärte, das Kind werde am nächsten Montag acht
Jahre alt. Der Bäcker trug eine weiße Schürze, die wie ein
Kittel aussah. Die Schürzenbänder führten unter den Armen hindurch, gingen um den Rücken herum und dann
wieder nach vorn, wo sie unter seinem schweren Bauch fest
zusammengeknotet waren. Er wischte sich die Hände an der
Schürze ab, während er ihr zuhörte. Er hielt den Blick auf
die Fotos gerichtet und ließ sie reden. Er ließ ihr Zeit. Er war
gerade zur Arbeit gekommen, und er würde die ganze Nacht
da sein und backen, und er hatte es nicht besonders eilig.
Sie sagte dem Bäcker ihren Namen, Ann Weiss, und gab
ihm ihre Telefonnummer. Die Torte würde am Montagmor-

* Diese Geschichte findet sich in einer kürzeren Version unter dem
Titel »Das Bad« in dem Band *Wovon wir reden, wenn wir von Liebe
reden*, S. 63–72.

gen fertig sein, frisch aus dem Ofen, lange, bevor am Montagnachmittag die Geburtstagsfeier des Kindes begann. Der Bäcker war kein umgänglicher Mann. Es gab keinen Austausch von Höflichkeiten zwischen ihnen, nur das Minimum an Worten, die notwendigen Auskünfte. In seiner Gegenwart war ihr unbehaglich zu Mute, und sie mochte das nicht. Während er mit dem Stift in der Hand über den Ladentisch gebeugt stand, betrachtete sie seine groben Gesichtszüge und fragte sich, ob er wohl mit seinem Leben je etwas anderes angefangen hatte, außer dass er Bäcker war. Sie war Mutter und dreiunddreißig Jahre alt, und sie meinte, dass jeder, zumal jemand, der so alt war wie der Bäcker – er war alt genug, dass er ihr Vater hätte sein können –, Kinder haben musste, die auch durch diese spezielle Phase der Torten und Geburtstagsfeiern gegangen waren. Das musste doch etwas sein, das sie verband, dachte sie. Aber er war ihr gegenüber kurz angebunden – nicht rüde, nur kurz angebunden. Sie gab den Versuch, freundschaftlich mit ihm umzugehen, auf. Sie blickte in den hinteren Teil der Bäckerei und sah einen langen, schweren Holztisch, an dessen einem Ende Kuchenformen aus Aluminium aufgestapelt waren, und neben dem Tisch einen Metallbehälter voller leerer Roste. Und da war ein riesiger Ofen. Ein Radio spielte Country-Western-Musik.

Der Bäcker schrieb in Druckschrift alle Angaben auf die eigens dafür vorgesehene Bestellkarte und schloss das Ringbuch. Er sah sie an und sagte: »Montagmorgen.« Sie dankte ihm und fuhr nach Hause.

Am Montagmorgen ging der Geburtstagsjunge zusammen mit einem anderen Jungen zur Schule. Die beiden ließen eine Tüte Kartoffelchips zwischen sich hin und her wandern, und der Geburtstagsjunge versuchte herauszukriegen, was sein Freund ihm am Nachmittag zum Geburtstag schenken wollte. Ohne nach rechts und links zu sehen, trat der Geburtstagsjunge an einer Kreuzung von der Bordsteinkante hinunter und wurde im selben Augenblick von einem Auto umgefahren. Er fiel so, dass er auf der Seite lag, mit dem Kopf im Rinnstein und den Beinen weiter auf der Straße. Seine Augen waren geschlossen, aber seine Beine bewegten sich rauf und runter, als versuchte er, über etwas hinüberzuklettern. Sein Freund ließ die Kartoffelchips fallen und fing an zu weinen. Das Auto war ungefähr dreißig Meter weitergefahren und hielt mitten auf der Fahrbahn an. Der Mann, der am Steuer saß, blickte über die Schulter zurück. Er wartete, bis der Junge unsicher auf die Beine kam. Der Junge schwankte ein bisschen. Er wirkte benommen, schien aber okay. Der Fahrer legte den Gang ein und fuhr weiter.

Der Geburtstagsjunge weinte nicht, aber er wusste auch überhaupt nichts zu sagen. Er antwortete nicht, als sein Freund ihn fragte, wie es sich anfühle, wenn man vom Auto angefahren worden sei. Er ging nach Hause, und sein Freund ging weiter, zur Schule. Aber als der Geburtstagsjunge bei sich zu Hause war und seiner Mutter davon erzählte – sie saß neben ihm auf dem Sofa, hielt seine Hände auf ihrem Schoß und sagte: »Scotty, Schatz, geht es dir auch wirklich gut, mein Kleiner?«, und dachte, sie würde auf jeden Fall den Arzt rufen –, legte er sich plötzlich auf das Sofa zurück, schloss die Augen, und seine Glieder wurden schlaff. Als sie ihn nicht aufwecken konnte, lief sie zum Telefon und rief ihren Mann bei der Arbeit an. Howard sagte ihr, sie solle ganz ruhig bleiben, ganz ruhig bleiben, und dann rief er einen Krankenwagen für das Kind und fuhr selbst zum Krankenhaus.

Natürlich wurde die Geburtstagsfeier abgesagt. Das Kind war im Krankenhaus, es hatte eine leichte Gehirnerschütterung und stand unter Schock. Es hatte sich übergeben, und es war Flüssigkeit in die Lungen eingedrungen, die am gleichen Nachmittag abgesaugt werden musste. Jetzt lag er nur, wie es schien, in einem sehr tiefen Schlaf – aber nicht im Koma, hatte Dr. Francis betont, nicht im Koma, als er die Beunruhigung in den Augen der Eltern sah. Gegen elf Uhr an diesem Abend, als der Junge nach den vielen Röntgenaufnahmen und Laboruntersuchungen ziemlich friedlich zu ruhen schien und es nur darum ging, dass er aufwachte und wieder zu sich kam, verließ Howard das Krankenhaus. Er und Ann waren seit dem Nachmittag bei dem Kind im Krankenhaus gewesen, und er fuhr kurz nach Hause, um ein Bad zu nehmen und sich umzuziehen. »In einer Stunde bin ich zurück«, sagte er. Sie nickte. »Ist gut«, sagte sie. »Ich bin ja hier.« Er küsste sie auf die Stirn, und ihre Hände berührten sich. Sie saß auf dem Stuhl am Bett und sah auf das Kind. Sie wartete, dass der Junge aufwachte und wieder gesund und munter war. Dann würde sie sich endlich beruhigen können.

Howard fuhr vom Krankenhaus nach Hause. Er fuhr sehr schnell auf den nassen, dunklen Straßen, dann besann er sich und verlangsamte das Tempo. Bis jetzt war alles in seinem Leben glatt gegangen und zu seiner Zufriedenheit – College, Heirat, ein weiteres College-Jahr für den höheren Abschluss in Wirtschaftswissenschaft, dann Junior-Partner in einer Investmentfirma. Und er war Vater geworden. Er war zufrieden und hatte, bisher, Glück gehabt – das war ihm bewusst. Seine Eltern lebten noch, seine Brüder und seine Schwester hatten es zu etwas gebracht, seine Freunde vom College waren in die Welt gezogen und hatten ihren Weg gefunden. Bisher war er verschont geblieben von allem wirklichen Kummer, von jenen Kräften, von denen er wusste, dass sie existierten und dass sie einen Menschen, wenn das Glück ihn verließ, wenn das Blatt sich plötzlich wendete, zum Krüppel machen oder ins Elend stürzen konnten. Er bog in die Einfahrt ein und hielt. Sein linkes Bein fing an zu zittern. Er saß einen Moment lang im Auto und versuchte, sich mit der jetzigen Situation auf vernünftige Weise auseinander zu setzen. Scotty war von einem Auto angefahren worden und war im Krankenhaus, aber er würde wieder gesund werden. Howard schloss die Augen und fuhr sich mit der Hand über das Gesicht. Er stieg aus und ging hinauf zur Haustür. Der Hund bellte drinnen im Haus. Das Telefon klingelte und klingelte, während er die Tür aufschloss und nach dem Lichtschalter tastete. Er hätte nicht wegfahren sollen vom Krankenhaus, er hätte dableiben sollen. »Oh, verdammt!« sagte er. Er nahm den Hörer ab und sagte: »Ich bin gerade erst zur Tür reingekommen!«

»Hier ist eine Torte, die nicht abgeholt wurde«, sagte die Stimme am anderen Ende der Leitung.

»Was sagen Sie?« fragte Howard.

»Eine Torte«, sagte die Stimme. »Eine Torte für sechzehn Dollar.«

Den Hörer am Ohr, versuchte Howard zu verstehen. »Ich weiß nichts von einer Torte«, sagte er. »Mein Gott, wovon reden Sie überhaupt?«

»Erzählen Sie mir keine Geschichten«, sagte die Stimme.

Howard legte den Hörer auf. Er ging in die Küche und goss sich einen Whiskey ein. Er rief im Krankenhaus an. Aber der Zustand des Kindes war unverändert; der Junge schlief noch, und nichts hatte sich geändert. Während das Wasser einlief, seifte sich Howard das Gesicht ein und rasierte sich. Er hatte sich gerade in der Badewanne ausgestreckt und die Augen geschlossen, als das Telefon wieder klingelte. Er hievte sich aus der Wanne, griff nach einem Handtuch, und während er durchs Haus lief, murmelte er: »Zu dumm, zu dumm«, weil er das Krankenhaus verlassen hatte. Aber als er den Hörer abnahm und »Hallo!« rief, war nichts zu hören. Dann legte der Anrufer auf.

Kurz nach Mitternacht war er wieder im Krankenhaus. Ann saß noch auf dem Stuhl am Bett. Sie sah zu Howard auf, und dann sah sie wieder auf das Kind. Die Augen des Kindes waren weiterhin geschlossen, der Kopf noch in Verbände gewickelt. Sein Atem ging ruhig und gleichmäßig. Von einem Gestell über dem Bett hing eine Flasche Glukose herab, mit einem Schlauch, der von der Flasche zum Arm des Jungen führte.

»Wie geht's ihm?« sagte Howard. »Was hat das alles zu bedeuten?« Er deutete mit einer Handbewegung auf die Glukose und den Schlauch.

»Dr. Francis hat es angeordnet«, sagte sie. »Er braucht Nahrung. Er muss bei Kräften bleiben. Warum wacht er nicht auf, Howard? Ich verstehe das nicht, wenn er doch gesund ist.«

Howard strich mit der Hand über ihren Hinterkopf. Er fuhr mit den Fingern durch ihr Haar. »Er wird wieder gesund. Er wird bald aufwachen. Dr. Francis weiß, was er tut.« Nachdem etwas Zeit vergangen war, sagte er: »Vielleicht solltest du nach Hause fahren und ein bisschen ruhen. Ich bin ja hier. Und gib dich nicht ab mit dem widerlichen Kerl, der dauernd anruft. Leg gleich wieder auf.«

»Wer ruft denn an?«

»Ich weiß nicht, wer, jemand, der nichts Besseres zu tun hat, als Leute anzurufen. Geh du jetzt.«

Sie schüttelte den Kopf. »Nein«, sagte sie. »Ich komm schon zurecht.«

»Ehrlich«, sagte er. »Fahr eine Weile nach Hause, und dann komm am Morgen wieder und lös mich ab. Er wird wieder gesund. Was hat Dr. Francis gesagt? Er hat gesagt, Scotty wird wieder gesund. Wir brauchen uns keine Sorgen zu machen. Er schläft jetzt nur, das ist alles.«

Eine Schwester stieß die Tür auf. Sie nickte ihnen zu, während sie zu dem Bett ging. Sie zog den linken Arm unter der Bettdecke hervor und legte ihre Finger auf das Handgelenk, fand den Puls und blickte dann auf ihre Uhr. Nach einer Weile schob sie den Arm wieder unter die Decke und ging ans Fußende des Betts, wo sie etwas auf das Krankenblatt schrieb, das am Bett befestigt war.

»Wie geht es ihm?« sagte Ann. Howards Hand lag schwer auf ihrer Schulter. Sie war sich des Drucks seiner Finger bewusst.

»Sein Zustand ist stabil«, sagte die Schwester. Dann sagte sie: »Der Doktor kommt gleich noch einmal. Der Doktor ist schon wieder im Krankenhaus. Er macht jetzt die Visite.«

»Ich habe gerade gesagt, vielleicht sollte sie nach Hause fahren und ein bisschen ausruhen«, sagte Howard. »Wenn der Doktor da gewesen ist«, sagte er.

»Das könnte sie tun«, sagte die Schwester. »Ich glaube, das könnten Sie beide ohne weiteres tun, wenn Sie wollen.« Die Schwester war eine kräftige Skandinavierin mit blondem Haar. Wenn sie sprach, hörte man eine Spur von einem Akzent.

»Wir wollen sehen, was der Doktor sagt«, sagte Ann. »Ich möchte mit dem Doktor sprechen. Ich glaube nicht, dass er dauernd so schlafen sollte. Ich glaube nicht, dass das ein gutes Zeichen ist.« Sie hob die Hand an die Augen und ließ den Kopf ein wenig nach vorn sinken. Howards Griff auf ihrer Schulter wurde fester, und dann schob sich seine Hand hinauf zu ihrem Hals, und seine Finger begannen die Muskeln dort zu kneten.

»Dr. Francis wird in ein paar Minuten hier sein«, sagte die Schwester. Dann ging sie hinaus.

Howard blickte unverwandt auf seinen Sohn, auf die schmale Brust, die sich unter der Decke gleichmäßig hob und senkte. Zum ersten Mal seit den schrecklichen Minuten nach Anns Anruf im Büro merkte er, wie nackte Furcht ihm in die Glieder kroch. Er fing an, den Kopf zu schütteln. Scotty ging es gut, aber statt zu Hause in seinem eigenen Bett zu schlafen, lag er hier in einem Krankenhausbett mit Verbänden um den Kopf und einer Kanüle im Arm. Aber das war das, was er jetzt brauchte.

Dr. Francis kam herein und schüttelte Howard die Hand, obwohl sie sich erst vor wenigen Stunden gesehen hatten. Ann stand von ihrem Stuhl auf. »Doktor?«

»Ann«, sagte er und nickte. Der Arzt sagte: »Sehen wir doch erst mal, wie's ihm geht.« Er trat an das Bett und maß den Puls des Jungen. Er schob das eine Augenlid zurück und dann das andere. Howard und Ann standen neben dem Arzt und sahen zu. Dann schlug der Arzt die Decke zurück und horchte das Herz und die Lunge des Jungen mit seinem Stethoskop ab. Er drückte die Fingerspitzen hier und da in den Bauch. Als er fertig war, ging er an das Fußende des Bettes und las aufmerksam das Krankenblatt. Er notierte die Uhrzeit, kritzelte etwas auf das Blatt, und dann sah er Howard und Ann an.

»Doktor, wie geht es ihm?« sagte Howard. »Was ist eigentlich los mit ihm?«

»Warum wacht er nicht auf?« sagte Ann.

Der Arzt war ein gut aussehender, breitschultriger Mann mit gebräuntem Gesicht. Er trug einen dreiteiligen blauen Anzug, einen gestreiften Schlips und elfenbeinerne Manschettenknöpfe. Das graue Haar war so gekämmt, dass es seitlich am Kopf anlag, und er sah so aus, als käme er gerade von einem Konzert. »Es ist alles in Ordnung«, sagte er. »Nichts, um in Freudengeschrei auszubrechen, es könnte ihm besser gehen, denke ich. Aber es ist alles in Ordnung. Trotzdem, ich wünschte, er würde aufwachen. Er dürfte ziemlich bald aufwachen.« Der Arzt sah den Jungen wieder an. »In ein paar Stunden wissen wir mehr, wenn die Ergebnisse von ein paar weiteren Untersuchungen vorliegen. Aber es ist alles in Ordnung, glauben Sie mir, abgesehen von der haarfeinen Schädelbasisfraktur. Die hat er tatsächlich.«

»O nein«, sagte Ann.

»Und eine leichte Gehirnerschütterung, wie ich schon sagte. Natürlich, das wissen Sie, steht er unter Schock«, sagte der Arzt. »So etwas sehen wir manchmal in Fällen von Schock – dieses Schlafen.«

»Aber er ist außer jeder ernsten Gefahr?« sagte Howard. »Sie sagten vorhin, er ist nicht im Koma. Sie würden das also nicht ein Koma nennen – oder, Doktor?« Howard wartete. Er sah den Arzt an.

»Nein, Koma möchte ich es nicht nennen«, sagte der Arzt und warf wieder einen Blick auf den Jungen. »Er ist nur in einem sehr tiefen Schlaf. Das ist eine kräftigende Maßnahme, die der Körper von sich aus ergreift. Er ist außer jeder ernsten Gefahr, das würde ich mit Gewissheit sagen, ja. Aber wir werden mehr wissen, wenn er aufwacht und die anderen Untersuchungsergebnisse vorliegen«, sagte der Arzt.

»Es ist ein Koma«, sagte Ann. »So was wie ein Koma.«

»Es ist noch kein Koma, genaugenommen«, sagte der Arzt. »Ich möchte es eigentlich nicht Koma nennen. Bis jetzt noch nicht, jedenfalls. Er hat einen Schock erlitten. In Fällen von Schock ist diese Art der Reaktion ziemlich verbreitet; es ist eine vorübergehende Reaktion auf ein körperliches

Trauma. Koma. Also, Koma, das ist eine tiefe, anhaltende Bewusstlosigkeit, etwas, das tagelang dauern kann, oder sogar Wochen. Scottys Bewusstlosigkeit liegt nicht in diesem Bereich, nicht, soweit wir sagen können. Ich bin überzeugt, dass sein Zustand sich bis morgen gebessert hat. Ich wette, dass er sich bessern wird. Wir werden mehr wissen, wenn er aufwacht, und das dürfte jetzt nicht mehr lange dauern. Sie können natürlich tun, was Sie möchten, hier bleiben oder eine Zeit lang nach Hause fahren. Aber tun Sie unbedingt, wonach Ihnen zu Mute ist, gehen Sie eine Weile raus, wenn Sie möchten. Das ist jetzt nicht leicht für Sie, ich weiß.« Der Doktor sah wieder zu dem Jungen hin, beobachtete ihn, und dann wandte er sich Ann zu und sagte: »Versuchen Sie, sich keine Sorgen zu machen, kleine Mutter. Glauben Sie mir, wir tun alles, was getan werden kann. Es ist jetzt nur eine Frage von ein bisschen mehr Zeit.« Er nickte ihr zu, schüttelte Howard wieder die Hand, und dann ging er hinaus.

Ann legte die Hand auf die Stirn des Jungen. »Jedenfalls hat er kein Fieber«, sagte sie. Dann sagte sie: »Mein Gott, aber er fühlt sich so kalt an. Howard? Ist das in Ordnung, dass er sich so kalt anfühlt? Fühl mal seinen Kopf.«

Howard berührte die Schläfen des Jungen. Sein eigener Atem war langsamer geworden. »Ich glaube, er fühlt sich so an, wie er sich jetzt anfühlen muss«, sagte er. »Er steht unter Schock, musst du bedenken. Das hat der Doktor doch gesagt. Der Doktor war gerade da. Er hätte etwas gesagt, wenn Scotty nicht okay wäre.«

Ann stand noch eine Weile da und nagte mit den Zähnen an ihrer Lippe. Dann ging sie zu ihrem Stuhl und setzte sich.

Howard setzte sich auf den Stuhl neben ihr. Sie sahen sich an. Er wollte noch etwas anderes sagen und sie beruhigen, aber auch er hatte Angst. Er nahm ihre Hand und legte sie in seinen Schoß, und dass ihre Hand dort lag, bewirkte, dass er sich besser fühlte. Er hob ihre Hand und drückte sie. Dann hielt er sie nur. So saßen sie eine Weile da und beobachteten den Jungen und sagten nichts. Von Zeit zu Zeit drückte er ihre Hand. Schließlich zog sie die Hand weg.

»Ich hab gebetet«, sagte sie.

Er nickte.

Sie sagte: »Ich dachte schon, ich hätte vergessen, wie es geht, aber es ist mir wieder eingefallen. Ich brauchte nur die Augen zu schließen und zu sagen: ›Bitte, lieber Gott, hilf uns – hilf Scotty‹, und das andere war dann ganz leicht. Die Worte waren wieder da. Vielleicht ginge es dir auch so, wenn du beten würdest«, sagte sie zu ihm.

»Ich hab schon gebetet«, sagte er. »Ich hab heut Nachmittag gebetet – gestern Nachmittag, meine ich –, als du angerufen hattest und ich zum Krankenhaus gefahren bin. Da hab ich gebetet«, sagte er.

»Das ist gut«, sagte sie. Zum ersten Mal hatte sie das Gefühl, dass sie zusammen waren in dieser Sache, diesem Unglück. Sie erkannte mit Schrecken, dass es bisher nur ihr und Scotty passiert war. Sie hatte Howard nicht hereingelassen, obwohl er die ganze Zeit da war und gebraucht wurde. Sie war froh, seine Frau zu sein.

Dieselbe Schwester kam herein und fühlte dem Jungen wieder den Puls und prüfte den Zufluss aus der Flasche, die über dem Bett hing.

Eine Stunde später kam ein anderer Arzt ins Zimmer. Er sagte, sein Name sei Parsons, von der Radiologischen Abteilung. Er hatte einen buschigen Schnurrbart. Er trug Mokassins, ein Westernhemd und eine Jeanshose.

»Wir nehmen ihn mit nach unten, wir wollen noch ein paar Aufnahmen machen«, sagte er zu ihnen. »Wir brauchen noch weitere Röntgenbilder, und wir wollen ein CT machen.«

»Was ist das?« sagte Ann. »Was ist ein CT?« Sie stand zwischen dem neuen Arzt und dem Bett. »Ich dachte, Sie hätten schon alle Ihre Röntgenaufnahmen gemacht.«

»Leider brauchen wir noch einige mehr«, sagte er. »Nichts, was Sie beunruhigen muss. Wir brauchen nur noch ein paar weitere Bilder, und wir wollen ein CT vom Gehirn machen.«

»Mein Gott«, sagte Ann.

»Das ist ein absolut normales Verfahren in Fällen wie diesem«, sagte dieser neue Arzt. »Wir müssen nur mit Sicherheit herausfinden, warum er noch nicht wieder wach ist. Ein ganz normales medizinisches Verfahren, und nichts, was Sie beunruhigen muss. Wir nehmen ihn mit nach unten, in ein paar Minuten«, sagte dieser Arzt.

Ein Weilchen später kamen zwei Pfleger mit einer Rollbahre ins Zimmer. Es waren schwarzhaarige, dunkelhäutige Männer in weißen Uniformen, und sie wechselten ein paar Worte in einer fremden Sprache, als sie den Jungen von dem Tropf nahmen und ihn von seinem Bett auf die Rollbahre hoben. Dann rollten sie ihn aus dem Zimmer. Howard und Ann gingen mit in denselben Fahrstuhl. Ann sah mit starrem Blick auf das Kind. Sie schloss die Augen, als der Fahrstuhl sich nach unten in Bewegung setzte. Die Pfleger standen an den beiden Enden der Rollbahre, ohne etwas zu sagen; nur einmal machte der eine eine Bemerkung zu dem anderen in ihrer fremden Sprache, und der andere nickte zur Antwort langsam mit dem Kopf.

Später am Morgen, gerade als die Sonne in die Fenster des Warteraums vor der Röntgenabteilung zu scheinen begann, brachten sie den Jungen heraus und fuhren ihn wieder nach oben, in sein Zimmer. Howard und Ann fuhren abermals in dem Fahrstuhl mit ihm hinauf, und abermals nahmen sie ihre Plätze an seinem Bett ein.

Sie warteten den ganzen Tag, aber noch immer wachte der Junge nicht auf. Gelegentlich verließ einer von ihnen das Zimmer, um nach unten zu gehen, in die Cafeteria, und Kaffee zu trinken und dann, als erinnerte er sich plötzlich und fühlte sich schuldig, vom Tisch aufzuspringen und wieder in das Zimmer zu eilen. Am Nachmittag kam Dr. Francis wieder und untersuchte den Jungen erneut und ging, nachdem er ihnen gesagt hatte, der Junge sei auf dem Wege, er könne jetzt jeden Augenblick aufwachen. Schwestern, andere Schwestern als am Abend zuvor, kamen von Zeit zu Zeit herein. Dann klopfte eine junge Frau vom Labor an die Tür und betrat das Zimmer. Sie hatte weiße Hosen und eine weiße Bluse an und trug ein kleines Tablett mit Sachen darauf vor sich her, das sie auf das Tischchen neben dem Bett stellte. Ohne ein Wort zu ihnen zu sagen, ergriff sie den Arm des Jungen und nahm ihm Blut ab. Howard schloss die Augen, als die Frau die richtige Stelle am Arm des Jungen suchte und die Nadel hineinstieß.

»Ich verstehe das nicht«, sagte Ann zu der Frau.

»Anordnung des Doktors«, sagte die junge Frau. »Ich tue, was mir aufgetragen wird. Wenn sie sagen, nimm Blut ab, dann nehm ich Blut ab. Was hat er eigentlich?« sagte sie. »Er ist so ein Süßer.«

»Er ist von einem Auto angefahren worden«, sagte Howard. »Ein Unfall, mit Fahrerflucht.«

Die junge Frau schüttelte den Kopf und sah den Jungen wieder an. Dann nahm sie das Tablett und ging aus dem Zimmer.

»Warum will und will er nicht aufwachen?« sagte Ann. »Howard? Ich möchte gern ein paar Antworten von den Leuten hier bekommen.«

Howard sagte nichts. Er setzte sich wieder auf den Stuhl und schlug die Beine übereinander. Er rieb sich das Gesicht.

Er sah seinen Sohn an, und dann lehnte er sich zurück, schloss die Augen und schlief ein.

Ann ging ans Fenster und sah hinaus auf den Parkplatz. Es war dunkel, und Autos mit eingeschalteten Scheinwerfern kamen hereingefahren oder fuhren hinaus. Sie stand am Fenster, ihre Hände klammerten sich an die Fensterbank, und sie wusste in ihrem Herzen, dass sie in etwas reingeraten waren, in etwas Schlimmes. Sie hatte Angst, und ihre Zähne fingen an zu klappern, bis sie die Kiefer fest zusammenpresste. Sie sah, wie ein großes Auto vor dem Krankenhaus anhielt und wie jemand, eine Frau in einem langen Mantel, in das Auto einstieg. Sie wünschte, sie wäre diese Frau und jemand, irgendwer, führe sie weg von hier, irgendwo anders hin, an einen Ort, wo sie Scotty vorfinden würde, und er würde auf sie warten, wenn sie aus dem Auto stieg, mit dem Wort *Mom* auf der Zunge und bereit, sich von ihr in die Arme schließen zu lassen.

Eine Weile später wachte Howard auf. Er sah wieder auf den Jungen. Dann stand er von dem Stuhl auf, streckte sich und ging hinüber zu ihr und stellte sich neben sie ans Fenster. Beide blickten sie hinunter auf den Parkplatz. Sie sagten nichts. Aber es war, als spürten sie jetzt beide das Innere des anderen, als hätte die Sorge sie auf eine vollkommen natürliche Art durchsichtig gemacht.

Die Tür ging auf, und Dr. Francis kam herein. Diesmal trug er einen anderen Anzug und einen anderen Schlips. Sein graues Haar war so gekämmt, dass es seitlich am Kopf anlag, und er sah aus, als hätte er sich gerade rasiert. Er ging direkt zum Bett und untersuchte den Jungen. »Er hätte inzwischen zu sich kommen sollen. Für das hier gibt es keinen vernünftigen Grund«, sagte er. »Aber ich kann Ihnen sagen, wir sind alle überzeugt davon, dass er nicht in Gefahr ist. Wir werden allerdings sehr erleichtert sein, wenn er aufwacht. Es gibt keinen Grund, absolut keinen, warum er nicht zu sich kommen sollte. Sehr bald. Oh, er wird dann ein bisschen Kopfschmerzen haben, wenn es soweit ist, darauf können Sie sich schon einstellen. Aber alle seine Werte sind ausgezeichnet. Sie sind so normal, wie sie sein können.«

»Ist es also ein Koma?« sagte Ann.

Der Arzt rieb sich seine glatte Wange. »Wir werden es für den Moment so nennen, bis er aufwacht. Aber Sie müssen völlig erschöpft sein. Das hier ist hart für Sie. Ich weiß, es ist hart. Falls Sie möchten, gehen Sie raus und essen Sie eine Kleinigkeit«, sagte er. »Es würde Ihnen gut tun. Ich setze gern eine Schwester hier rein, solange Sie fort sind, falls Ihnen dann wohler dabei zu Mute ist, wenn Sie gehen. Gehen Sie und versuchen Sie etwas zu essen.«

»Ich könnte nichts essen«, sagte Ann.

»Tun Sie, was Sie tun müssen, klar«, sagte der Arzt. »Jedenfalls wollte ich Ihnen sagen, dass alle Werte ausgezeichnet sind, die Untersuchungsergebnisse sind negativ, es gibt überhaupt keine Befunde, und sobald er aufwacht, ist er auch schon über den Berg.«

»Vielen Dank, Doktor«, sagte Howard. Er schüttelte dem Arzt wieder die Hand. Der Arzt klopfte Howard auf die Schulter und ging aus dem Zimmer.

»Ich glaube, einer von uns sollte nach Hause fahren und nach dem Rechten sehen«, sagte Howard. »Zum Beispiel muss Slug gefüttert werden.«

»Ruf einen von den Nachbarn an«, sagte Ann. »Ruf die Morgans an. Es wird ihn schon jemand füttern, wenn du darum bittest.«

»Gut, gut«, sagte Howard. Nach einer Weile sagte er: »Schatz, warum machst *du* es nicht? Warum fährst du nicht nach Hause und siehst nach dem Rechten, und kommst dann wieder her. Es wird dir gut tun. Ich bin doch hier bei ihm. Im Ernst«, sagte er. »Wir müssen aufpassen, dass wir bei Kräften bleiben für das hier. Wir werden, auch wenn er aufgewacht ist, noch eine Weile hier sein wollen.«

»Warum fährst *du* nicht?« sagte sie. »Füttere Slug. Iss selbst was.«

»Ich war schon zu Hause«, sagte er. »Ich bin genau eine Stunde und fünfzehn Minuten fort gewesen. Fahr du nach Hause, bleib eine Stunde und mach dich frisch. Und dann komm wieder.«

Sie versuchte, darüber nachzudenken, aber sie war zu müde. Sie schloss die Augen und versuchte wieder, darüber nachzudenken. Nach einer Weile sagte sie: »Vielleicht *sollte* ich für ein paar Minuten fahren. Vielleicht wacht er ja auf, wenn ich nicht dauernd hier sitze und ihn jede Sekunde beobachte. Verstehst du? Vielleicht wacht er auf, wenn ich nicht hier bin. Ich fahre nach Hause und nehme ein Bad und ziehe mir was Frisches an. Und ich füttere Slug. Dann komm wieder.«

»Ich bin ja hier«, sagte er. »Fahr du nach Hause, Schatz. Ich pass hier auf.« Seine Augen waren blutunterlaufen und klein, als hätte er über eine lange Zeit getrunken. Seine Kleidung war zerknittert. Bartstoppeln waren wieder zum Vorschein gekommen. Sie berührte sein Gesicht, und dann zog sie die Hand zurück. Sie verstand, dass er eine Weile allein sein wollte, er wollte eine Zeit lang nicht sprechen müssen, seine Sorge nicht teilen müssen. Sie nahm ihre Handtasche vom Nachttisch, und er half ihr in den Mantel.

»Ich bleib nicht lange fort«, sagte sie.

»Setz dich nur hin und ruh dich aus, wenn du nach Hause kommst«, sagte er. »Iss was. Nimm ein Bad. Und wenn du aus dem Bad kommst, setz dich noch etwas hin und ruh dich aus. Es wird dir unendlich gut tun, du wirst sehen.

Dann komm wieder«, sagte er. »Lass uns versuchen, ruhig zu bleiben. Du hast gehört, was Dr. Francis gesagt hat.«

Sie stand in ihrem Mantel einen Moment da und versuchte, sich an die exakten Worte des Arztes zu erinnern, ob da irgendwelche Nuancen gewesen waren, irgendeine Andeutung hinter seinen Worten auf etwas, das er nicht gesagt hatte. Sie versuchte, sich zu erinnern, ob sein Gesichtsausdruck sich verändert hatte, als er sich hinunterbeugte, um das Kind zu untersuchen. Sie erinnerte sich daran, wie seine Züge sich konzentriert hatten, als er die Augenlider des Jungen zurückgeschoben und danach auf sein Atmen gehorcht hatte.

Sie ging zur Tür; dort wandte sie sich um und blickte zurück. Sie sah das Kind an, und dann sah sie den Vater an. Howard nickte. Sie ging aus dem Zimmer und zog die Tür hinter sich zu.

Sie ging an der Schwesternstation vorbei und auf der Suche nach dem Fahrstuhl bis ans Ende des Flurs. Am Ende des Flurs wandte sie sich nach rechts und betrat einen kleinen Warteraum, in dem eine Negerfamilie auf Korbsesseln saß: Da war ein Mann mittleren Alters in einem Khakihemd und einer Trainingshose, mit einer in den Nacken geschobenen Baseballkappe. Eine füllige Frau, die einen Kittel und Hausschuhe anhatte, saß zusammengesunken auf einem der Stühle. Ein Teenagermädchen in Jeans, das Haar zu Dutzenden von kleinen Zöpfen geflochten, lag ausgestreckt in einem der Sessel und rauchte eine Zigarette, die Beine in Höhe der Fußgelenke übereinander geschlagen. Alle wandten sich nach Ann um, als sie den Raum betrat. Der kleine Tisch war übersät mit Hamburgerhüllen und Styroporbechern.

»Franklin«, sagte die Frau, während sie sich aufrichtete. »Ist es wegen Franklin?« Ihre Augen weiteten sich. »Jetzt sagen Sie doch, Lady«, sagte die Frau. »Ist es wegen Franklin?« Sie versuchte, aufzustehen, aber der Mann hatte seine Hand fest um ihren Arm geschlossen.

»Komm, komm«, sagte er. »Evelyn!«

»Entschuldigung«, sagte Ann. »Ich suche den Fahrstuhl. Mein Sohn ist im Krankenhaus, und jetzt kann ich den Fahrstuhl nicht finden.«

»Der Fahrstuhl ist den Gang runter, dann links«, sagte der Mann und deutete mit dem Zeigefinger in die Richtung.

Das Mädchen zog an ihrer Zigarette und starrte Ann an. Ihre Augen hatten sich zu Schlitzen verengt, und ihre breiten Lippen teilten sich langsam, als sie den Rauch entweichen ließ. Die Frau ließ den Kopf auf die Schulter sinken und sah, nun nicht mehr interessiert, weg von Ann.

»Mein Sohn ist von einem Auto angefahren worden«, sagte Ann zu dem Mann. Sie musste es sich offenbar selbst erklären. »Er hat eine Gehirnerschütterung und eine kleine Schädelfraktur, aber er wird wieder gesund. Er steht jetzt unter Schock, aber es könnte auch eine Art Koma sein. Deswegen sind wir beunruhigt. Ich geh mal ein bisschen raus, aber mein Mann ist bei ihm. Vielleicht wacht er ja auf, während ich weg bin.«

»Schlimm, schlimm«, sagte der Mann und rutschte auf seinem Sessel herum. Er schüttelte den Kopf. Er blickte hinunter auf den Tisch, und dann sah er wieder zu Ann auf. Sie stand noch immer da. Er sagte: »Unser Franklin, der wird grad operiert. Hat einen Messerstich abgekriegt. Einer wollte ihn umbringen. Da, wo er gewesen ist, hat's 'ne Schlägerei gegeben. Bei der Party da. Sie sagen, er hat nur dabeigestanden und zugesehen. Hat keinem was getan. Aber das zählt ja nicht mehr, heutzutage. Jetzt wird er operiert. Wir hoffen und beten, das ist alles, was wir jetzt tun können.« Er sah sie unverwandt an.

Ann wandte den Blick wieder dem Mädchen zu, das sie immer noch beobachtete, und der älteren Frau, die den Kopf weiterhin gesenkt hielt, jetzt aber die Augen geschlossen hatte. Ann sah, wie ihre Lippen sich lautlos bewegten, Wörter formten. Sie hätte am liebsten gefragt, welche Wörter es waren. Sie hätte gern mehr mit diesen Leuten gesprochen, die in genau so einem Wartezustand waren wie sie. Sie hatte Angst, und diese Leute hatten auch Angst. Das war es, was sie gemeinsam hatten. Sie hätte gern noch etwas anderes über den Unfall gesagt, hätte gern mehr über Scotty gesagt und dass es am Tag seines Geburtstags passiert war, am Montag, und dass er noch immer bewusstlos war. Aber sie wusste nicht, wie sie anfangen sollte. Sie stand da und sah die Leute an, aber sie sagte nichts mehr.

Sie ging den Flur hinunter, wie der Mann es ihr gezeigt hatte, und fand den Fahrstuhl. Sie wartete einen Moment lang vor den geschlossenen Türen und überlegte immer noch, ob sie das Richtige tat. Dann streckte sie den Zeigefinger aus und berührte den Knopf.

Sie bog in die Einfahrt ein und stellte den Motor ab. Sie schloss die Augen und legte einen Moment lang den Kopf auf das Lenkrad. Sie horchte auf das Ticken des langsam abkühlenden Motors. Dann stieg sie aus. Sie hörte den Hund drinnen im Haus bellen. Sie ging zur Haustür, die unverschlossen war. Sie ging hinein und machte die Lichter an und setzte einen Kessel mit Teewasser auf. Sie öffnete eine Dose Hundefutter und gab Slug auf der hinteren Veranda zu fressen. Der Hund fraß mit hungrigen kleinen Schmatzern. Er kam immer wieder in die Küche gerannt, um zu sehen, ob sie da blieb. Als sie sich mit ihrem Tee auf das Sofa setzte, klingelte das Telefon.

»Ja!« sagte sie, als sie den Hörer abnahm. »Hallo!«

»Mrs. Weiss«, sagte eine Männerstimme. Es war fünf Uhr

früh, und sie glaubte, im Hintergrund Geräusche von Maschinen oder irgendwelchen Gerätschaften zu hören.

»Ja, ja! Was ist?« sagte sie. »Ich bin Mrs. Weiss. Ich bin's. Was ist, bitte?« Sie horchte auf die Geräusche im Hintergrund. »Ist es wegen Scotty, um Gottes willen?«

»Scotty«, sagte die Männerstimme. »Es ist wegen Scotty, ja. Es hat mit Scotty zu tun, das Problem. Haben Sie Scotty vergessen?« sagte der Mann. Dann legte er auf.

Sie wählte die Nummer des Krankenhauses und ließ sich mit der dritten Etage verbinden. Sie bat die Schwester, die am Apparat war, um Auskunft über ihren Sohn. Dann fragte sie, ob sie ihren Mann sprechen könne. Es sei, sagte sie, ein Notfall.

Sie wartete und drehte die Telefonschnur zwischen den Fingern. Sie schloss die Augen, und ihr war übel. Sie würde sich zwingen müssen, etwas zu essen. Slug kam von der hinteren Veranda herein und legte sich zu ihren Füßen auf den Boden. Er wedelte mit dem Schwanz. Sie zupfte ihn am Ohr, während er ihr die Finger leckte. Howard war am anderen Ende der Leitung.

»Gerade hat jemand angerufen«, sagte sie. Sie drehte die Telefonschnur. »Er hat gesagt, es wäre wegen Scotty«, sagte sie weinend.

»Scotty geht's gut«, sagte Howard zu ihr. »Ich meine, er schläft noch. Es gibt keine Veränderung. Die Schwester ist zwei Mal da gewesen, seit du gegangen bist. Eine Schwester oder aber eine Ärztin. Er ist okay.«

»Dieser Mann hat angerufen. Er hat gesagt, es wäre wegen Scotty«, sagte sie ihm.

»Schatz, ruh dich jetzt aus, du brauchst das. Es muss derselbe Anrufer gewesen sein wie bei mir. Denk nicht weiter drüber nach. Komm wieder, wenn du dich ein bisschen ausgeruht hast. Dann frühstücken wir zusammen oder so.«

»Frühstück«, sagte sie. »Ich will kein Frühstück.«

»Du weißt, was ich meine« sagte er. »Fruchtsaft, irgendwas. Ich weiß nicht. Ich weiß überhaupt nichts mehr, Ann. Mein Gott, ich bin auch nicht hungrig. Ann, es ist schwer, jetzt zu reden. Ich stehe hier an der Anmeldung. Dr. Francis kommt heute früh um acht Uhr wieder. Er wird uns dann irgendwas Genaueres sagen. Das hat die eine Schwester gesagt. Sie wusste sonst auch nichts anderes. Ann? Schatz, vielleicht wissen wir dann ja ein bisschen mehr. Um acht Uhr. Komm gegen acht wieder. Inzwischen bin ich ja hier, und Scotty ist okay. Es ist immer noch unverändert«, fügte er hinzu.

»Ich hab grad eine Tasse Tee getrunken«, sagte sie, »als das Telefon klingelte. Der Anrufer hat gesagt, es wäre wegen Scotty. Da war so ein Geräusch im Hintergrund. Howard, war bei dem Anruf, den du hattest, auch so ein Geräusch im Hintergrund?«

»Ich kann mich nicht erinnern«, sagte er. »Vielleicht der Fahrer von dem Auto, vielleicht ist er ein Psychopath und hat irgendwie was über Scotty rausgefunden. Aber ich bin ja hier bei ihm. Ruh du dich nur aus, wie du es vorhattest. Nimm ein Bad, und komm um sieben oder so wieder, dann können wir zusammen mit dem Doktor sprechen, wenn er reinkommt. Es wird alles wieder gut, Schatz. Ich bin hier, und es sind Ärzte und Schwestern da. Sie sagen, sein Zustand ist stabil.«

»Ich ängstige mich zu Tode«, sagte sie.

Sie ließ Wasser ein, zog sich aus und stieg in die Badewanne. Sie wusch sich schnell und trocknete sich ab, nahm sich nicht die Zeit, sich die Haare zu waschen. Sie zog frische Unterwäsche an, eine warme Hose und einen Pullover. Sie ging ins Wohnzimmer, wo der Hund zu ihr aufsah und den Schwanz einmal dumpf auf dem Fußboden aufschlagen ließ.

Draußen begann es gerade hell zu werden, als sie zum Auto hinausging. Sie fuhr auf den Parkplatz des Krankenhauses und fand eine Lücke in der Nähe des Eingangs. Sie hatte das Gefühl, dass sie auf eine dunkle Weise verantwortlich war für das, was dem Kind zugestoßen war. Sie ließ ihre Gedanken zu der Negerfamilie schweifen. Sie erinnerte sich an den Namen Franklin und an den mit Hamburgerhüllen bedeckten Tisch und an das Teenagermädchen, das sie angestarrt und dabei an ihrer Zigarette gezogen hatte. »Krieg keine Kinder«, sagte sie zu dem Bild des Mädchens in ihrer Erinnerung, als sie durch den Eingang des Krankenhauses ging. »Um Gottes willen, krieg bloß keine Kinder.«

In dem Fahrstuhl, mit dem sie zur dritten Etage hinauffuhr, waren zwei Schwestern, die gerade ihren Dienst antraten. Es war Mittwochmorgen, ein paar Minuten vor sieben. Als die Fahrstuhltüren sich in der dritten Etage öffneten, wurde gerade ein Dr. Madison ausgerufen. Sie trat nach den beiden Schwestern hinaus, die in die andere Richtung gingen und ein Gespräch fortsetzten, das sie unterbrochen hatte, als sie in den Fahrstuhl gekommen war. Sie ging den Flur entlang zu dem kleinen Warteraum, wo die Negerfamilie gewartet hatte. Sie waren nicht mehr da, aber die Sessel standen noch so herum, dass es aussah, als wären die Leute erst vor einer Minute aufgesprungen. Der Tisch war noch mit den Bechern und Papieren bedeckt, der Aschenbecher war voller Zigarettenstummel.

Vor dem Schwesternzimmer blieb sie stehen. Eine Schwester stand hinter dem Tresen; sie bürstete sich die Haare und gähnte.

»Gestern ist ein Negerjunge operiert worden«, sagte Ann. »Franklin hieß er. Seine Familie war in dem Wartezimmer. Ich wollte mich gern nach seinem Befinden erkundigen.«

Eine Schwester, die an einem Schreibtisch hinter dem Tresen saß, blickte von einem vor ihr liegenden Krankenblatt auf. Das Telefon summte und sie nahm den Hörer auf, aber sie behielt die Augen auf Ann gerichtet.

»Er ist gestorben«, sagte die Schwester am Tresen. Sie hielt die Haarbürste in der Hand und sah Ann weiter an. »Sind Sie eine Freundin der Familie, oder was?«

»Ich hab die Familie heute Nacht kennen gelernt«, sagte Ann. »Mein Sohn ist auch hier im Krankenhaus. Ich nehme an, er steht unter Schock. Wir wissen nicht genau, was ihm fehlt. Ich habe nur gerade an Franklin gedacht, das ist alles. Vielen Dank.« Sie ging den Flur entlang. Fahrstuhltüren von derselben Farbe wie die Wände glitten auf, und ein hagerer, kahlköpfiger Mann in weißer Hose und mit weißen Turnschuhen zog einen schweren Wagen aus dem Fahrstuhl. Sie hatte diese Türen gestern Nacht nicht bemerkt. Der Mann rollte den Wagen in den Flur und machte vor dem Zimmer unmittelbar neben dem Fahrstuhl Halt. Er sah auf ein Klemmbrett. Dann griff er hinunter und zog ein Tablett von dem Wagen. Er klopfte leicht an die Tür und betrat das Zimmer. Ann roch die unangenehmen Gerüche von warmem Essen, als sie an dem Wagen vorbeiging. Sie ging eilig weiter, ohne eine der Schwestern anzusehen, und stieß die Tür zum Zimmer ihres Kindes auf.

Howard stand, mit den Händen auf dem Rücken, am Fenster. Er drehte sich um, als sie hereinkam.

»Wie geht's ihm?« sagte sie. Sie ging hinüber ans Bett. Sie stellte ihre Handtasche neben dem Nachttisch auf den Fußboden. Es kam ihr so vor, als wäre sie lange Zeit fort gewesen. Sie berührte das Gesicht des Kindes. »Howard?«

»Dr. Francis war vor kurzem hier«, sagte Howard. Sie sah ihn aufmerksam an und dachte, dass seine Schultern ein wenig hochgezogen waren.

»Ich dachte, er wollte nicht vor acht Uhr heute Morgen kommen«, sagte sie schnell.

»Es war noch ein anderer Doktor dabei. Ein Neurologe.«

»Ein Neurologe«, sagte sie.

Howard nickte. Seine Schultern schoben sich hoch, sie konnte es deutlich sehen. »Was haben sie gesagt, Howard? Um Gottes willen, was haben sie gesagt? Was ist es?«

»Sie haben gesagt, sie wollen ihn mit nach unten nehmen und noch weitere Untersuchungen machen, Ann. Sie denken, dass sie operieren werden, Schatz. Schatz, sie *werden* operieren. Sie können nicht rauskriegen, warum er nicht aufwacht. Es ist mehr als nur ein Schock oder eine Gehirnerschütterung, so viel wissen sie jetzt. Es ist in seinem Schädel, die Fraktur, es hat etwas, es hat etwas damit zu tun, denken sie. Deshalb werden sie operieren. Ich hab versucht, dich anzurufen, aber anscheinend warst du schon aus dem Haus.«

»O Gott«, sagte sie. »Oh, bitte, Howard, bitte«, sagte sie und griff nach seinen Armen.

»Guck!« sagte Howard. »Scotty! Guck mal, Ann!« Er drehte sie zum Bett.

Der Junge hatte die Augen aufgeschlagen, dann schloss er sie. Jetzt öffnete er sie wieder. Die Augen blickten einen Moment lang geradeaus, dann bewegten sie sich langsam in seinem Kopf, bis sie auf Howard und Ann ruhten, dann wanderten sie wieder weg.

»Scotty«, sagte seine Mutter und ging an das Bett.

»He, Scott«, sagte sein Vater. »Mein Junge.«

Sie beugten sich über das Bett. Howard nahm die Hand des Kindes in seine Hände und begann sie zu tätscheln und zu drücken. Ann beugte sich über den Jungen und küsste ihn immer wieder auf die Stirn. Sie legte ihre Hände auf beiden Seiten an sein Gesicht. »Scotty, Schätzchen, wir sind's, Mommy und Daddy«, sagte sie. »Scotty?«

Der Junge sah sie beide an, aber ohne ein Zeichen des Erkennens. Dann öffnete sich sein Mund, die Augen schlossen sich krampfhaft, und er brüllte, bis keine Luft mehr in seiner Lunge war. Dann schien sein Gesicht sich zu entspannen, und seine Züge wurden weich. Seine Lippen teilten sich, als sein letzter Atemzug durch seine Kehle fuhr und sanft durch die zusammengepressten Zähne entwich.

Die Ärzte nannten es eine verborgene Okklusion und sagten, so etwas komme in einem von Millionen Fällen vor. Hätte man es irgendwie entdecken und sofort operieren können, dann hätten sie ihn vielleicht retten können. Aber höchstwahrscheinlich nicht. Denn wonach hätten sie suchen sollen? Bei den Untersuchungen und auf den Röntgenbildern war nichts zu erkennen gewesen.

Dr. Francis war erschüttert. »Ich kann Ihnen nicht sagen, wie elend mir zu Mute ist. Es tut mir so furchtbar Leid – ich kann es Ihnen nicht sagen«, sagte er, als er sie in den Aufenthaltsraum der Ärzte führte. Ein Arzt, der dort in einem Sessel saß, hatte die Beine über die Rücklehne eines anderen Sessels gelegt und sah sich eine Frühmorgen-Show im Fernsehen an. Er hatte grüne Sachen an, wie sie die Ärzte im Entbindungsraum trugen, eine weite grüne Hose und ein grünes Hemd, und eine grüne Kappe, die sein Haar bedeckte. Er sah zu Howard und Ann hinüber, und dann sah er Dr. Francis an. Er stand auf und stellte den Fernsehapparat aus und verließ den Raum. Dr. Francis führte Ann zu dem Sofa, setzte sich neben sie und begann mit leiser, tröstender Stimme zu sprechen. Irgendwann beugte er sich hinüber und nahm sie in die Arme. Sie spürte, wie seine Brust sich an ihrer Schulter gleichmäßig hob und senkte. Sie hatte die Augen offen und ließ zu, dass er sie hielt. Howard ging ins Bad, aber er ließ die Tür offen. Nach einem heftigen

Weinkrampf ließ er Wasser in das Becken laufen und wusch sich das Gesicht. Dann kam er heraus und setzte sich an den niedrigen Tisch, auf dem das Telefon stand. Er blickte auf das Telefon, als wollte er entscheiden, was als Erstes zu tun sei. Er machte ein paar Anrufe. Etwas später benutzte Dr. Francis das Telefon.

»Gibt es noch etwas, was ich jetzt, im Moment, für Sie tun kann?« fragte er sie.

Howard schüttelte den Kopf. Ann sah Dr. Francis an, als wäre sie nicht in der Lage, seine Worte zu verstehen.

Der Arzt brachte sie zum Eingang des Krankenhauses. Menschen kamen herein und verließen das Krankenhaus. Es war elf Uhr vormittags. Ann wurde bewusst, wie langsam, fast widerwillig sie die Füße bewegte. Es kam ihr so vor, als schickte Dr. Francis sie fort, während sie das Gefühl hatte, dass sie bleiben sollten, dass es richtiger war zu bleiben. Sie blickte hinaus auf den Parkplatz, und dann wandte sie sich um und blickte zurück auf das Krankenhaus. Sie begann den Kopf zu schütteln. »Nein, nein«, sagte sie, »ich kann ihn hier nicht allein lassen, nein.« Sie hörte sich das sagen und dachte, wie ungerecht es war, dass die einzigen Worte, die ihr über die Lippen kamen, von der Art der Wörter waren, die in Fernsehsendungen benutzt wurden, wenn Menschen von einem gewaltsamen oder plötzlichen Todesfall betroffen waren. Sie wollte, dass ihre Worte ihre eigenen Worte waren. »Nein«, sagte sie, und aus irgendeinem Grund kam ihr die Negerfrau in den Sinn, deren Kopf auf die Schulter gesunken war. »Nein«, sagte sie wieder.

»Ich melde mich im Laufe des Tages bei Ihnen«, sagte der Arzt zu Howard. »Es sind noch einige Dinge zu erledigen, Dinge, die zu unser aller Zufriedenheit geklärt werden müssen. Ein paar Dinge, die einer Erklärung bedürfen.«

»Eine Autopsie«, sagte Howard.

Dr. Francis nickte.

»Ich verstehe«, sagte Howard. Dann sagte er: »O Gott. Nein, ich verstehe nicht, Doktor. Ich kann's nicht, ich kann es nicht. Ich kann es einfach nicht.«

Dr. Francis legte den Arm um Howards Schultern. »Es tut mir so Leid. Gott, wie Leid es mir tut.« Er ließ Howards Schultern los und streckte die Hand aus. Howard blickte auf die Hand, und dann ergriff er sie. Dr. Francis schloss noch einmal Ann in die Arme. Er schien voller Güte, einer Güte, die sie nicht verstand. Sie ließ ihren Kopf an seiner Schulter ruhen, aber ihre Augen blieben offen. Sie blickte weiter auf das Krankenhaus. Und als sie von dem Parkplatz wegfuhren, blickte sie auf das Krankenhaus zurück.

Zu Hause setzte sie sich auf das Sofa, beide Hände in den Manteltaschen. Howard schloss die Tür zum Kinderzimmer. Er setzte die Kaffeemaschine in Gang, und dann suchte er sich eine leere Schachtel. Er hatte vorgehabt, einige von den im Wohnzimmer herumliegenden Sachen des Kindes einzusammeln. Doch stattdessen setzte er sich neben Ann auf das Sofa, schob die Schachtel beiseite und beugte sich vor, die Arme zwischen den Knien. Er fing an zu weinen. Sie zog seinen Kopf auf ihren Schoß herüber und streichelte seine Schulter. »Er ist nicht mehr da«, sagte sie. Sie streichelte weiter seine Schulter. Zwischen seinen Schluchzern hörte sie das Zischen der Kaffeemaschine in der Küche. »Komm, komm«, sagte sie zärtlich. »Howard, er ist nicht mehr da. Er ist nicht mehr da, und nun müssen wir uns daran gewöhnen. Dass wir allein sind.«

Nach einer Weile stand Howard auf und wanderte ziellos mit der Schachtel im Zimmer herum. Er tat nichts in die Schachtel hinein, aber er sammelte ein paar Sachen und legte sie neben dem Sofa auf den Fußboden. Ann saß weiter mit beiden Händen in den Manteltaschen da. Howard setzte die Schachtel ab und brachte Kaffee ins Wohnzimmer. Später rief Ann Verwandte an. Jedes Mal, wenn sie eine Nummer gewählt und die andere Seite sich gemeldet hatte, stieß Ann ein paar Worte hervor und weinte einen Moment lang. Dann erklärte sie in Ruhe, mit gefasster Stimme, was geschehen war, und sagte ihnen wegen der Beerdigung Bescheid. Howard nahm die Schachtel mit in die Garage und sah dort das Fahrrad des Kindes. Er ließ die Schachtel fallen und setzte sich neben dem Fahrrad auf den Zementfußboden. Er packte das Fahrrad ungeschickt, so dass es an seiner Brust lehnte. Er hielt es, das Gummipedal stach in seine Brust. Er gab dem Vorderrad Schwung, dass es sich drehte.

Ann legte den Hörer auf, nachdem sie mit ihrer Schwester gesprochen hatte. Sie sah gerade nach einer anderen Nummer, als das Telefon klingelte. Sie nahm den Hörer nach dem ersten Klingeln ab.

»Hallo?« sagte sie, und sie hörte etwas im Hintergrund, ein summendes Geräusch. »Hallo!« sagte sie. »Um Gottes willen«, sagte sie. »Wer ist da? Was wollen Sie?«

»Ihr Scotty, ich hab ihn fertig für Sie«, sagte die Männerstimme. »Haben Sie ihn vergessen?«

»Sie böser Mensch!« schrie sie in den Hörer. »Wie können Sie so etwas tun, Sie böser gemeiner Kerl?«

»Scotty«, sagte der Mann. »Haben Sie Scotty ganz vergessen?« Dann legte der Mann auf, ehe sie noch etwas sagen konnte.

Howard hatte das Schreien gehört und kam herein: Ihr Kopf lag auf den Armen, die sie über den Tisch gebreitet hatte, sie weinte. Er nahm den Hörer und horchte auf das Wählzeichen.

Sehr viel später, kurz vor Mitternacht, nachdem sie sich um vieles gekümmert hatten, klingelte das Telefon wieder.

»Geh du dran«, sagte sie. »Howard, das ist er, ich weiß es.« Sie saßen am Küchentisch, mit Kaffee vor sich. Howard hatte ein kleines Glas Whiskey neben seiner Tasse stehen. Beim dritten Klingeln nahm er den Hörer ab.

»Hallo«, sagte er. »Wer ist da? Hallo! Hallo!« Die Verbindung riss ab. »Er hat aufgelegt«, sagte Howard. »Wer es auch war.«

»Das war er«, sagte sie. »Dieser Dreckskerl. Ich möchte ihn umbringen«, sagte sie. »Ich würde ihn gern erschießen und zusehen, wie er um sich tritt«, sagte sie.

»Ann, mein Gott!« sagte er.

»Konntest du etwas hören?« sagte sie. »Im Hintergrund? Ein Geräusch, eine Maschine, so ein Summen?«

»Nichts, wirklich nicht. Nichts dergleichen«, sagte er. »Es hat auch nicht lange gedauert. Ich glaube, da war Radiomusik. Ja, es lief ein Radio, das ist alles, was ich sagen könnte. Ich hab keine Ahnung, was in Gottes Namen da vor sich geht«, sagte er.

Sie schüttelte den Kopf. »Wenn ich könnte, ich würde ihn umbringen.« Da fiel es ihr ein. Sie wusste, wer der Anrufer war. Scotty, die Torte, die Telefonnummer. Sie schob den Stuhl vom Tisch zurück und stand auf. »Fahr mich runter zum Einkaufszentrum«, sagte sie. »Howard.«

»Was redest du da?«

»Zum Einkaufszentrum. Ich weiß, wer der Anrufer ist. Ich weiß, wer es ist. Es ist der Bäcker, dieses Schwein von einem Bäcker. Ich hatte bei ihm eine Torte zu Scottys Geburtstag bestellt. Das ist der Anrufer. Das ist der Mann, der unsere Telefonnummer hat und dauernd anruft. Um uns zu schikanieren, wegen der Torte. Der Bäcker, dieser Dreckskerl.«

Sie fuhren zum Einkaufszentrum hinunter. Der Himmel war klar, und Sterne waren zu sehen. Es war kalt, und sie hatten im Auto die Heizung an. Sie hielten vor der Bäckerei. Alle Läden und Kaufhäuser waren geschlossen, aber am anderen Ende des Parkplatzes, vor dem Kino, standen Autos. Die Schaufenster der Bäckerei waren dunkel, aber als sie durch die Scheibe guckten, konnten sie Licht in dem hinteren Raum sehen und hin und wieder einen dicken Mann mit Schürze, der sich in das weiße, gleichmäßige Licht hineinbewegte und daraus verschwand. Durch die Scheibe konnten sie die Glaskästen für die Auslagen sehen, und ein paar kleine Tische mit Stühlen. Ann rüttelte an der Tür. Sie klopfte an die Scheibe. Aber falls der Bäcker sie hörte, gab er es nicht zu erkennen. Er blickte nicht in ihre Richtung.

Sie fuhren um die Bäckerei herum und parkten auf der Rückseite. Sie stiegen aus. Es gab auf dieser Seite ein erleuchtetes Fenster, aber es war zu hoch, als dass sie hätten hineingucken können. Auf einem Schild neben der hinteren Tür stand THE PANTRY BAKERY, BESTELLUNGEN. Sie hörte, ganz leise, ein Radio drinnen spielen und irgendetwas quietschen – eine Ofentür, die heruntergeklappt wurde? Sie klopfte an die Tür und wartete. Dann klopfte sie wieder, lauter. Das Radio wurde leiser gestellt, und jetzt hörte man ein schrammendes Geräusch, eindeutig das Geräusch von etwas, einer Schublade zum Beispiel, das aufgezogen und wieder zugeschoben wurde.

Jemand schloss die Tür auf und öffnete sie. Der Bäcker stand im Licht und starrte sie an. »Das Geschäft ist geschlossen«, sagte er. »Was wollen Sie um diese Zeit? Es ist Mitternacht. Sind sie betrunken, oder was?«

Sie trat in das Licht, das durch die offene Tür fiel. Er blinzelte mit seinen schweren Augenlidern, als er sie erkannte. »Ach, Sie sind's«, sagte er.

»Ich bin's«, sagte sie. »Scottys Mutter. Und das ist Scottys Vater. Wir würden gern reinkommen.«

Der Bäcker sagte: »Ich hab zu tun. Ich muss arbeiten.«

Sie war jedoch schon hineingegangen. Howard kam hinter ihr her. Der Bäcker wich zurück. »Es riecht wie in einer Bäckerei hier drinnen. Riecht's hier drinnen nicht wie in einer Bäckerei, Howard?«

»Was wollen Sie«, sagte der Bäcker. »Wollen Sie vielleicht Ihre Torte abholen? Aha, Sie haben beschlossen, dass Sie Ihre Torte haben wollen. Sie haben eine Torte bestellt, nicht wahr?«

»Sie sind sehr schlau für einen Bäcker«, sagte sie. »Howard, das ist der Mann, der dauernd bei uns angerufen hat.« Sie ballte die Fäuste. Sie sah ihn mit wildem Blick an. Tief in ihr war ein Brennen, ein Zorn, in dem sie sich größer fühlte, als sie war, größer als diese beiden Männer.

»Moment mal«, sagte der Bäcker. »Sie wollen Ihre drei Tage alte Torte abholen? Geht's darum? Ich will mich mit Ihnen nicht streiten, Lady. Da drüben steht sie, sie wird schon trocken. Ich geb sie Ihnen für die Hälfte von dem, was ich Ihnen gesagt hab. Nein. Sie wollen sie? Sie können sie haben. Mir nützt sie nichts, jetzt nützt sie keinem mehr. Hat mich Zeit und Geld gekostet, diese Torte zu machen. Wenn Sie sie wollen, okay, wenn nicht, ist das auch okay. Ich muss wieder an die Arbeit.« Er sah die beiden an und bewegte die Zunge hinter den Zähnen.

»Mehr Torten machen«, sagte sie. Sie wusste, sie hatte es jetzt in ihrer Gewalt, das, was in ihr immer größer wurde. Sie war ganz ruhig.

»Lady, ich arbeite hier sechzehn Stunden am Tag, um mir meinen Lebensunterhalt zu verdienen«, sagte der Bäcker. Er wischte sich die Hände an seiner Schürze ab. »Ich arbeite bei Nacht und bei Tag hier in der Bäckerei, damit es zum

Leben reicht.« Ein Ausdruck, der über Anns Gesicht ging, ließ den Bäcker zurückweichen und sagen: »Machen Sie keinen Ärger.« Er wandte sich zum Ladentisch, ergriff mit der rechten Hand eine Teigrolle und begann sie in die andere Hand zu schlagen. »Wollen Sie die Torte oder nicht? Ich muss wieder an die Arbeit. Bäcker arbeiten bei Nacht«, sagte er wieder. Seine Augen waren klein und blickten böse, dachte sie, verloren sich fast in dem stachligen Fleisch seiner Wangen. In seinem Nacken wölbte sich der Speck.

»Ich weiß, dass Bäcker bei Nacht arbeiten«, sagte Ann. »Sie rufen auch andere Leute an bei Nacht. Sie Schwein«, sagte sie.

Der Bäcker hörte nicht auf, die Teigrolle in seine Handfläche zu schlagen. Er warf einen kurzen Blick auf Howard. »Vorsichtig, vorsichtig«, sagte er zu Howard.

»Mein Sohn ist tot«, sagte sie mit kalter, unbewegter Endgültigkeit. »Er ist am Montagmorgen von einem Auto angefahren worden. Wir haben bei ihm gesessen, bis er starb. Aber das konnten Sie natürlich nicht wissen, nein. Bäcker können nicht alles wissen – nicht wahr, Herr Bäcker? Aber er ist tot. Er ist tot, Sie Schwein!« So plötzlich, wie der Zorn in ihr aufgewallt war, schwand er wieder, wich etwas anderem, einer Übelkeit, die sie schwindlig machte. Sie lehnte sich an den mit Mehl bestreuten Holztisch, schlug die Hände vors Gesicht und fing an zu weinen. Ihre Schultern bebten. »Es ist nicht fair«, sagte sie. »Es ist nicht fair.«

Howard legte ihr die Hand auf den Rücken und sah den Bäcker an. »Schämen Sie sich«, sagte Howard zu ihm. »Schämen Sie sich.«

Der Bäcker legte die Teigrolle auf den Ladentisch zurück. Er nahm seine Schürze ab und warf sie auf den Ladentisch. Er sah sie beide an, und dann schüttelte er langsam den Kopf. Er zog einen Stuhl unter dem Spieltisch hervor, auf dem

Notizpapier und Quittungen neben einer Addiermaschine und einem Telefonbuch lagen. »Setzen Sie sich, bitte«, sagte er. »Lassen Sie mich einen Stuhl für Sie holen«, sagte er zu Howard. »Setzen Sie sich doch, bitte.« Der Bäcker ging nach vorn in den Laden und kam mit zwei kleinen schmiedeeisernen Stühlen zurück. »Bitte, setzen Sie sich doch beide.« Ann wischte sich die Augen und sah den Bäcker an. »Ich wollte Sie umbringen«, sagte sie. »Ich wollte, dass Sie sterben.«

Der Bäcker hatte auf dem Tisch Platz für sie gemacht. Er schob die Addiermaschine auf die eine Seite, zusammen mit den Stapeln Notizpapier und Quittungen. Er ließ das Telefonbuch auf den Boden fallen, wo es mit einem dumpfen Knall landete. Ann und Howard setzten sich hin und zogen ihre Stühle an den Tisch heran. Auch der Bäcker setzte sich.

»Ich möchte Ihnen sagen, wie Leid es mir tut«, sagte der Bäcker. Er stützte beide Ellbogen auf den Tisch. »Gott allein weiß, wie Leid. Hören Sie zu. Ich bin nur ein Bäcker. Ich behaupte nicht, etwas anderes zu sein. Vielleicht früher, vor Jahren vielleicht, da war ich ein anderer Mensch. Ich hab's vergessen, ich weiß es nicht mit Sicherheit. Aber ich bin es nicht mehr, falls ich es je war. Jetzt bin ich nur noch ein Bäcker. Das ist keine Entschuldigung für das, was ich getan hab, ich weiß. Aber es tut mir zutiefst Leid. Es tut mir Leid um Ihren Sohn, und ich bedaure meinen Anteil daran«, sagte der Bäcker. Er breitete die Hände auf dem Tisch aus und drehte sie um, zeigte seine Handflächen. »Ich hab selbst keine Kinder, deshalb kann ich mir nur ausmalen, wie Ihnen zu Mute sein muss. Ich kann Ihnen jetzt nur sagen, dass es mir Leid tut. Verzeihen Sie mir, wenn Sie können«, sagte der Bäcker. »Ich bin kein böser Mensch, nein, ich glaube nicht. Nicht böse, wie Sie am Telefon gesagt haben. Sie müssen verstehen, es läuft darauf hinaus, dass ich nicht mehr weiß, wie man sich verhält, so ungefähr. Bitte«, sagte der Mann, »darf ich Sie fragen, ob Sie mir in Ihren Herzen vielleicht verzeihen können?«

Es war warm in der Bäckerei. Howard stand auf und zog sich den Mantel aus. Er half Ann aus dem Mantel. Der Bäcker sah die beiden einen Moment lang an, und dann nickte er und stand vom Tisch auf. Er ging zum Ofen und drehte ein paar Schalter aus. Er holte Tassen und goss aus einer elektrischen Kaffeemaschine Kaffee ein. Er stellte eine Tüte Sahne auf den Tisch und eine Schale mit Zucker.

»Sie müssen wahrscheinlich was essen«, sagte der Bäcker. »Ich hoffe, dass Sie von meinen warmen Brötchen ein paar essen. Sie müssen essen und weitermachen. Essen ist eine kleine, gute Sache in so einer Zeit«, sagte er.

Er stellte warme Zimtbrötchen vor sie hin, frisch aus dem Ofen, der Zuckerguss lief noch. Er stellte Butter auf den Tisch und brachte Messer, um die Butter zu streichen. Dann setzte sich der Bäcker zu ihnen an den Tisch. Er wartete. Er wartete, bis sie jeder ein Brötchen von der Platte nahmen und anfingen zu essen. »Es tut gut, was zu essen«, sagte er, während er ihnen zusah. »Es ist noch mehr da. Essen Sie auf. Essen Sie, so viel Sie wollen. Da drinnen sind noch alle Brötchen der Welt.«

Sie aßen Brötchen und tranken Kaffee. Ann war plötzlich hungrig, und die Brötchen waren warm und süß. Sie aß drei davon, zur Freude des Bäckers. Dann fing er an zu reden. Sie hörten aufmerksam zu. Obwohl sie sehr müde und verzweifelt waren, hörten sie sich an, was der Bäcker zu sagen hatte. Sie nickten, als der Bäcker von Einsamkeit sprach, und von dem Gefühl des Zweifels und der Begrenztheit, das in der Mitte seines Lebens über ihn gekommen war. Er erzählte ihnen, wie es war, all die Jahre über ohne Kinder zu sein.

Die immer gleichen Tage an den ewig vollen und ewig leeren Öfen. Die Aufträge für Partys, für Feste, die er ausgeführt hatte. Zuckerguss, knöcheltief. Die kleinen Brautpaare, die auf die Hochzeitstorten gesteckt wurden. Hunderte, nein Tausende inzwischen. Geburtstage. Man musste sich das nur mal vorstellen, all diese brennenden Kerzen. Es war ein notwendiges Gewerbe, das er betrieb. Er war Bäcker. Er war froh, dass er kein Blumenhändler war. Es war besser, dafür zu sorgen, dass andere Leute zu essen hatten. Und jedenfalls roch es besser als Blumen.

»Riechen Sie mal an dem hier«, sagte der Bäcker und brach einen dunklen Laib Brot auf. »Ein schweres Brot, aber köstlich.« Sie rochen daran, dann gab er ihnen davon, damit sie es kosteten. Es hatte den Geschmack von Melasse und groben Körnern. Sie hörten ihm zu. Sie aßen, so viel sie essen konnten. Sie verzehrten das dunkle Brot. Es war hell wie am Tag unter den Neonröhren. Sie redeten weiter, bis in den frühen Morgen hinein, der hohe, fahle Lichtschimmer stand in den Fenstern, und sie dachten nicht daran zu gehen.

Vitamine

Ich hatte eine Arbeit, und Patti hatte keine. Ich arbeitete jede Nacht ein paar Stunden im Krankenhaus. Es war ein Nulljob. Ich machte ein paar Sachen, trug auf der Karte acht Stunden ein, ging mit den Krankenschwestern einen trinken. Nach einer Weile wollte Patti eine Arbeit haben. Sie sagte, sie brauchte eine Arbeit um ihrer Selbstachtung willen. So kam's, dass sie angefangen hat, Multivitamine an der Haustür zu verkaufen.

Eine Zeit lang war sie nur eine von vielen, die in fremden Gegenden straßauf und straßab gingen und an die Türen klopften. Aber sie lernte den Dreh. Sie war fix und hatte in manchen Fächern in der Schule geglänzt. Sie war eine Persönlichkeit. Ziemlich bald wurde sie befördert. Ein paar von den Mädchen, die nicht so toll waren, wurden ihr unterstellt. Über kurz oder lang hatte sie selbst ein Team und ein kleines Büro draußen im Einkaufszentrum vor der Stadt. Aber die Mädchen, die für sie arbeiteten, wechselten dauernd. Manche schmissen nach zwei, drei Tagen hin – manchmal schon nach zwei, drei Stunden. Aber manchmal waren Mädchen dabei, die den Bogen raus hatten. Sie konnten Vitamine verkaufen. Das waren die Mädchen, die bei Patti blieben. Sie bildeten den Kern der Mannschaft. Aber es gab Mädchen, die konnten nicht mal Vitamine verschenken.

Die Mädchen, die es nicht schafften, hörten einfach auf. Kamen einfach nicht mehr zur Arbeit. Wenn sie Telefon hatten, legten sie den Hörer daneben. Sie gingen nicht an die

Tür. Patti nahm sich diese Verluste zu Herzen, als wären die Mädchen frisch Bekehrte, die vom rechten Weg abgekommen waren. Sie gab sich selbst die Schuld. Aber sie kam darüber weg. Es waren zu viele, um nicht darüber weg zu kommen.

Ab und zu passierte es, dass ein Mädchen plötzlich erstarrte und nicht in der Lage war, auf den Klingelknopf zu drücken. Oder aber sie hatte es bis zur Wohnungstür geschafft, und es passierte irgendwas mit ihrer Stimme. Oder sie brachte ihren Begrüßungsspruch mit etwas durcheinander, das sie erst sagen sollte, wenn sie drinnen war. So ein Mädchen entschloss sich dann meistens, aufzugeben, nahm den Musterkasten, lief zum Auto und hing dort rum, bis Patti und die anderen fertig waren. Dann gab es eine Konferenz. Und dann fuhren sie alle zurück zum Büro. Sie hatten Sprüche, die sie ermutigen sollten. »Wenn's hart wird, schafft ihr's mit Härte.« Und: »Mach alles richtig, dann passiert das Richtige.« Solche Sachen.

Manchmal verschwand ein Mädchen einfach im Außeneinsatz, mitsamt Musterkasten und allem. Sie fuhr per Anhalter in die Stadt, und weg war sie. Aber es waren immer Mädchen da, die nachrückten. Die Mädchen kamen und gingen, das war damals so. Patti hatte eine Liste. Alle paar Wochen gab sie eine Anzeige im *Pennysaver* auf. Dann kamen neue Mädchen, die neu geschult wurden. Mädchen ohne Ende.

Die Kerngruppe bestand aus Patti, Donna und Sheila. Patti sah gut aus. Donna und Sheila nur mittelprächtig. Eines Abends sagte diese Sheila zu Patti, sie würde sie mehr lieben als alles andere auf der Welt. Patti sagte, genau das seien ihre Worte gewesen. Patti hatte Sheila nach Hause gefahren, und sie saßen vor dem Haus, in dem Sheila wohnte. Patti sagte Sheila, dass sie sie auch liebe. Patti sagte Sheila, sie liebe alle ihre Mädchen. Aber nicht so, wie Sheila es im Sinn hatte. Dann berührte Sheila Pattis Brust. Patti sagte, sie habe Sheilas Hand genommen und festgehalten. Sie sagte, sie habe ihr gesagt, dass sie so rum nicht tickt. Sie sagte, Sheila habe nicht mit der Wimper gezuckt, sie habe nur genickt und Pattis Hand gehalten und geküsst, und dann sei sie ausgestiegen.

Das war gegen Weihnachten. Das Vitamingeschäft war ziemlich mies, und so sagten wir uns, wir machen eine Party, um alle aufzumuntern. Eine gute Idee, dachten wir damals. Sheila war die Erste, die betrunken war und in Ohnmacht fiel. Sie stand gerade, als sie ohnmächtig wurde, fiel vornüber und wachte stundenlang nicht auf. Eben noch stand sie da, mitten im Wohnzimmer, dann schlossen sich ihre Augen, die Knie knickten ein, und sie ging mit dem Glas in der Hand zu Boden. Die Hand, die den Drink hielt, knallte gegen den Sofatisch, als sie fiel. Sonst gab sie keinen Laut von sich. Der Drink floss über den Teppich. Patti und ich und noch jemand anders haben sie rausgeschleppt auf die hintere Veranda und sie dort auf eine Liege gelegt, und dann haben wir uns Mühe gegeben, nicht mehr an sie zu denken. Alle waren nach und nach betrunken und gingen nach Hause. Patti ging zu Bett. Ich wollte weitermachen, also saß ich mit einem Drink am Tisch, bis es draußen langsam hell wurde. Dann kam Sheila von der Veranda herein und fing an zu reden. Sie sagte, sie hätte so schlimme Kopfschmerzen, es sei so, als ob ihr jemand Drähte ins Gehirn bohrte. Sie sagte, es seien so schlimme Kopfschmerzen, dass sie Angst hätte, sie würde danach für immer schielen. Und sie war überzeugt, dass ihr kleiner Finger gebrochen war. Sie zeigte ihn mir. Der Finger war purpurrot. Sie beschwerte sich, weil wir sie die ganze Nacht mit ihren Kontaktlinsen hatten schlafen lassen. Wieso sich denn keiner einen Scheißdreck darum ge-kümmert habe. Sie hob den Finger dicht vor die Augen und guckte ihn an. Sie schüttelte den Kopf. Sie hielt den Finger so weit weg, wie sie konnte, und guckte ihn wieder an. Es war, als ob sie das, was ihr in der Nacht passiert sein musste, nicht glauben könnte. Ihr Gesicht war geschwollen, und ihre Haare waren durcheinander. »Gott. O Gott«, sagte sie und weinte über der Spüle vor sich hin. Aber sie hatte Patti einen ernsten Antrag gemacht, eine Liebeserklärung, und ich hatte kein bisschen Mitleid.

Ich trank Scotch und Milch mit einem Scheibchen Eis. Sheila lehnte am Spülbrett. Sie beobachtete mich aus ihren klei-nen Augenschlitzen. Ich trank einen Schluck von meinem Drink. Ich sagte nichts. Sie fing wieder damit an, mir zu er-zählen, wie elend ihr war. Sie sagte, sie müsse zu einem Arzt. Sie sagte, sie wolle Patti wecken. Sie sagte, sie würde mit der Arbeit aufhören, den Staat verlassen und nach Port-land gehen. Und dass sie sich vorher von Patti verabschie-den müsse. Sie redete und redete. Sie wollte, dass Patti sie zum Krankenhaus fuhr, ihres Fingers wegen und wegen ihrer Augen.

»Ich kann dich fahren«, sagte ich. Ich hatte keine Lust dazu, aber ich war bereit, es zu tun.

»Ich möchte, dass Patti mich fährt«, sagte Sheila.

Sie hielt das Handgelenk ihrer schlimmen Hand mit der guten Hand, und der kleine Finger war so dick wie eine Ta-schenlampe. »Außerdem müssen wir reden. Ich muss ihr sagen, dass ich nach Portland gehe. Ich muss mich von ihr verabschieden.«

Ich sagte: »Ich vermute, das muss ich ihr dann ausrichten. Sie schläft.«

Sheila wurde böse. »Wir sind *Freundinnen*«, sagte sie. »Ich muss mit ihr reden. Ich muss es ihr selbst sagen.«

Ich schüttelte den Kopf. »Sie schläft. Hab ich doch grad gesagt.«

»Wir sind Freundinnen, und wir lieben uns«, sagte Sheila. »Ich muss mich von ihr verabschieden.«

Sheila machte Anstalten, die Küche zu verlassen.

Ich versuchte aufzustehen. Ich sagte: »Ich hab gesagt, ich kann dich fahren.«

»Du bist besoffen! Du bist noch nicht mal im Bett gewesen.« Sie betrachtete wieder ihren Finger und sagte: »Verdammt, warum musste das passieren?«

»Nicht zu besoffen, um dich ins Krankenhaus zu fahren«, sagte ich.

»Ich fahr nicht mit dir!« schrie Sheila.

»Mach, was du willst. Aber Patti weckst du nicht. Lesbenzicke«, sagte ich.

»Scheißkerl«, sagte sie.

Das war's, was sie sagte, und dann ging sie aus der Küche und vorn zur Haustür raus, ohne vorher auf dem Klo gewesen zu sein oder sich auch nur das Gesicht gewaschen zu haben. Ich stand auf und sah aus dem Fenster. Sie spazierte die Straße runter, Richtung Euclid. Niemand sonst war auf. Es war zu früh.

Ich trank aus und überlegte, ob ich mir noch einen Drink machen sollte.

Ich machte mir noch einen.

Kein Mensch hat Sheila danach noch mal gesehen. Keiner von uns Vitaminleuten, wenigstens. Sie spazierte zur Euclid Avenue runter und aus unserem Leben raus.

Später hat Patti gesagt: »Was ist eigentlich mit Sheila?« Und ich hab gesagt: »Die ist nach Portland gegangen.«

Ich war scharf auf Donna, die andere, die zur Kerngruppe gehörte. Wir hatten an dem Abend, an dem die Party war, zu ein paar Duke Ellington-Platten getanzt. Ich hatte sie ziemlich eng an mich gedrückt, so dass ich ihr Haar roch, und hatte die Hand tief auf ihrem Rücken gehabt, als ich sie vor mir her über den Teppich schob. Es war fantastisch, mit ihr zu tanzen. Ich war der einzige Kerl auf der Party, und es waren sieben Mädchen da, und sechs von ihnen tanzten miteinander. Es war fantastisch, wenn man einfach nur im Wohnzimmer rumguckte.

Ich war in der Küche, als Donna mit ihrem leeren Glas rauskam. Einen Moment lang waren wir allein. Ich nahm sie so ein bisschen in die Arme. Sie umarmte mich auch. Wir standen da und umarmten uns.

Dann hat sie gesagt: »Lass das. Nicht jetzt.«

Als ich das hörte, das »Nicht jetzt«, ließ ich los. Das war, dachte ich, wie Geld auf der Bank.

Ich hatte drinnen am Tisch gesessen und an diese Umarmung gedacht, als Sheila mit ihrem Finger reingekommen war.

Ich dachte noch länger an Donna. Ich trank aus. Ich legte den Hörer neben das Telefon und ging ins Schlafzimmer. Ich zog mich aus und schmiegte mich an Patti. Ich lag eine Weile da und beruhigte mich. Dann legte ich los. Aber Patti wachte nicht auf. Danach machte ich die Augen zu.

Es war Nachmittag, als ich sie wieder aufmachte. Ich war allein im Bett. Regen prasselte ans Fenster. Ein Zucker-Doughnut lag auf Pattis Kopfkissen, und ein Glas abgestandenes Wasser war auf dem Nachttisch. Ich war noch betrunken und konnte keinen klaren Gedanken fassen. Ich wusste, es war Sonntag und kurz vor Weihnachten. Ich aß den Doughnut und trank das Wasser. Ich schlief wieder ein und schlief, bis ich Patti mit dem Staubsauger hörte. Sie kam ins Schlafzimmer und fragte nach Sheila. Das war der Moment, als ich ihr sagte, sie sei nach Portland gegangen.

Es war eine Woche oder so nach Neujahr, und Patti und ich saßen bei einem Drink zusammen. Sie war gerade von der Arbeit nach Hause gekommen. Es war noch nicht sehr spät, aber es war dunkel und regnerisch draußen. In zwei Stunden musste ich zur Arbeit. Aber vorher wollten wir ein paar Scotch trinken und reden. Patti war müde. Sie steckte in einem tiefen Loch und hatte ihren dritten Drink vor sich. Keiner kaufte Vitamine. Sie hatte nur noch Donna und Pam, eine halbwegs Neue, die eine Klepto war. Wir sprachen über Sachen wie negatives Wetter und die Anzahl der Parkzettel, mit der man davonkommen konnte. Dann sprachen wir darüber, wie viel besser wir dran wären, wenn wir nach Arizona gingen oder in eine ähnliche Gegend.

Ich machte uns noch einen Drink. Ich sah aus dem Fenster. Arizona war keine schlechte Idee.

»Vitamine!« sagte Patti. Sie nahm ihr Glas und ließ das Eis kreisen. »Scheiße noch mal!« sagte sie. »Also wirklich, dass ich so was mal tun würde, das ist das Letzte, was ich mir als junges Mädchen vorgestellt hätte. Gott, ich hätte nie gedacht, dass ich mal Vitamine verkaufen würde, wenn ich erwachsen bin. Vitamine, an der Haustür! Das schlägt wirklich alles. Das macht mich fertig, ehrlich.«

»Ich hätte das auch nie gedacht, Schatz«, sagte ich.

»Stimmt«, sagte sie. »Gut gesagt.«

»Schatz.«

»Sag nicht dauernd Schatz zu mir«, sagte sie. »Es ist hart, Bruder. Dieses Leben ist nicht leicht, egal, wie du's anpackst.«

Sie schien einen Moment lang alles zu überdenken. Sie schüttelte den Kopf. Dann trank sie aus. Sie sagte: »Ich träum schon von Vitaminen, wenn ich schlafe. Ich hab keine Atempause mehr. Nie eine Atempause! Du kannst wenigstens von deiner Arbeit weggehen und alles hinter dir lassen.

Ich wette, du hast noch nie davon geträumt. Ich wette, du träumst nicht vom Fußbodenbohnern oder was du da machst. Wenn du von deinem gottverdammten Arbeitsplatz weggehst, dann kommst du nicht nach Hause und träumst davon, oder?« schrie sie.

Ich sagte: »Ich kann mich nie daran erinnern, was ich geträumt hab. Vielleicht träum ich gar nicht. Ich erinnere mich an nichts, wenn ich aufwache.« Ich zuckte mit den Schultern. Ich merkte mir nicht, was in meinem Kopf vor sich ging, wenn ich schlief. Es war mir egal.

»Und ob du träumst!« sagte Patti. »Auch wenn du dich nicht erinnerst. Jeder träumt. Du würdest verrückt werden, wenn du nicht träumen würdest. Ich hab drüber gelesen. Es ist wie ein Ventil. Die Menschen träumen, wenn sie schlafen. Und wenn nicht, dann drehen sie durch. Aber wenn ich träume, dann träum ich von Vitaminen. Verstehst du, was ich meine?« Sie hatte die Augen starr auf mich gerichtet.

»Ja und nein«, sagte ich.

Es war keine einfache Frage.

»Ich träume, ich preise Vitamine an«, sagte sie. »Ich verkaufe Vitamine bei Tag und bei Nacht. Gott, was für ein Leben«, sagte sie.

Sie trank ihr Glas aus.

»Wie geht's mit Pam?« sagte ich. »Klaut sie immer noch?« Ich wollte, dass wir von dem Thema runterkamen. Aber mir fiel auch nichts anderes ein.

Patti sagte: »Scheiße«, und schüttelte den Kopf, als hätte ich überhaupt nichts begriffen. Wir horchten auf den Regen.

»Keiner verkauft Vitamine«, sagte Patti. Sie nahm ihr Glas in die Hand. Aber das Glas war leer. »Keiner kauft Vitamine. Das erzähl ich dir doch die ganze Zeit. Hast du mir nicht zugehört?«

Ich stand auf, um uns noch einen Drink zu machen. »Und Donna, verkauft die was?« sagte ich. Ich las das Etikett auf der Flasche und wartete.

Patti sagte: »Sie hat vor zwei Tagen ein bisschen was verkauft. Das ist alles. Das ist alles, was wir, alle zusammen, in dieser Woche geschafft haben. Es würde mich nicht wundern, wenn sie aufhört. Ich könnte ihr keinen Vorwurf daraus machen«, sagte Patti. »Wenn ich an ihrer Stelle wär, ich würde aufhören. Aber falls sie aufhört, was dann? Dann bin ich wieder da, wo ich am Anfang war, und fertig. Auf dem Nullpunkt. Mitten im Winter, überall im Staat Leute krank, Leute, die sterben, und keiner denkt, dass er Vitamine braucht. Ich bin selbst krank.«

»Was fehlt dir, Schatz?« Ich stellte die Drinks auf den Tisch und setzte mich hin. Sie redete weiter, als hätte ich nichts gesagt. Vielleicht hatte ich nichts gesagt.

»Ich bin meine einzige Kundin«, sagte sie. »Ich glaube, von all den Vitaminen, die ich nehme, wird meine Haut schon irgendwie komisch. Findest du, dass meine Haut okay aussieht? Kann man eine Überdosis an Vitaminen nehmen? Ich bin an einem Punkt angelangt, wo ich nicht mal mehr wie ein normaler Mensch kacken kann.«

»Schatz«, sagte ich.

Patti sagte: »Dir ist es egal, ob ich Vitamine nehm oder nicht. Das ist der Punkt. Dir ist alles egal. Der Scheibenwischer hat heute Nachmittag im Regen den Geist aufgegeben. Ich hatte beinah einen Unfall. Hätte nicht viel gefehlt.«

Wir tranken weiter und redeten, bis es Zeit für mich war, zur Arbeit zu gehen. Patti sagte, sie würde sich in die Badewanne legen, falls sie nicht vorher einschliefe. »Ich schlaf schon im Stehen«, sagte sie. Sie sagte: »Vitamine. Das ist alles, was mir geblieben ist.« Sie blickte in der Küche rum. Sie blickte in ihr leeres Glas. Sie war betrunken. Aber sie ließ zu, dass ich sie küsste. Dann machte ich mich auf den Weg zur Arbeit.

Es gab eine Kneipe, in die ich nach der Arbeit ging. Ich hatte mir das angewöhnt wegen der Musik und weil ich da spät immer noch was zu trinken kriegte. Die Kneipe hieß Off-Broadway. Es war eine Nigger-Kneipe in einer Nigger-Gegend. Sie wurde geführt von einem Nigger, der Khaki hieß. Viele Leute kamen da hin, wenn die anderen Kneipen dicht machten. Sie bestellten Hausdrinks – Royal Crown Cola mit einem Schuss Whiskey –, oder aber sie brachten sich ihren eigenen Stoff unter dem Mantel mit, bestellten RCs und machten sich ihre Drinks selbst. Musiker kreuzten da zu Jam-Sessions auf, und die Trinker, die weitertrinken wollten, kamen, um zu trinken und Musik zu hören. Manchmal tanzten auch Leute. Aber hauptsächlich saßen sie da und hörten zu.

Hin und wieder schlug ein Nigger einem andern eine Flasche auf den Kopf. Eine Geschichte ging um, dass einmal einer einem andern auf die Männertoilette gefolgt war und dem Mann die Kehle durchgeschnitten hatte, während der zum Pissen die Hände unten hatte. Aber ich hatte da nie irgendwelchen Ärger gehabt. Nichts, womit Khaki nicht fertig geworden wär. Khaki war ein stämmiger Nigger mit einem kahlen Kopf, der unheimlich aufblitzte unter den Neonröhren. Er trug Hawaihemden, die über der Hose hingen. Ich glaube, er hatte immer was im Hosenbund stecken. Mindestens einen Knüppel. Wenn einer anfing, Zoff zu machen, ging Khaki rüber, dahin, wo es sich grad entwickelte. Er legte dem Gast seine schwere Hand auf die Schulter und sagte ein paar Worte, und das war's. Ich ging schon seit Monaten ab und zu hin. Es gefiel mir, dass Khaki jedes Mal was zu mir sagte, so was wie: »Na, wie geht's dir heut Abend, mein Freund?« Oder: »Mein Freund, ich hab dich eine Zeit lang nicht gesehen.«

Das Off-Broadway ist die Kneipe, in die ich Donna ausführte, als wir unser Rendezvous hatten. Es war das einzige Rendezvous, das wir je hatten.

Ich war kurz nach Mitternacht aus dem Krankenhaus weggegangen. Es hatte sich aufgeklärt, und Sterne standen am Himmel. Ich spürte immer noch den Scotch, den ich mit Patti getrunken hatte. Trotzdem hatte ich halb vor, auf dem Weg nach Hause noch auf einen Schnellen bei New Jimmy's reinzugucken. Donnas Auto stand auf dem Parkplatz neben meinem, und Donna saß drinnen im Auto. Ich musste daran denken, wie wir uns in der Küche umarmt hatten. »Nicht jetzt«, hatte sie gesagt.

Sie kurbelte das Fenster runter und schnipste Asche von ihrer Zigarette.

»Ich konnte nicht schlafen«, sagte sie. »Mir gehen ein paar Sachen im Kopf rum, und ich konnte nicht einschlafen.«

Ich sagte: »Donna. He! Freut mich, dich zu sehen, Donna.«

»Ich weiß nicht, was mit mir los ist«, sagte sie.

»Wollen wir irgendwohin fahren, auf einen Drink?« sagte ich.

»Patti ist meine Freundin«, sagte sie.

»Sie ist auch meine Freundin«, sagte ich. Dann sagte ich: »Komm, fahren wir.«

»Nur damit du's weißt.«

»Es gibt da diese Kneipe, eine Niggerkneipe«, sagte ich. »Sie haben Musik. Wir können was trinken, Musik hören.«

»Fährst du mich?« sagte Donna.

Ich sagte: »Rutsch rüber.«

Sie fing sofort von den Vitaminen an. Die Vitamine waren ins Schleudern gekommen, mit den Vitaminen ging's rapide bergab. Der Markt für Vitamine war im Keller.

Donna sagte: »Ich hasse es, Patti das anzutun. Sie ist meine beste Freundin, und sie gibt sich große Mühe, für uns was auf die Beine zu stellen. Aber vielleicht muss ich aufhören. Das ist unter uns. Schwöre! Aber ich muss essen. Ich muss Miete bezahlen. Ich brauch neue Schuhe und einen neuen Mantel. Vitamine bringen das nicht«, sagte Donna. »Ich glaub nicht, dass bei Vitaminen noch was rauszuholen ist. Ich hab Patti noch nichts gesagt. Wie gesagt, noch denk ich nur drüber nach.«

Donna legte ihre Hand neben meinen Oberschenkel. Ich griff hinunter und drückte ihre Finger. Sie drückte meine. Dann nahm sie die Hand weg und stieß den Zigarettenanzünder rein. Nachdem sie ihre Zigarette angezündet hatte, legte sie die Hand wieder dahin, wo sie gewesen war. »Ich hasse es, und das ist das Allerschlimmste, Patti im Stich zu lassen. Verstehst du, was ich meine? Wir waren ein Team.« Sie hielt mir ihre Zigarette hin. »Ist 'ne andere Sorte, ich weiß«, sagte sie, »aber versuch mal.«

Ich fuhr auf den Parkplatz des Off-Broadway. Drei Nigger lehnten an einem alten Chrysler, dessen Windschutzscheibe einen Sprung hatte. Sie hingen da nur so rum und ließen eine Flasche, die in einer Tüte steckte, rumgehen. Sie musterten uns. Ich stieg aus und ging um den Wagen, um Donna die Tür aufzumachen. Ich kontrollierte die Türen, nahm ihren Arm, und wir gingen zur Straße. Die Nigger beobachteten uns nur.

Ich sagte: »Du hast doch nicht etwa vor, nach Portland zu ziehen?«

Wir waren auf dem Gehweg. Ich legte den Arm um ihre Hüfte.

»Ich weiß überhaupt nichts über Portland. Portland ist mir noch nie in den Sinn gekommen.«

Die vordere Hälfte des Off-Broadway war wie ein normales

Café mit Bar. Ein paar Nigger hockten am Tresen, und ein paar andere saßen über ihre Teller gebeugt an Tischen mit rotem Wachstuch und schaufelten sich Essen rein. Wir gingen durch das Café und in den großen Raum dahinter. Da gab es einen langen Tresen und Nischen zur Wand hin und noch weiter hinten ein Podium, wo die Musiker spielen konnten. Vor dem Podium war das, was als Tanzfläche galt. Die anderen Bars und Nachtclubs waren um diese Zeit noch geöffnet, deshalb waren noch nicht viele Leute da. Ich half Donna aus dem Mantel. Wir suchten uns eine Nische aus und legten unsere Zigaretten auf den Tisch. Die Niggerkellnerin, die Hannah hieß, kam rüber. Hannah und ich nickten uns zu. Sie sah Donna an. Ich bestellte uns zwei RCs Spezial und ich beschloss, es mir gut gehen zu lassen.

Als die Drinks gekommen waren und ich bezahlt hatte und wir jeder einen Schluck getrunken hatten, fingen wir an, uns zu umarmen. Wir machten eine Zeit lang so weiter, drückten und streichelten uns und küssten uns ab. Alle Augenblicke hörte Donna auf und lehnte sich zurück, stieß mich ein bisschen weg und hielt mich dann an den Handgelenken fest. Sie sah mir in die Augen. Dann schlossen sich ihre Lider langsam, und wir fielen wieder mit Küssen übereinander her. Ziemlich bald füllte sich das Lokal. Wir hörten mit dem Küssen auf. Aber ich behielt sie im Arm. Sie legte die Finger auf mein Knie. Zwei Nigger-Saxofonspieler und ein weißer Drummer fingen an, ein bisschen rumzuprobieren. Ich stellte mir vor, Donna und ich würden noch was trinken und uns den Set anhören. Und dann würden wir gehen und zu ihr fahren, um die Dinge zu Ende zu bringen.

Ich hatte gerade noch zwei Drinks bei Hannah bestellt, als dieser Nigger, der Benny hieß, mit diesem andern Nigger rüberkam – einem dicken, schnieke gekleideten Nigger. Der dicke Nigger hatte kleine rote Augen und trug einen drei-

teiligen Nadelstreifenanzug. Er hatte ein rosafarbenes Hemd
an, einen Schlips, ein Jackett und einen weichen Filzhut auf
dem Kopf – alles!

»Wie geht's meinem Freund?« sagte Benny.

Benny streckte die Hand aus zu einem brüderlichen Hand-
schlag. Benny und ich hatten oft geredet. Er wusste, dass
ich Musik mochte, und er war meistens zum Reden rüber-
gekommen, wenn wir beide gleichzeitig da waren. Er sprach
gern über Johnny Hodges und wie er für Johnny das Saxo-
fon-Backup gespielt hatte. Er konnte Sachen sagen wie:
»Als Johnny und ich diesen Gig in Mason City hatten …«

»Hi, Benny«, sagte ich.

»Ich wollte dir Nelson vorstellen«, sagte Benny. »Ist grad
heut aus Vietnam zurück. Heut Morgen. Will sich hier ein
paar von den guten Sounds anhören. Er hat sich seine Tanz-
schuhe angezogen, für alle Fälle.« Benny sah Nelson an und
nickte. »Das hier ist Nelson.«

Ich blickte auf Nelsons blank polierte Schuhe, und dann sah
ich Nelson an. Er guckte, als kenne er mich von irgendwo
her. Er sah mich lange an. Dann zeigte er mit einem breiten
Grinsen die Zähne.

»Das ist Donna«, sagte ich. »Donna, das ist Benny, und das
ist Nelson. Nelson, das ist Donna.«

»Hallo, Mädel«, sagte Nelson, und Donna sagte ohne Zögern: »Hallo da, Nelson. Hallo, Benny.«

»Können wir vielleicht einfach zu euch reinrutschen?« sagte
Benny. »Okay?«

Ich sagte: »Klar.«

Aber ich fand es schade, dass sie sich nicht einen anderen
Platz gesucht hatten.

»Wir bleiben nicht lange«, sagte ich. »Trinken grad noch
aus, das ist alles.«

»Ich weiß, Mann, ich weiß«, sagte Benny. Er setzte sich mir

gegenüber, nachdem Nelson sich in die Nische gequetscht hatte. »Viel zu tun, dauernd unterwegs. Ja, Mann, Benny weiß Bescheid«, sagte Benny augenzwinkernd.

Nelson sah quer durch die Nische zu Donna rüber. Dann nahm er den Hut ab. Er schien nach irgendwas auf der Krempe zu suchen, während er den Hut in seinen dicken Händen drehte. Er machte auf dem Tisch Platz für den Hut. Er sah zu Donna auf. Er grinste und straffte die Schultern. Er musste alle paar Minuten die Schultern straffen. Es war so, als machte es ihn müde, sie mit sich rumtragen zu müssen.

»Ich wette, du bist wirklich gut mit ihm befreundet«, sagte Nelson zu Donna.

»Wir sind gute Freunde«, sagte Donna.

Hannah kam rüber. Benny bestellte RCs. Hannah ging weg, und Nelson zog eine kleine Flasche Whiskey aus der Jacketttasche.

»Gute Freunde«, sagte Nelson. »Wirklich gute Freunde.« Er schraubte die Kappe von seinem Whiskey ab.

»Vorsicht, Nelson«, sagte Benny. »Pass auf, dass keiner das sieht. Nelson is grad mit dem Flugzeug aus Nam zurück«, sagte Benny.

Nelson hob die Flasche und trank einen Schluck von seinem Whiskey. Er schraubte die Kappe wieder auf, legte den Flachmann auf den Tisch und schob den Hut drüber. »Wirklich gute Freunde«, sagte er.

Benny sah mich an und verdrehte die Augen. Aber er war auch betrunken. »Ich muss wieder in Form kommen«, sagte er zu mir. Er trank RC aus ihren beiden Gläsern, und dann hielt er die Gläser unter den Tisch und goss Whiskey hinein. Er steckte die Flasche in seine Manteltasche. »Mann, seit über einen Monat jetzt haben meine Lippen kein Horn mehr berührt. Muss wieder anfangen damit.«

Wir saßen gedrängt in der Nische, Gläser vor uns, Nelsons Hut auf dem Tisch. »Du«, sagte Nelson zu mir, »du bist mit 'ner andern zusammen, stimmt's? Die schöne Frau hier, die ist nicht deine Frau. Ich weiß das. Aber du bist wirklich gut befreundet mit dieser Frau. Hab ich Recht?«

Ich trank ein paar Schluck von meinem Drink. Ich konnte den Whiskey nicht schmecken. Ich konnte gar nichts schmecken. Ich sagte: »Ist all der Scheiß über Vietnam wahr, den wir im Fernsehen sehen?«

Nelson hatte seine roten Augen starr auf mich gerichtet. Er sagte: »Was ich sagen wollte, ist, weißt du eigentlich, wo deine Frau ist? Ich wette, sie ist aus mit 'nem Kerl, und sie macht an seinen Nippeln rum und zieht seinen Pimmel raus, und die ganze Zeit hockst du hier lebensgroß rum mit deiner guten Freundin. Ich wette, sie hat selbst auch einen guten Freund.«

»Nelson«, sagte Benny.

»Nix Nelson«, sagte Nelson.

Benny sagte: »Nelson, lassen wir diese Leute in Frieden. Da drüben is wer in der andern Nische. Einer, von dem ich dir erzählt hab. Nelson is grad aus dem Flugzeug raus, heut Morgen«, sagte Benny.

»Ich wette, ich weiß, was du jetzt denkst«, sagte Nelson. »Ich wette, du denkst: ›Dieser dicke besoffene Nigger da, was mach ich jetzt mit dem? Vielleicht muss ich ihm was auf's Maul hauen!‹ War's das, was du grad gedacht hast?«

Ich sah mich im Raum um. Ich sah Khaki beim Podium stehen, die Musiker hinter ihm arbeiteten sich ab. Ein paar Tänzer waren auf der Tanzfläche. Ich glaubte, dass Khaki mich direkt ansah – aber falls er es getan hatte, dann sah er wieder weg.

»Bist du jetzt nich mit Reden dran?« sagte Nelson. »Ich hab dich geärgert. Ich hab keinen mehr geärgert, seit ich von

Nam weg bin. Ich hab die Gelben ein bisschen geärgert.« Er grinste wieder, und seine dicken Lippen zogen sich zurück. Dann hörte er mit dem Grinsen auf und starrte nur.

»Zeig ihnen das Ohr«, sagte Benny. Er stellte sein Glas auf den Tisch. »Nelson hat sich von einem von den kleinen Kerlchen ein Ohr mitgebracht«, sagte Benny. »Er hat's dabei. Zeig's ihnen, Nelson.«

Nelson saß nur da. Dann tastete er die Taschen seines Jacketts ab. Er nahm verschiedene Dinge aus einer der Taschen. Er nahm ein paar Schlüssel raus und eine Schachtel Hustenbonbons.

Donna sagte: »Ich will aber kein Ohr sehen. Igitt! Mein Gott.« Sie sah mich an.

»Wir müssen gehen«, sagte ich.

Nelson suchte immer noch in seinen Taschen. Er zog eine Brieftasche aus der Innentasche seines Jacketts und legte sie auf den Tisch. Er klopfte auf die Brieftasche. »Fünf Riesen da drinnen. Hör zu«, sagte er zu Donna. »Ich geb dir zwei Scheine. Kommst du mit? Ich geb dir zwei Riesen, und dann machst du's mir auf Französisch. So wie seine Frau es grad einem andern dicken Kerl besorgt. Hörst du? Verstehst du, sie hat ihren Mund auf dem Hammer von dem Kerl, jetzt, in dieser Minute, während er hier sitzt und dir mit der Hand unter den Rock geht. Fair is fair. Hier.« Er zog die Ecken der Scheine aus seiner Brieftasche heraus. »Verdammt, hier sind nochmal hundert für deinen guten Freund, damit er sich nicht übergangen fühlt. Er muss nichts dafür tun. Du musst nichts dafür tun«, sagte Nelson zu mir. »Du bleibst da sitzen und trinkst was und hörst dir die Musik an. Gute Musik. Ich und diese Frau spazieren zusammen raus wie gute Freunde. Und sie kommt allein wieder reinspaziert. Nicht lange, und sie ist wieder da.«

»Nelson«, sagte Benny, »so redet man doch nicht, Nelson.«

Nelson grinste. »Ich bin schon fertig«, sagte er.

Er fand, wonach er die ganze Zeit gesucht hatte. Es war ein silbernes Zigarettenetui. Er öffnete es. Ich sah auf das Ohr darin. Es lag auf einem Wattepolster. Es sah aus wie ein getrockneter Pilz. Aber es war ein richtiges Ohr, und es war befestigt an einer Schlüsselkette.

»Gott!« sagte Donna. »Iiigitt!«

»Das is doch was?« sagte Nelson. Er beobachtete Donna.

»Kommt nicht in Frage. Verpiss dich«, sagte Donna.

»Mädel«, sagte Nelson.

»Nelson«, sagte ich. Und dann richtete Nelson seine roten Augen auf mich. Er schob den Hut und die Brieftasche und das Zigarettenetui aus dem Weg.

»Was willst du?« sagte Nelson. »Ich geb dir, was du willst.«

Khaki hatte eine Hand auf meiner Schulter und die andere auf Bennys Schulter. Er beugte sich über den Tisch, und sein Kopf glänzte im Neonlicht. »Na, wie geht's, Leute? Habt ihr alle euren Spaß?«

»Alles in Ordnung, Khaki«, sagte Benny. »Alles bestens und okay. Die Leute hier wollten gerade gehen. Ich und Nelson bleiben noch und hören uns die Musik an.«

»Das ist gut«, sagte Khaki. »Leute, seid glücklich, ist mein Motto.«

Er blickte in der Nische rum. Er sah Nelsons Brieftasche auf dem Tisch und das offene Zigarettenetui neben der Brieftasche. Er sah das Ohr.

»Is das 'n richtiges Ohr?« sagte Khaki.

Benny sagte: »Isses. Zeig ihm das Ohr, Nelson. Nelson is grad aus dem Flugzeug von Nam ausgestiegen, mit dem Ohr da. Das Ohr da ist halb um die Welt gereist, und jetzt liegt's heut Abend hier auf dem Tisch. Nelson, zeig's ihm«, sagte Benny.

Nelson nahm das Etui und gab es Khaki. Khaki sah das Ohr prüfend an. Er nahm die Kette hoch und ließ das Ohr vor seinem Gesicht baumeln. Er betrachtete es. Er ließ es an der Kette hin und her schaukeln. »Hab schon gehört von diesen getrockneten Ohren und Schwänzen und so.«

»Ich hab's einem von diesen Gelben abgeschnitten«, sagte Nelson. »Der konnte sowieso nichts mehr damit hören. Ich wollte 'n Andenken.«

Khaki drehte das Ohr an der Kette.

Donna und ich schoben uns aus der Nische.

»Mädel, geh nicht«, sagte Nelson.

»Nelson«, sagte Benny.

Khaki sah Nelson jetzt scharf an. Ich stand mit Donnas Mantel neben der Nische. Meine Beine spielten verrückt. Nelson hob die Stimme. Er sagte: »Du gehst also mit dieser Mutter da, du lässt zu, dass er sein Gesicht in deine Feige drückt, ihr kriegt es beide noch mit mir zu tun.«

Wir gingen von der Nische weg. Leute guckten rüber.

»Nelson is grad aus dem Flugzeug von Nam raus, heut Morgen«, hörte ich Benny sagen. »Wir haben den ganzen Tag getrunken. Das is der längste Tag aller Zeiten gewesen. Aber mir geht's prima, Khaki, und ihm auch.«

Nelson brüllte etwas über die Musik weg. Er brüllte: »Das geht nicht gut! Was ihr auch vorhabt, das tut niemandem gut!« Ich hörte, wie er das sagte, und danach konnte ich nichts mehr verstehen. Die Musik hörte auf, und dann setzte sie wieder ein. Wir blickten nicht zurück. Wir gingen weiter. Wir kamen raus auf die Straße.

Ich hielt ihr die Tür auf. Ich fuhr los, zurück zum Krankenhaus. Donna blieb auf ihrer Seite. Sie hatte den Anzünder benutzt und sich eine Zigarette angesteckt, aber sie sagte nichts.

Ich versuchte etwas zu sagen. Ich sagte: »Hör zu, Donna, jetzt lass dir deswegen nicht die Stimmung vermiesen. Es tut mir Leid, dass das passiert ist«, sagte ich.

»Ich hätte das Geld brauchen können«, sagte Donna. »Das war's, was ich gerade gedacht hab.«

Ich fuhr weiter und sah sie nicht an.

»Ehrlich«, sagte sie. »Ich hätt das Geld brauchen können.« Sie schüttelte den Kopf. »Ich weiß nicht«, sagte sie. Dann ließ sie das Kinn sinken und weinte.

»Wein nicht«, sagte ich.

»Ich geh nicht arbeiten morgen, heute, egal, wann der Wecker klingelt«, sagte sie. »Ich geh nicht. Ich geh weg von hier, in eine andere Stadt. Ich nehm das, was da grad passiert ist, als Zeichen.« Sie stieß den Anzünder rein und wartete, dass er rausprang.

Ich fuhr auf den Parkplatz, neben mein Auto, und würgte den Motor ab. Ich sah in den Rückspiegel, halb darauf gefasst, ich würde den alten Chrysler mit Nelson drin auf den Platz hinter mir fahren sehen. Ich behielt noch einen Moment die Hände auf dem Lenkrad, dann ließ ich sie auf meine Knie fallen. Ich wollte Donna nicht anrühren. Dass wir uns in meiner Küche umarmt hatten, an dem Abend damals, und unsere Küsserei gerade im Off-Broadway, das war alles vorbei.

Ich sagte: »Und was willst du machen?« Aber es war mir egal. Sie hätte auf der Stelle am Herzschlag sterben können, und es hätte mir nichts ausgemacht.

»Vielleicht geh ich rauf nach Portland«, sagte sie. »Da muss irgendwas sein, in Portland. Alle reden von Portland dieser Tage. Portland ist die Zugnummer. Portland hier, Portland da. Portland ist so gut wie jede andere Stadt. Ist alles dasselbe.«

»Donna«, sagte ich, »ich geh jetzt besser.«

Ich wollte aussteigen. Ich öffnete die Tür einen Spalt, und die Innenbeleuchtung ging an.

»Um Gottes willen, mach das Licht aus!«

Ich stieg so schnell ich konnte aus. »Nacht, Donna«, sagte ich.

Sie starrte auf das Armaturenbrett, als ich wegging. Ich startete mein Auto und stellte die Scheinwerfer an. Ich legte den Gang ein und gab Gas.

Ich goss mir einen Scotch ein, trank etwas davon und nahm das Glas mit ins Badezimmer. Ich putzte mir die Zähne. Dann zog ich eine Schublade auf. Patti rief was vom Schlafzimmer rüber. Sie machte die Badezimmertür auf. Sie war noch angezogen. Sie hatte in ihren Kleidern geschlafen, nehm ich an.

»Wie spät ist es?« schrie sie. »Ich hab verschlafen! Jesus, o mein Gott! Du hast mich verschlafen lassen, du gottverdammter Kerl.«

Sie tobte. Sie stand, komplett angezogen, in der Tür. Sie hätte sich auch gerade fertig machen können, um zur Arbeit zu gehen. Nur dass da kein Musterkasten war, keine Vitamine. Sie hatte schlecht geträumt, das ist alles. Sie fing an, den Kopf zu schütteln, hin und her, von einer Seite zur andern.

Ich konnte nicht noch mehr ertragen in dieser Nacht. »Leg dich wieder schlafen, Schatz«, sagte ich. »Ich such nur was.« Ich stieß irgendwelches Zeug aus dem Medizinschränkchen runter. Sachen rollten ins Waschbecken. »Wo ist das Aspirin?« sagte ich. Ich stieß noch mehr Sachen runter. Es war mir egal. Immer weiter fielen Sachen runter.

Vorsichtig

Nach vielem Reden – Inez, seine Frau, nannte es *Bestands-aufnahme* – verließ Lloyd das Haus und zog in eine eigene Wohnung. Er hatte zwei Zimmer mit Bad in der obersten Etage eines dreigeschossigen Hauses. Es waren Dachzimmer mit schrägen Wänden. Wenn er herumging, musste er den Kopf einziehen. Er musste den Rücken krümmen, wenn er aus seinen Fenstern gucken wollte, und vorsichtig sein, wenn er ins Bett ging oder aus dem Bett stieg. Es gab zwei Schlüssel. Mit dem einen gelangte er ins Haus. Dann stieg er eine Treppe hinauf, die durch das Haus zu einem Absatz führte. Er ging noch eine weitere Treppe hinauf zu seiner Wohnungstür und benutzte für das Schloss dort den anderen Schlüssel.

Einmal, als er am frühen Nachmittag wieder nach Hause kam, eine Tragetüte mit drei Flaschen André-Champagner und etwas Aufschnitt in der Hand, machte er auf dem Absatz Halt und blickte in das Wohnzimmer seiner Hauswirtin. Er sah, dass die alte Frau ausgestreckt auf dem Teppich lag. Sie schien zu schlafen. Dann kam ihm plötzlich der Gedanke, sie könnte tot sein. Aber der Fernsehapparat lief, und so beschloss er, zu glauben, dass sie schlief. Er wusste nicht recht, was er davon halten sollte. Er wechselte die Tragetüte von der einen Hand in die andere. In diesem Moment hustete die Frau leicht, legte die Hand an die Hüfte und lag dann wieder ruhig und regungslos da. Lloyd ging weiter die Treppe hinauf und schloss seine Wohnungstür auf. Später an diesem Tag, gegen Abend, als er aus seinem Küchenfenster blickte, sah er die alte Frau unten im Garten; sie hatte einen Strohhut auf und drückte die Hand an die Hüfte. Sie war dabei, mit einer kleinen Gießkanne ein paar Stiefmütterchen zu gießen.

In seiner Küche hatte er ein Gerät, das Kühlschrank und Herd kombinierte. Der Kühlschrank-Herd war eine winzige Angelegenheit und in die Lücke zwischen Spüle und Wand gequetscht. Er musste sich bücken und fast in die Knie gehen, wenn er etwas aus dem Kühlschrank nehmen wollte. Aber das machte nichts, weil er sowieso nicht viel darin aufbewahrte – außer Fruchtsaft, Aufschnitt und Champagner. Der Herd hatte zwei Platten. Hin und wieder erhitzte er Wasser in einem Kochtopf und machte sich eine Tasse Pulverkaffee. Aber an manchen Tagen trank er gar keinen Kaffee. Er vergaß es, oder aber er hatte keine Lust auf Kaffee. Eines Morgens wachte er auf und fing sofort an, Streusel-Doughnuts zu essen und Champagner zu trinken. Es hatte Zeiten gegeben, noch vor wenigen Jahren, da hätte er bei dem Gedanken an ein solches Frühstück laut gelacht. Inzwischen fand er nichts Ungewöhnliches mehr daran. Tatsächlich hatte er sich nichts dabei gedacht, bis er im Bett lag und sich alles ins Gedächtnis zu rufen versuchte, was er an diesem Tag getan hatte, angefangen am Morgen, als er aufgestanden war. Zuerst konnte er sich an nichts Bemerkenswertes erinnern. Dann fiel ihm ein, dass er die Doughnuts gegessen und dazu Champagner getrunken hatte. Es hatte eine Zeit gegeben, da hätte er das für ziemlich verrückt gehalten, etwas, das man Freunden gut erzählen konnte. Je mehr er dann aber darüber nachdachte, umso deutlicher sah er, dass es so oder so keine große Rolle spielte. Er hatte zum Frühstück Doughnuts gegessen und Champagner getrunken. Na und?

In seinen möblierten Zimmern hatte er auch eine Essecke, ein kleines Sofa, einen alten Sessel und einen Fernsehapparat, der auf einem niedrigen Tisch stand. Er bezahlte hier nicht für den Strom, und es war nicht einmal sein Fernsehapparat; also ließ er das Ding manchmal den ganzen Tag und die ganze Nacht laufen. Aber er stellte den Ton immer leise, außer wenn er merkte, dass etwas lief, was er sich ansehen wollte. Er hatte kein Telefon, was ihm recht war. Er wollte kein Telefon haben. Es gab ein Schlafzimmer mit einem Doppelbett, einem Nachttisch, einer Kommode und ein Badezimmer.

Inez kam nur ein einziges Mal zu Besuch, und das war an einem Vormittag um elf Uhr. Er war seit zwei Wochen in seiner neuen Bleibe und hatte sich schon gefragt, ob sie wohl vorbeikommen würde. Aber er versuchte auch, etwas gegen das Trinken zu tun, und deshalb war er froh, allein zu sein. Er hatte das sehr deutlich zum Ausdruck gebracht – das Alleinsein war das, was er am nötigsten brauchte. An dem Tag, an dem sie kam, saß er im Schlafanzug auf dem Sofa und schlug sich mit der Faust an die rechte Seite des Kopfes. Ehe er sich noch einen Schlag versetzen konnte, hörte er Stimmen unten auf dem Treppenabsatz. Er erkannte die Stimme seiner Frau. Das Geräusch war wie das Gemurmel einer fernen Menschenmenge, aber er wusste, dass es Inez war, und aus irgendeinem Grund wusste er, dass es ein wichtiger Besuch war. Er gab seinem Kopf noch einen Stoß mit der Faust, dann stand er auf.

Beim Aufwachen an diesem Morgen hatte er festgestellt, dass sein Ohr mit Ohrenschmalz verstopft war. Er konnte nichts mehr deutlich hören, und er schien dadurch seinen Gleichgewichtssinn, seine Balance eingebüßt zu haben. Die ganze letzte Stunde hatte er auf dem Sofa gesessen und frustriert sein Ohr bearbeitet, und immer wieder hatte er sich

mit der Faust an den Schädel geschlagen. Ab und zu hatte er
die knorplige Partie hinter dem Ohr massiert oder sich am
Ohrläppchen gezogen. Dann hatte er wütend mit dem kleinen Finger in dem Ohr gegraben und den Mund weit geöffnet, um ein Gähnen zu simulieren. Er hatte alles versucht,
was ihm einfiel, und war allmählich am Ende seiner Geduld.
Er hörte, wie die Stimmen unten ihr Gemurmel abbrachen.
Er versetzte seinem Kopf noch einen kräftigen Schlag und
trank das Glas Champagner aus. Er machte den Fernsehapparat aus und stellte das Glas in die Spüle. Er nahm die
offene Champagnerflasche von der Abtropffläche und ging
damit ins Badezimmer, wo er sie hinter das Klo stellte. Dann
ging er zur Tür und machte auf.

»Hi, Lloyd«, sagte Inez. Sie lächelte nicht. Sie stand in einer
bunten Frühlingsaufmachung in der Tür. Er hatte diese Sachen noch nicht gesehen. Sie hielt eine Segeltuchhandtasche
in der Hand, auf deren Seiten Sonnenblumen aufgestickt
waren. Er hatte auch die Handtasche noch nie gesehen.

»Ich dachte schon, du hättest mich nicht gehört«, sagte sie.
»Ich dachte, du wärst vielleicht weggegangen, oder so. Aber
die Frau unten – wie heißt sie doch? Mrs. Matthews – meinte, du wärst hier oben.«

»Ich hab dich gehört«, sagte Lloyd. »Aber nur so eben.« Er
zog seine Schlafanzughose hoch und fuhr sich mit der Hand
durchs Haar. »Ich bin nämlich in einer höllischen Verfas-
sung. Komm doch rein.«

»Es ist elf Uhr«, sagte sie. Sie kam herein und schloss die
Tür hinter sich. Sie verhielt sich so, als hätte sie das, was er
gesagt hatte, nicht gehört. Vielleicht hatte sie es nicht gehört.

»Ich weiß, wie spät es ist«, sagte er. »Ich bin schon lange auf.
Ich bin seit acht auf. Ich hab einen Teil der *Today*-Show gesehen. Aber jetzt bin ich drauf und dran, verrückt zu wer-

den. Mein Ohr ist verstopft. So wie schon einmal, erinnerst du dich? Damals, als wir in der Wohnung in der Nähe von dem chinesischen Imbiss gewohnt haben. Wo die Kinder diese Bulldogge fanden, die ihre Kette hinter sich herzog? Damals musste ich zum Arzt und mir die Ohren ausspülen lassen. Das weißt du doch noch. Du hast mich hingefahren, und wir mussten ewig warten. Na ja, und genau so ist es jetzt. Ich meine, genau so schlimm. Nur dass ich heute Morgen nicht zum Arzt gehen kann. Schon deswegen nicht, weil ich keinen hab. Ich bin nahe daran durchzudrehen, Inez. Ich könnte mir den Kopf abhacken, oder so was.«

Er setzte sich an das eine Ende des Sofas, und sie setzte sich an das andere Ende. Aber es war ein kleines Sofa, und so saßen sie trotzdem dicht beieinander. Sie saßen so dicht beieinander – er hätte die Hand ausstrecken und sie auf ihr Knie legen können. Aber er tat es nicht. Sie sah sich in dem Zimmer um und richtete dann den Blick wieder auf ihn. Ihm war bewusst, dass er sich nicht rasiert hatte und dass die Haare ihm wirr vom Kopf abstanden. Aber sie war seine Frau, und sie wusste alles, was es über ihn zu wissen gab.

»Was hast du probiert?« sagte sie. Sie blickte in ihre Handtasche und zog eine Zigarette heraus. »Ich meine, was hast du bisher dagegen getan?«

»Was hast du gesagt?« Er wandte ihr die linke Kopfseite zu. »Inez, ich schwör's dir, ich übertreib nicht. Das macht mich wahnsinnig. Wenn ich spreche, hab ich ein Gefühl, als ob ich in einem Fass spreche. In meinem Kopf dröhnt und donnert es. Und richtig hören kann ich auch nicht. Wenn *du* etwas sagst, klingt es, als ob du durch ein Metallrohr sprichst.«

»Hast du Q-tips da oder Wesson-Öl?« sagte Inez.

»Schatz, das ist eine ernste Sache«, sagte er. »Ich hab keine Q-tips und auch kein Wesson-Öl. Machst du Witze?«

»Wenn wir etwas Wesson-Öl hätten, könnte ich es warm machen und dir etwas davon ins Ohr träufeln. Meine Mutter hat das immer gemacht«, sagte sie. »Es weicht das Zeug da drinnen auf.«

Er schüttelte den Kopf. Sein Kopf fühlte sich voll an, als wäre er angefüllt mit Flüssigkeit. Es fühlte sich an wie früher, als er immer dicht am Boden des städtischen Schwimmbeckens geschwommen war und mit den Ohren voller Wasser nach oben kam. Aber damals war es leicht gewesen, das Wasser wieder rauszukriegen. Er brauchte nur die Lungen mit Luft zu füllen, den Mund zu schließen und sich die Nase fest zuzuhalten. Dann blies er die Backen auf und presste Luft in seinen Kopf. In seinen Ohren knackte es, und danach hatte er ein paar Sekunden lang das angenehme Gefühl, dass ihm Wasser aus dem Kopf rann und auf die Schultern tropfte. Dann stemmte er sich aus dem Schwimmbecken.

Inez rauchte ihre Zigarette zu Ende und drückte sie aus. »Lloyd, wir haben einiges zu besprechen. Aber ich vermute, wir müssen eins nach dem andern angehen. Komm, setz dich auf den Stuhl. Nein, nicht auf *diesen* Stuhl, auf den Stuhl in der Küche! Damit wir uns die Sache bei Licht ansehen können.«

Er schlug sich wieder mit der Hand an den Kopf. Dann ging er hinüber und setzte sich auf einen Stuhl in der Essecke. Sie kam herüber und stellte sich hinter ihn. Sie berührte sein Haar mit ihren Fingern. Dann schob sie das Haar von seinen Ohren weg. Er griff nach ihrer Hand, aber sie zog sie weg.

»Welches Ohr, hast du gesagt, ist es?« sagte sie.

»Das rechte Ohr«, sagte er. »Das rechte.«

»Zunächst einmal«, sagte sie, »musst du jetzt hier sitzen und darfst dich nicht rühren. Ich hol mir eine Haarnadel und ein bisschen Toilettenpapier. Damit werde ich versuchen, in das Ohr zu gehen. Vielleicht klappt es ja.«

Die Aussicht, dass sie ihm eine Haarnadel ins Ohr stecken wollte, beunruhigte ihn. Er sagte etwas in diesem Sinne.

»Was?« sagte sie. »Himmel, ich kann dich auch nicht richtig verstehen. Vielleicht ist es ansteckend.«

»Als ich klein war und zur Schule ging«, sagte Lloyd, »hatten wir eine Gesundheitslehrerin. Sie war zugleich so etwas wie eine Krankenschwester. Sie hat immer gesagt, wir sollten uns nie was ins Ohr stecken, was kleiner wäre als ein Ellbogen.« Er erinnerte sich vage an ein Schaubild an der Wand, auf dem ein riesiges Ohr abgebildet war, zusammen mit einem komplizierten System von Kanälen, Durchgängen und Wänden.

»Schön, aber deine Krankenschwester hat nie vor exakt diesem Problem gestanden«, sagte Inez. »Jedenfalls müssen wir *irgendwas* versuchen. Und das werden wir als Erstes versuchen. Wenn es nicht geht, versuchen wir was anderes. So ist das Leben nun mal, oder?«

»Hat das eine versteckte Bedeutung oder dergleichen?« sagte Lloyd.

»Es bedeutet genau das, was ich gesagt habe. Aber du kannst dir dabei denken, was dir gefällt. Ich mein, dies ist ein freies Land«, sagte sie. »So, jetzt lass mich mal zusammensuchen, was ich brauche. Bleib du da sitzen.«

Sie kramte in ihrer Handtasche, aber sie fand nicht, was sie suchte. Schließlich kippte sie die Handtasche auf dem Sofa aus. »Keine Haarnadeln«, sagte sie. »Verdammt.« Aber es war, als sagte sie die Worte von einem anderen Zimmer her. In gewisser Weise war es fast so, als hätte er sich nur eingebildet, dass sie es gesagt hatte. Es hatte eine Zeit gegeben – das war lange her –, in der sie beide oft das Gefühl gehabt hatten, sie hätten so etwas wie außersinnliche Wahrnehmung, wenn es darum ging, was der andere gerade dachte. Sie konnten Sätze beenden, die der andere angefangen hatte.

Sie nahm einen Nagelzwicker, werkelte einen Moment daran herum, und dann klappte das Instrument unter ihren Fingern auseinander und ein Teil davon stand von dem Rest ab. Eine Nagelfeile ragte aus dem Zwicker hervor. Für ihn sah es so aus, als hielte sie einen kleinen Dolch.

»Das willst du in mein Ohr stecken?« sagte er.

»Vielleicht hast du eine bessere Idee«, sagte sie. »Entweder das, oder aber ich weiß auch nicht weiter. Hast du vielleicht einen Bleistift? Soll ich lieber einen Bleistift nehmen? Oder hast du vielleicht irgendwo einen Schraubenzieher liegen?« sagte sie lachend. »Keine Angst. Hör zu, Lloyd, ich werd dir nicht wehtun. Ich hab gesagt, ich bin ganz vorsichtig. Ich wickle ein bisschen Toilettenpapier um das Ende hier. Es wird schon gehen. Ich bin ganz vorsichtig, wie ich gesagt hab. Bleib du nur da, wo du bist, ich hol inzwischen ein bisschen Toilettenpapier für das hier. Ich mache mir einen Tupfer.«

Sie ging ins Badezimmer. Sie blieb lange fort. Er blieb da, wo er war, auf dem Stuhl, der zur Essecke gehörte. Er dachte an die Dinge, die er ihr sagen wollte. Er wollte ihr sagen, dass er sich auf Champagner und Champagner allein beschränkte. Er wollte ihr sagen, dass er auch mit dem Champagner nach und nach aufhören würde. Es war jetzt nur noch eine Frage der Zeit. Aber als sie wieder ins Zimmer kam, konnte er nichts sagen. Er wusste nicht, wo er anfangen sollte. Aber sie sah ihn sowieso nicht an. Sie zog eine Zigarette aus dem Berg von Dingen, die sie auf das Sofapolster gekippt hatte. Sie zündete sich die Zigarette mit ihrem Feuerzeug an und trat an das Fenster, das auf die Straße hinausging. Sie sagte etwas, aber er konnte ihre Worte nicht verstehen. Als sie aufhörte zu sprechen, fragte er sie nicht, was sie gesagt hatte. Was es auch gewesen war, er wusste, er wollte nicht, dass sie es noch einmal sagte. Sie drückte die Zigarette aus. Aber sie blieb am Fenster stehen, leicht vorgebeugt, und die Dachschräge war nur Zentimeter von ihrem Kopf entfernt.

»Inez«, sagte er.

Sie drehte sich um und kam zu ihm herüber. Er sah das Papier an der Spitze der Nagelfeile.

»Dreh den Kopf auf die Seite und halt ihn so«, sagte sie. »So ist es richtig. Jetzt sitz ganz still und beweg dich nicht. Nicht bewegen«, sagte sie wieder.

»Sei vorsichtig«, sagte er. »Um Himmels willen.«

Sie antwortete nicht.

»Bitte, bitte«, sagte er. Dann sagte er nichts mehr. Er hatte Angst. Er schloss die Augen und hielt den Atem an, als er fühlte, wie die Nagelfeile ins Innere seines Ohrs vordrang und mit dem Sondieren begann. Er war überzeugt, sein Herz würde aufhören zu schlagen. Dann ging sie ein wenig tiefer rein und begann die Klinge hin und her zu drehen, zu bearbeiten, was immer da drinnen war. Tief in seinem Ohr hörte er ein quietschendes Geräusch.

»Au!« sagte er.

»Hab ich dir wehgetan?« Sie nahm die Nagelfeile aus dem Ohr und trat einen Schritt zurück. »Fühlt es sich irgendwie anders an, Lloyd?«

Er hob die Hände an die Ohren und senkte den Kopf.

»Ist noch genau dasselbe«, sagte er.

Sie sah ihn an und biss sich auf die Lippen.

»Lass mich ins Badezimmer gehen«, sagte er. »Eh wir weitermachen, muss ich ins Bad gehen.«

»Geh nur«, sagte Inez. »Ich glaube, ich geh mal runter und gucke, ob deine Hauswirtin etwas Wesson-Öl hat, oder was

Ähnliches. Vielleicht hat sie sogar Q-tips. Wieso bin ich nicht vorher darauf gekommen? Ich mein, sie zu fragen.«

»Das ist eine gute Idee«, sagte er. »Ich geh inzwischen ins Bad.«

Sie blieb an der Tür stehen und sah ihn an, und dann öffnete sie die Tür und ging hinaus. Er durchquerte das Wohnzimmer, ging in sein Schlafzimmer und öffnete die Badezimmertür. Er griff hinter das Klo und holte die Champagnerflasche hervor. Er trank einen großen Schluck. Der Champagner war warm, aber er ging ihm glatt runter. Er trank noch einen Schluck. Anfangs hatte er wirklich geglaubt, er könnte weiterhin trinken, wenn er sich auf Champagner beschränkte. Aber sehr schnell stellte er fest, dass er drei oder vier Flaschen am Tag trank. Er wusste, dass er sich ziemlich bald damit auseinander setzen musste. Aber zuerst musste er wieder richtig hören können. Eins nach dem andern, wie sie gesagt hatte. Er trank den Rest Champagner und stellte die leere Flasche an ihren Platz hinter dem Klobecken. Dann drehte er das Wasser an und putzte sich die Zähne. Nachdem er das Handtuch benutzt hatte, ging er wieder in das andere Zimmer.

Inez war zurückgekommen und stand am Herd und erhitzte etwas in einem kleinen Topf. Sie sah in seine Richtung, sagte aber zuerst nichts. Er blickte über ihre Schulter hinweg und aus dem Fenster. Ein Vogel flog von einem Baum zum andern und putzte sich. Doch falls er irgendein Vogelgeräusch von sich gab – er hörte es nicht.

Sie sagte etwas, das er nicht mitbekam.

»Wie bitte?« sagte er.

Sie schüttelte den Kopf und drehte sich wieder zum Herd um. Aber dann drehte sie sich wieder um und sagte, laut genug und langsam genug, dass er es verstehen konnte: »Ich hab die Flasche im Badezimmer gesehen.«

»Ich versuch, mich einzuschränken«, sagte er.

Sie sagte noch etwas.

»Was?« sagte er. »Was hast du gesagt?« Er hatte es wirklich nicht verstanden.

»Wir reden später«, sagte sie. »Wir haben ein paar Dinge zu besprechen, Lloyd. Geld ist das eine. Aber es gibt auch noch andere Sachen. Erst mal müssen wir uns um dein Ohr kümmern.« Sie tauchte einen Finger in den Kochtopf, und dann nahm sie den Topf vom Herd. »Ich lasse es noch eine Minute abkühlen«, sagte sie. »Im Moment ist es zu heiß. Setz dich hin. Leg dir dies Handtuch um die Schultern.«

Er tat, was ihm gesagt wurde. Er setzte sich auf den Stuhl und legte sich das Handtuch um Nacken und Schultern. Dann schlug er mit der Faust an die Seite seines Schädels.

»Verdammt«, sagte er.

Sie blickte nicht auf. Sie steckte den Finger noch einmal prüfend in den Kochtopf. Dann goss sie die Flüssigkeit aus dem Kochtopf in sein Plastikglas. Sie nahm das Glas und kam zu ihm.

»Hab keine Angst«, sagte sie. »Das ist nur ein bisschen Babyöl von deiner Hauswirtin, das ist alles. Ich hab ihr erzählt, was los ist, und sie hat gemeint, das hilft vielleicht. Ohne Garantie«, sagte Inez. »Aber vielleicht lockert's das Zeug da drinnen auf. Sie hat gesagt, ihrem Mann ist das auch oft passiert. Sie hat gesagt, einmal hätte sie gesehen, wie ein Stück Ohrenschmalz aus seinem Ohr fiel, und es war wie ein dicker Pfropfen aus irgendwas. Es war Ohrenschmalz, und nichts anderes. Sie hat gesagt, wir sollen es damit mal probieren. Und Q-tips hatte sie nicht. Ich kann das nicht verstehen, dass sie keine Q-tips hat. Das überrascht mich wirklich.«

»Okay«, sagte er. »In Ordnung. Ich bin bereit, alles auszuprobieren. Inez, wenn ich immer damit leben müsste, ich glaube, dann würd ich lieber sterben. Verstehst du? Im Ernst, Inez.«

»Halt jetzt den Kopf schräg, ganz runter«, sagte sie. »Beweg dich nicht. Ich gieß das rein, bis das Ohr voll ist, und dann stöpsel ich es mit dem Spültuch hier zu. Und du bleibst hier, sagen wir, zehn Minuten einfach so sitzen. Dann werden wir sehen. Wenn es nicht hilft, ja dann weiß ich auch nicht weiter. Ich weiß nicht, was wir dann noch tun sollen.«

»Es wird schon helfen«, sagte er. »Und wenn's nicht hilft, besorg ich mir 'ne Knarre und erschieß mich. Im Ernst. So jedenfalls ist mir zu Mute.«

Er drehte den Kopf seitwärts und beugte ihn hinunter. Er betrachtete die Dinge im Zimmer aus dieser neuen Perspektive. Aber es war eigentlich nicht viel anders, als wenn man sie auf die altgewohnte Art betrachtete, außer dass alles auf der Seite lag.

»Tiefer«, sagte sie. Er hielt sich, um nicht das Gleichgewicht zu verlieren, am Stuhl fest und beugte den Kopf noch weiter herunter. Alle Gegenstände in seinem Blickfeld, alle Gegenstände in seinem Leben befanden sich, so schien es, am anderen Ende dieses Zimmers. Er spürte, wie die warme Flüssigkeit in sein Ohr sickerte. Dann nahm sie den Spüllappen und drückte ihn darauf. Kurz darauf begann sie, die Gegend um sein Ohr zu massieren. Sie drückte die Finger in die weiche Partie zwischen Kiefer und Schädel. Sie bewegte die Finger zu dem Bereich über seinem Ohr und strich mit den Fingerspitzen hin und her. Nach einer Weile wusste er nicht mehr, wie lange er schon so da saß. Es konnten zehn Minuten sein. Es konnte auch schon länger sein. Er hielt sich noch immer am Stuhl fest. Hin und wieder, wenn ihre Finger die Seite seines Kopfes drückten, spürte er, wie das warme Öl, das sie ihm da hineingegossen hatte, in den Kanälen in seinem Ohr hin und her lief. Wenn sie auf eine bestimmte Art drückte, bildete er sich ein, er könne in seinem Kopf ein leises, schwappendes Geräusch hören.

»Setz dich wieder gerade hin«, sagte Inez. Er setzte sich auf und drückte den Handballen an den Kopf, während die Flüssigkeit aus dem Ohr lief. Inez fing sie mit dem Handtuch auf. Dann wischte sie das Äußere des Ohrs ab.

Inez atmete durch die Nase. Lloyd hörte das Geräusch, das ihr Atem beim Ein- und Ausatmen machte. Er hörte ein Auto auf der Straße draußen vor dem Haus vorbeifahren und, hinter dem Haus, unterhalb des Küchenfensters, das eindeutige *schnick-schnick* einer Heckenschere.

»Na?« sagte Inez. Sie wartete, die Hände in die Hüften gestützt, mit gerunzelter Stirn.

»Ich kann dich hören«, sagte er. »Ich bin gesund! Ich meine, ich kann *hören*. Es klingt nicht mehr so, als würdest du unter Wasser sprechen. Es ist gut jetzt. Es ist okay. Mein Gott, eine Zeit lang hab ich gedacht, ich würde verrückt. Aber jetzt geht es mir wieder gut. Ich kann alles hören. Hör zu, Schatz, ich mach jetzt Kaffee. Es ist auch noch Fruchtsaft da.«

»Ich muss gehen«, sagte sie. »Ich bin schon spät dran. Aber ich komm wieder. Irgendwann gehen wir aus und essen zusammen zu Mittag. Wir müssen reden.«

»Ich darf nur nicht mehr auf dieser Seite schlafen, das ist alles«, fuhr er fort. Er folgte ihr ins Wohnzimmer. Sie zündete sich eine Zigarette an. »Das ist nämlich passiert. Ich hab die ganze Nacht auf dieser Seite geschlafen, und das hat mir das Ohr verstopft. Ich glaube, es ist alles in Ordnung, solange ich es nicht vergesse und nicht auf dieser Seite schlafe. Wenn ich vorsichtig bin. Verstehst du, was ich sagen will? Wenn ich nur auf dem Rücken schlafe oder auf der linken Seite.«

Sie sah ihn nicht an.

»Nicht für immer, natürlich nicht, das ist mir klar. Das könnte ich nicht. Ich könnte das nicht für den Rest meines Lebens. Aber eine Weile, jedenfalls. Nur auf der linken Seite oder flach auf dem Rücken.«

Aber schon als er das sagte, verspürte er Angst vor der kommenden Nacht. Er fürchtete sich vor dem Augenblick, in dem er sich darauf vorbereitete, ins Bett zu gehen, und was danach geschehen würde. Es waren noch Stunden bis dahin, aber er hatte jetzt schon Angst. Was würde geschehen, wenn er sich mitten in der Nacht versehentlich auf die rechte Seite drehte und das Gewicht seines Kopfes in das Kissen drückte, und wenn das dazu führte, dass das Ohrenschmalz wieder die dunklen Kanäle in seinem Ohr verstopfte? Was, wenn er dann aufwachte, unfähig zu hören, die Zimmerdecke nur wenige Zentimeter über seinem Kopf?

»Guter Gott«, sagte er. »Gott, das ist ja furchtbar. Inez, ich hatte gerade so etwas wie einen schrecklichen Albtraum. Inez, wo musst du hin?«

»Ich hab dir doch gesagt«, sagte sie, während sie alles wieder in ihre Handtasche tat und sich zum Gehen fertig machte. Sie sah auf ihre Uhr. »Ich bin schon spät dran.« Sie ging zur Tür. Aber an der Tür drehte sie sich um und sagte noch etwas. Er hörte nicht zu. Er wollte nicht zuhören. Er beobachtete, wie sich ihre Lippen bewegten, bis sie gesagt hatte, was sie zu sagen hatte. Als sie zu Ende gesprochen hatte, sagte sie: »Leb wohl.« Dann öffnete sie die Tür und schloss sie hinter sich.

Er ging ins Schlafzimmer, um sich anzuziehen. Aber eine Minute später lief er hinaus, nur in seinen Hosen, und ging an die Tür. Er öffnete sie und stand da und horchte. Er hörte, wie Inez unten auf dem Treppenabsatz Mrs. Matthews für das Öl dankte. Er hörte die alte Frau sagen: »Bitte sehr, gcrn.« Und dann hörte er, wie sie eine Verbindung zog zwischen ihrem verstorbenen Ehemann und ihm. Er hörte sie sagen: »Geben Sie mir Ihre Telefonnummer. Ich rufe an, wenn etwas passiert. Man weiß doch nie.«

»Ich hoffe, das wird nicht nötig sein«, sagte Inez. »Aber ich geb sie Ihnen trotzdem. Haben Sie was zum Schreiben da?«

Lloyd hörte, wie Mrs. Matthews eine Schublade aufzog und darin wühlte. Dann sagte ihre Alte-Frauen-Stimme: »Okay.«

Inez gab ihr die Telefonnummer von zu Hause. »Danke«, sagte sie.

»Es war nett, Sie kennen zu lernen«, sagte Mrs. Matthews.

Er horchte, wie Inez die Treppe hinunterging und die Haustür öffnete. Dann hörte er, wie die Tür sich schloss. Er wartete, bis der Wagen ansprang und wegfuhr. Dann machte er die Tür zu und ging wieder ins Schlafzimmer, um sich fertig anzuziehen.

Nachdem er sich die Schuhe angezogen und die Schnürsenkel zugebunden hatte, legte er sich aufs Bett und zog die Decke bis ans Kinn. Er ließ die Arme unter der Decke seitlich an seinem Körper ruhen. Er schloss die Augen und tat so, als wäre Nacht, und tat so, als schliefe er ein. Dann schob er die Arme hoch und kreuzte sie über der Brust, um zu sehen, wie ihm diese Position bekommen würde. Er hielt die Augen geschlossen, er probierte es aus. In Ordnung, dachte er. Okay. Wenn er nicht wollte, dass das Ohr wieder verstopfte, musste er auf dem Rücken schlafen, das war alles. Er wusste, er würde das hinkriegen. Er durfte es nur nicht vergessen, auch nicht im Schlaf, damit er sich nicht auf die falsche Seite drehte. Vier oder fünf Stunden Schlaf in der Nacht, das war sowieso alles, was er brauchte. Er würde es schaffen. Einem Mann konnte Schlimmeres passieren. In gewisser Weise war es eine Herausforderung. Aber er war ihr gewachsen. Er wusste, dass er ihr gewachsen war. Eine Minute später schlug er die Decke zurück und stand auf.

Er hatte noch den größeren Teil des Tages vor sich. Er ging in die Küche, hockte sich vor den kleinen Kühlschrank und nahm eine neue Flasche Champagner heraus. Er zog den Plastikkorken so vorsichtig, wie er konnte, aus der Flasche, aber es ertönte trotzdem das festliche *pop*, das zum Öffnen von Champagner gehörte. Er spülte das Babyöl aus seinem Glas, dann goss er es voll Champagner. Er nahm das Glas mit hinüber zum Sofa und setzte sich. Er stellte das Glas auf den niedrigen Tisch. Er legte die Füße auf das Tischchen, neben den Champagner. Er lehnte sich zurück. Aber nach einiger Zeit begann er sich von neuem wegen der kommenden Nacht Sorgen zu machen. Was, wenn trotz all seiner Bemühungen das Ohrenschmalz beschloss, sein anderes Ohr zu verstopfen? Er schloss die Augen und schüttelte den Kopf. Bald darauf stand er auf und ging ins Schlafzimmer. Er zog sich aus und zog wieder seinen Schlafanzug an. Dann ging er wieder ins Wohnzimmer. Er setzte sich wieder auf das Sofa, und legte wieder die Füße hoch. Er streckte den Arm aus und machte den Fernsehapparat an. Er stellte die Lautstärke ein. Er wusste, dass er es nicht vermeiden konnte, sich darum zu sorgen, was womöglich passierte, wenn er im Bett war. Es war einfach etwas, womit er leben lernen musste. In gewisser Weise erinnerte ihn die ganze Angelegenheit an die Sache mit den Doughnuts und dem Champagner. Es war überhaupt nicht weiter bemerkenswert, wenn man es recht bedachte. Er trank einen Schluck Champagner. Aber der Champagner schmeckte nicht richtig. Er ließ die Zunge über die Lippen gleiten, dann wischte er sich den Mund mit dem Ärmel ab. Er sah genauer hin und entdeckte einen Ölfilm auf dem Champagner.

Er stand auf und trug das Glas zur Spüle, wo er es in den Abfluss leerte. Er nahm die Champagnerflasche mit ins Wohnzimmer und machte es sich auf dem Sofa bequem. Er hielt die Flasche am Flaschenhals, als er trank. Er war es nicht gewohnt, aus der Flasche zu trinken, aber es kam ihm auch nicht so abwegig vor. Und selbst wenn er auf dem Sofa sitzend mitten am Nachmittag einschlief, war das, wie er nun fand, eigentlich nicht seltsamer, als wenn jemand stundenlang auf dem Rücken liegen musste. Er senkte den Kopf, um aus dem Fenster zu blicken. Dem Winkel des Sonnenlichts nach zu urteilen und nach den Schatten, die in das Zimmer getreten waren, nahm er an, dass es ungefähr drei Uhr war.

Von wo ich anrufe

J. P. und ich sitzen auf der Veranda von Frank Martin's Entziehungsheim. Wie wir anderen im Frank Martin's ist J. P. hauptsächlich und vor allem ein Trinker. Aber er ist auch Schornsteinfeger. Er ist das erste Mal hier, und er hat Angst. Ich bin schon mal hier gewesen. Was soll ich sagen? Ich bin wieder da. J. P.'s richtiger Name ist Joe Penny, aber er sagt, ich soll J. P. zu ihm sagen. Er ist ungefähr dreißig Jahre alt. Jünger als ich. Nicht viel jünger, aber ein bisschen. Er erzählt mir, wie er dazu gekommen ist, Schornsteinfeger zu werden, und er möchte beim Reden immer die Hände benutzen. Aber seine Hände zittern. Ich will damit sagen, sie wollen nicht still halten. »Das ist mir bisher noch nie passiert«, sagt er. Er meint das Zittern. Ich sage ihm, dass ich mit ihm fühle. Ich sage ihm, dass das Zittern weggehen wird. Und das wird es. Aber es braucht Zeit.

Wir sind erst seit ein paar Tagen hier. Wir sind noch nicht aus dem Schlimmsten raus. J. P. hat diesen Tatterich, und alle Augenblicke fängt ein Nerv – vielleicht ist es gar kein Nerv, aber irgendwas muss es sein – in meiner Schulter an zu zucken. Manchmal ist es seitlich am Hals. Wenn das passiert, trocknet mir der Mund aus. Dann ist es eine Anstrengung, bloß zu schlucken. Ich weiß, dass jeden Moment was passieren wird, und ich möchte es abwehren. Ich möchte mich davor verstecken, das ist das, was ich am liebsten täte. Nur die Augen schließen und warten, bis es vorbei ist, warten, bis es den Nächsten erwischt. J. P. kann eine Minute warten.

Gestern Morgen habe ich einen Anfall gesehen. Bei einem, den sie Tiny nennen. Ein großer Dicker, ein Elektriker aus Santa Rosa. Sie haben gesagt, dass er schon fast zwei Wochen hier war und dass er es hinter sich hatte. Er wollte in ein, zwei Tagen nach Hause und den Silvesterabend mit seiner Frau vorm Fernseher verbringen. Silvester hatte Tiny vor, heiße Schokolade zu trinken und Kekse zu essen. Gestern Morgen sah es so aus, als ginge es ihm gut, als er zum Frühstück runterkam. Er stieß dauernd quakende Geräusche aus, um einem andern zu zeigen, wie er Enten lockte, direkt über seinem Kopf. »Bläm. Bläm«, machte Tiny und schoss zwei vom Himmel runter. Tinys Haar war feucht und lag glatt zurückgekämmt an den Seiten des Kopfes. Er war gerade aus der Dusche gekommen. Außerdem hatte er sich beim Rasieren geschnitten. Aber was soll's? Fast jeder im Frank Martin's hat kleine Schnitte im Gesicht. Das gehört zu den Dingen, die passieren. Tiny zwängte sich ans Kopfende des Tisches und fing an, etwas zu erzählen, das bei einer seiner Sauftouren passiert war. Die anderen am Tisch lachten und schüttelten die Köpfe, während sie ihre Spiegeleier oder ihr Rührei in sich reinschaufelten. Tiny sagte immer wieder was, grinste und blickte dann Beifall heischend in die Runde. Wir hatten alle ebenso schlimme und verrückte Sachen gemacht, und, klar, das war der Grund, warum wir lachten. Tiny hatte Rührei auf seinem Teller und ein paar kleine Brötchen und Honig. Ich saß am Tisch, aber ich hatte keinen Hunger. Ich hatte Kaffee vor mir stehen. Plötzlich war Tiny nicht mehr da. Er war unter großem Getöse mit seinem Stuhl umgekippt. Er lag rücklings auf dem Fußboden, die Augen geschlossen, und seine Absätze trommelten auf das Linoleum. Leute brüllten nach Frank Martin. Aber der war schon da. Zwei von den Männern knieten sich neben Tiny auf den Fußboden. Einer von den beiden steckte seine Finger in Tinys Mund und versuchte, seine Zunge festzuhalten. Frank Martin brüllte: »Alle zurück!« Da erst fiel mir auf, dass unsere ganze Horde über Tiny gebeugt war, ihn nur anstarrte, unfähig, die Augen von ihm abzuwenden. »Lasst ihm Luft!« sagte Frank Martin. Dann lief er ins Büro und rief den Krankenwagen.

Tiny ist heute wieder an Bord. Ein Stehaufmännchen, sozusagen. Heute Morgen ist Frank Martin mit dem Kombi zum Krankenhaus gefahren und hat ihn abgeholt. Für seine Rühreier kam Tiny zu spät, aber er hat sich Kaffee mit in den Speisesaal gebracht und hat sich trotzdem an den Tisch gesetzt. Jemand in der Küche hat ihm Toast gemacht, aber Tiny hat nichts davon gegessen. Er saß nur da mit seinem Kaffee und hat in die Tasse geguckt. Ab und zu hat er die Tasse vor sich hin und her geschoben.

Ich würde ihn gern fragen, ob er was gemerkt hat, ein Anzeichen, kurz bevor es passiert ist. Ich würde gern wissen, ob er gespürt hat, dass seine Pumpe einen Schlag aussetzte, oder dass sie plötzlich raste. Hat sein Augenlid gezuckt? Aber ich werd ihn nicht fragen. Er sieht außerdem nicht so aus, als wär er scharf darauf, über die Sache zu reden. Aber was Tiny da passiert ist, werd ich nie vergessen. Der alte Tiny, flach auf dem Fußboden und tritt mit den Absätzen um sich. Deswegen atme ich jedes Mal tief ein, wenn dieses kleine Flattern irgendwo anfängt, und warte immer darauf, dass ich mich plötzlich auf dem Rücken liegend wiederfinde, dass ich nach oben gucke, und jemand hat seine Finger in meinem Mund.

J. P., auf seinem Stuhl auf der Veranda, hält beide Hände im Schoß. Ich rauche Zigaretten und benutze einen alten Kohleneimer als Aschenbecher. Ich höre zu, wie J. P. redet und redet. Es ist elf Uhr vormittags – noch anderthalb Stunden bis zum Mittagessen. Keiner von uns hat Hunger. Aber trotzdem freuen wir uns darauf, reinzugehen und uns an den Tisch zu setzen. Vielleicht kriegen wir Hunger.

Wovon redet J. P. eigentlich? Er erzählt, wie er mit zwölf Jahren einmal in einen Brunnen gefallen ist, in der Nähe von der Farm, auf der er aufgewachsen ist. Es war ein trockener Brunnen – zu seinem Glück. »Oder Unglück«, sagt er und sieht sich um und schüttelt den Kopf. Er erzählt, wie sein Vater ihn spät an dem Nachmittag, als er gefunden worden war, mit einem Seil rausgezogen hat. J. P. hatte sich da unten in die Hose gemacht. Er hatte jede Art von Schrecken in dem Brunnen ausgestanden, hatte um Hilfe gebrüllt, gewartet und dann noch lauter gebrüllt. Er brüllte sich heiser, ehe es vorbei war. Aber er erzählte mir, wie er da unten gewesen ist, auf dem Grund des Brunnens, das habe einen bleibenden Eindruck in ihm hinterlassen. Er saß da und blickte nach oben, zum Brunnenrand. Ganz oben konnte er einen Kreis blauen Himmels sehen. Hin und wieder glitt eine weiße Wolke darüber hin. Ein Vogelschwarm flog darüber hinweg, und es kam J. P. so vor, als ob ihre Flügelschläge diese seltsame Aufregung in ihm auslösten. Er hörte andere Dinge. Er hörte ein leises Rascheln weiter oben im Brunnen, so dass er sich fragte, ob irgendwas runterfallen würde, ihm ins Haar. Er dachte an Insekten. Er hörte den Wind über die Brunnenöffnung blasen, und auch dieses Geräusch hinterließ einen bleibenden Eindruck in ihm. Kurz, alles, sein ganzes Leben sah für ihn anders aus, da unten, am Boden des Brunnens. Aber ihm fiel nichts auf den Kopf und nichts verdeckte den kleinen blauen Kreis. Und dann kam sein Dad mit dem Seil, und es dauerte nicht lange, da war J. P. wieder in der Welt, in der er immer gelebt hatte.

»Red weiter, J. P. Und dann?« sage ich.

Als er achtzehn oder neunzehn Jahre alt war und die High

School hinter sich hatte und nicht wusste, was er mit seinem Leben anfangen sollte, fuhr er eines Nachmittags quer durch die Stadt, um einen Freund zu besuchen. Der Freund wohnte in einem Haus mit einem offenen Kamin. J. P. und sein Freund saßen rum und tranken Bier und unterhielten sich. Sie spielten ein paar Schallplatten. Dann klingelt es an der Haustür. Der Freund geht an die Tür. Und vor ihm steht eine junge Schornsteinfegerin mit ihren Reinigungsgeräten. Sie trägt einen Zylinder auf dem Kopf, ein Anblick, bei dem J. P. völlig aus dem Häuschen geriet. Sie sagt zu J. P.s Freund, dass sie bestellt worden ist und den Kamin reinigen soll. Der Freund lässt sie mit einer Verbeugung herein. Die junge Frau schenkt ihm keinerlei Beachtung. Sie breitet eine Decke vor dem Kamin aus und legt ihr Gerät zurecht. Sie hat schwarze Hosen an, ein schwarzes Hemd, schwarze Schuhe und schwarze Socken. Klar, inzwischen hat sie ihren Zylinder abgenommen. J. P. sagt, sie anzusehen habe ihn schier in den Wahnsinn getrieben. Sie macht ihre Arbeit, sie reinigt den Kamin, während J. P. und sein Freund Schallplatten spielen und Bier trinken. Aber sie beobachten sie, und sie beobachten, was sie tut. Hin und wieder sehen J. P. und sein Freund sich an und grinsen, oder sie zwinkern mit den Augen. Sie heben die Augenbrauen, als die obere Hälfte der jungen Frau im Schornstein verschwindet. Sie sah außerdem ganz gut aus, sagt J. P.

Als sie ihre Arbeit getan hatte, rollte sie ihre Sachen in die Decke. Von J. P.s Freund nahm sie einen Scheck entgegen, der von seinen Eltern für sie ausgestellt worden war. Und dann fragt sie den Freund, ob er sie küssen will. »Es soll Glück bringen«, sagt sie. Das wirft J. P. vollends um. Der Freund rollt die Augen. Er albert noch ein bisschen rum. Schließlich, vermutlich errötend, küsst er sie auf die Wange. In diesem Moment fasste J. P. einen Entschluss. Er stellte sein Bier ab. Er sprang vom Sofa auf. Er ging rüber zu der jungen Frau, die gerade im Begriff war, zur Tür hinauszugehen.

»Ich auch?« sagte J. P. zu ihr.

Sie ließ die Augen über ihn gleiten. J. P. sagt, er fühlte, wie sein Herz pochte. Die junge Frau hieß, wie sich herausstellt, Roxy.

»Klar«, sagt Roxy. »Warum nicht? Ich hab noch ein paar Extraküsse vorrätig.« Und sie küsste ihn fest auf die Lippen, und dann drehte sie sich um und ging.

Ohne zu zögern, wie der Wind, folgte J. P. ihr auf die Veranda. Er hielt ihr die Fliegengittertür vor der Veranda auf. Er ging mit ihr die Stufen hinunter und hinaus auf die Einfahrt, wo sie ihren Lieferwagen abgestellt hatte. Es war etwas, das er nicht mehr in der Hand hatte. Nichts anderes auf der Welt zählte noch. Er wusste, er war jemandem begegnet, der seine Knie zum Zittern bringen konnte. Er fühlte noch ihren Kuss, er brannte auf seinen Lippen, und so weiter und so fort. J. P. wusste überhaupt nicht, wie ihm geschah. Er war erfüllt von Empfindungen, die ihn einfach fortrissen.

Er machte ihr die hintere Tür des Lieferwagens auf. Er half ihr, die Sachen zu verstauen. »Danke«, sagte sie zu ihm. Dann platzte er damit heraus – dass er sie gern wiedersehen würde. Ob sie mal mit ihm ins Kino gehen würde? Er erkannte nun auch, was er mit seinem Leben anfangen wollte. Er wollte das tun, was sie tat. Er wollte Schornsteinfeger werden. Aber das sagte er ihr damals nicht.

J. P. sagt, sie stemmte die Hände in die Hüften und sah ihn von oben bis unten an. Dann suchte sie vorn in ihrem Lieferwagen eine Geschäftskarte. Sie gab sie ihm. Sie sagte: »Ruf diese Nummer an, heute Abend, nach zehn. Dann können wir reden. Ich muss jetzt weg.« Sie setzte ihren Zylinder auf, und dann setzte sie ihn wieder ab. Sie sah J. P. noch einmal an. Ihr muss gefallen haben, was sie sah, denn diesmal lächelte sie. Er sagte ihr, sie hätte einen Fleck am Mund. Dann stieg sie in ihren Lieferwagen ein, hupte und fuhr fort.

»Und dann?« sage ich. »Hör jetzt nicht auf, J. P.«

Ich war gespannt. Aber ich hätte auch zugehört, wenn er mir davon erzählt hätte, wie er eines Tages beschlossen hatte, mit dem Hufeisen-Werfen anzufangen.

Gestern Abend hat es geregnet. Die Wolken ballen sich an den Hügeln jenseits des Tals. J. P. räuspert sich und blickt auf die Hügel und die Wolken. Er zieht an seinem Kinn. Dann macht er weiter mit seiner Geschichte.

Roxy fängt an, sich mit ihm zu treffen und auszugehen. Und nach und nach überredet er sie, dass sie ihn zu ihren Kunden mitkommen lässt. Aber Roxy arbeitet mit ihrem Vater und ihrem Bruder zusammen, und sie haben gerade die richtige Menge Arbeit. Sie brauchen niemanden sonst. Außerdem, wer war denn dieser J. P.? J. P. was? Pass auf, sagten sie warnend zu ihr.

Also sahen sie und J. P. sich ein paar Filme zusammen an. Sie gingen tanzen. Aber meistens redeten sie davon, dass sie gemeinsam Schornsteine fegen wollten. Und im Handumdrehen, sagt J. P., sprechen sie davon, den Bund fürs Leben zu schließen. Und nach einer Weile tun sie's, sie heiraten. J. P.s neuer Schwiegervater nimmt ihn als vollen Partner ins Geschäft. Ein Jahr darauf oder so kriegt Roxy ein Kind. Sie hat aufgehört, Schornsteinfegerin zu sein. Jedenfalls hat sie aufgehört, als Schornsteinfegerin zu arbeiten. Ziemlich bald kriegt sie ein zweites Kind. J. P. ist inzwischen Mitte zwanzig. Er kauft ein Haus. Er sagt, er war glücklich und zufrieden mit seinem Leben. »Ich war glücklich und zufrieden damit, wie die Dinge liefen«, sagt er. »Ich hatte alles, was ich wollte. Ich hatte eine Frau und Kinder, die ich liebte, und ich machte das, was ich mit meinem Leben anfangen wollte.« Aber aus irgendeinem Grund – wer weiß, warum wir tun, was wir tun? – trinkt er mehr als sonst. Lange Zeit trinkt er Bier und nur Bier. Jede Art Bier – es spielte keine Rolle. Er sagt, er konnte immer Bier trinken, vierundzwanzig Stunden am Tag. Er trank abends Bier, wenn er vor dem Fernseher saß. Sicher, hin und wieder trank er auch harte Sachen. Aber das nur, wenn sie ausgingen und einen draufmachten, was nicht oft vorkam, oder aber, wenn sie Besuch hatten. Dann kommt eine Zeit, in der er – er weiß selbst nicht warum – von Bier zu Gin Tonic übergeht. Und er trank noch mehr Gin Tonic nach dem Abendessen, wenn er vor dem Fernseher saß. Damals hatte er immer ein Glas Gin Tonic in der Hand. Er sagt, dass er tatsächlich den Geschmack mochte. Er fing damit an, nach der Arbeit irgendwo auf ein paar Drinks Halt zu machen, ehe er nach Hause fuhr und weiter trank. Dann fing es an, dass er manchmal nicht zum Abendessen kam. Er erschien einfach nicht. Oder aber er kam, wollte aber nichts essen. Er war schon satt von den Snacks in der Bar. Manchmal kam er zur Tür hereinspaziert und warf, ohne vernünftigen Grund, seine Lunchdose quer durchs Wohnzimmer. Wenn Roxy ihn anschrie, machte er kehrt und ging wieder fort. Jetzt begann er schon am frühen Nachmittag zu trinken, wenn er eigentlich noch arbeiten sollte. Er erzählt mir, dass er den Tag mit zwei, drei Drinks begann. Er hatte eine Menge von dem Zeug intus, bevor er sich die Zähne putzte. Dann trank er seinen Kaffee. Er ging zur Arbeit mit einer Thermosflasche voll Wodka in seiner Lunchdose.

J. P. hört auf zu reden. Er verstummt einfach. Was ist los? Ich hör doch zu. Es hilft mir, zur Ruhe zu kommen. Es lenkt mich ab von meiner eigenen Situation. Nach einer Minute sage ich: »Was ist los, verdammt? Erzähl weiter, J. P.« Er zieht an seinem Kinn. Aber ziemlich bald fängt er wieder an zu erzählen.

J. P. und Roxy haben jetzt ein paar handfeste Auseinandersetzungen. Ich meine: Prügeleien. J. P. sagt, einmal habe sie ihm mit der Faust ins Gesicht geschlagen und ihm die Nase gebrochen. »Guck dir das an«, sagt er. »Genau hier.« Er zeigt mir eine Linie, die quer über den Nasenrücken läuft. »Was du da siehst, ist eine gebrochene Nase.« Er zeigte sich erkenntlich: Er kugelte ihr den Arm aus. Ein andermal schlug er ihr die Lippe blutig. Sie prügelten sich vor den Kindern. Die Dinge entglitten ihnen. Aber er trank weiter. Er konnte nicht aufhören. Und nichts konnte ihn dazu bringen, aufzuhören. Nicht einmal, als Roxys Dad und ihr Bruder ihm androhten, sie würden ihn grün und blau schlagen. Sie sagten zu Roxy, sie solle die Kinder nehmen und abhauen. Aber Roxy sagte, das sei ihr Problem. Sie habe es sich aufgehalst, und sie werde es lösen.

Jetzt wird J. P. wieder ganz still. Er zieht die Schultern hoch und rutscht auf seinem Stuhl runter. Er beobachtet ein Auto, das die Straße zwischen dem Haus und den Hügeln hinunterfährt.

Ich sage: »Ich möchte gern den Rest hören, J. P. Erzähl weiter.«

»Ich weiß nicht so recht«, sagt er. Und er zuckt mit den Schultern.

»Ist schon in Ordnung«, sage ich. Und ich meine damit, dass es richtig ist für ihn, wenn er es erzählt. »Erzähl weiter, J. P.«

Einer von ihren Versuchen, die Dinge in Ordnung zu bringen, sagt J. P., bestand darin, dass sie sich einen Freund zulegte. J. P. fragte sich, wie sie trotz Haus und Kindern die Zeit dazu fand.

Ich sehe ihn an, und ich bin überrascht. Er ist ein erwachsener Mann. »Wenn du so was willst«, sage ich, »dann findest du die Zeit. Du schaffst dir die Zeit.«

J. P. schüttelt den Kopf. »Muss wohl so sein«, sagt er.

Wie auch immer, er kam dahinter – hinter die Sache mit ihrem Freund – und drehte durch. Er bringt es irgendwie fertig, Roxy den Hochzeitsring vom Finger zu ziehen. Und als er das geschafft hat, schneidet er ihn mit einer Drahtschere in mehrere Stücke. Guter, solider Spaß. Sie hatten schon ein paar Runden hinter sich, als es dazu kam. Am nächsten Morgen, auf dem Weg zur Arbeit, wird er wegen Trunkenheit am Steuer festgenommen. Er verliert den Führerschein. Er kann nicht mehr mit dem Lieferwagen zur Arbeit fahren. Auch gut, sagt er sich. Er war in der Woche davor schon von einem Dach gefallen und hatte sich den Daumen gebrochen. Es war nur eine Frage der Zeit, bis er sich das Genick brechen würde, sagt er.

Er war zum Entzug hier im Frank Martin's und um rauszufinden, wie er sein Leben wieder aufs Gleis bringen konnte. Aber er war nicht gegen seinen Willen hier, nicht anders als ich. Wir waren nicht eingesperrt. Wir konnten jederzeit weg, wenn wir wollten. Aber ein Mindestaufenthalt von einer Woche wurde empfohlen, und ein Aufenthalt von zwei Wochen oder einem Monat war, wie es hieß, »dringend angeraten«.

Wie ich schon sagte, dies ist das zweite Mal, dass ich im Frank Martin's bin. Als ich versuchte, einen Scheck zu unterschreiben, um für einen einwöchigen Aufenthalt im Voraus zu bezahlen, sagte Frank Martin: »Die Feiertage sind immer schlecht. Vielleicht solltest du dir überlegen, ob du diesmal nicht ein bisschen länger bleiben willst. Überleg mal, wie es mit zwei Wochen wär. Kannst du dir zwei Wo-

chen leisten? Denk mal drüber nach. Du brauchst es ja nicht
gleich jetzt zu entscheiden«, sagte er. Er hielt den Daumen
auf den Scheck, und ich schrieb meinen Namen darunter.
Dann brachte ich meine Freundin an die Haustür und ver-
abschiedete mich. »Bis dann«, sagte sie, und sie taumelte gegen den Türpfosten und dann auf die Veranda. Es ist später
Nachmittag. Es regnet. Ich gehe von der Tür zum Fenster.
Ich schiebe die Gardine beiseite und sehe, wie sie davon-
fährt. Sie sitzt in meinem Auto. Sie ist betrunken. Aber ich
bin auch betrunken, und ich kann überhaupt nichts machen.
Ich schleppe mich zu einem großen Sessel, der an der Heizung steht, und ich setz mich hin. Manche gucken vom
Fernseher auf. Dann wandert ihr Blick zurück zu dem, was
sie sich gerade angesehen haben. Ich sitze nur da. Hin und
wieder blicke ich auf und gucke mir an, was gerade auf dem
Bildschirm passiert.

Später an diesem Nachmittag flog die Tür auf, und J. P. wurde gebracht, von zwei großen Kerlen, seinem Schwiegervater und seinem Schwager, wie ich hinterher erfahre. Sie
steuerten J. P. quer durch den Raum. Der Alte meldete ihn
an und gab Frank Martin einen Scheck. Dann halfen die beiden Kerle J. P. nach oben. Ich nehme an, sie haben ihn zu
Bett gebracht. Ziemlich bald kamen der Alte und der andere
die Treppe runter und gingen auf die Haustür zu. Sie konnten, so schien es, nicht schnell genug das Haus verlassen. Es
war, als könnten sie es nicht erwarten, sich die Hände von
all dem hier zu waschen. Ich konnte ihnen keinen Vorwurf
daraus machen. Verdammt, nein. Ich weiß nicht, wie ich
mich verhalten würde, wenn ich an ihrer Stelle wäre.

Anderthalb Tage später treffen wir uns, J. P. und ich, auf der
Veranda. Wir geben uns die Hand und sprechen übers Wetter. J. P. hat diesen Tatterich. Wir setzen uns und stützen
unsere Füße auf das Geländer. Wir lehnen uns in unseren

Stühlen zurück, als säßen wir da draußen nur, um es uns gemütlich zu machen, als könnten wir jeden Moment anfangen, über unsere Hühnerhunde zu sprechen. Das ist der Moment, als J. P. mit seiner Geschichte anfängt.

Es ist kalt draußen, aber nicht zu kalt. Es ist leicht bewölkt. Frank Martin kommt heraus, um seine Zigarre zu Ende zu rauchen. Es hat einen bis oben hin zugeknöpften Pullover an. Frank Martin ist klein und gedrungen. Er hat lockiges graues Haar und einen kleinen Kopf. Der Kopf ist zu klein im Verhältnis zu seinem Körper. Frank Martin steckt sich die Zigarre in den Mund und steht da, die Arme vor der Brust gekreuzt. Er kaut an der Zigarre in seinem Mund und blickt über das Tal hinweg. Er steht da wie ein Profiboxer, wie jemand, der weiß, wo's langgeht.

J. P. wird wieder still. Ich meine, er atmet kaum. Ich werfe meine Zigarette in den Kohleneimer und sehe J. P. genau an, der noch weiter runterrutscht auf seinem Stuhl. J. P. klappt den Kragen hoch. Was zum Teufel ist los? frage ich mich. Frank Martin lässt die Arme sinken und pafft an seiner Zigarre. Er lässt den Rauch langsam aus dem Mund schweben. Dann hebt er das Kinn in Richtung der Hügel und sagt: »Jack London hatte ein großes Grundstück auf der anderen Seite des Tals. Gleich da drüben, hinter dem grünen Hügel, den ihr von hier aus seht. Aber der Alkohol hat ihn umgebracht. Lasst euch das eine Lehre sein. Er war ein besserer Mensch als wir alle. Aber er konnte mit dem Zeug auch nicht umgehen.« Frank Martin betrachtet den Stummel seiner Zigarre. Er ist ausgegangen. Er wirft ihn in den Eimer. »Wenn ihr was lesen wollt, während ihr hier seid, lest das Buch von ihm, *Der Ruf der Wildnis*. Wisst ihr, welches ich mein? Wir haben es drinnen, falls ihr was lesen wollt. Es ist über dieses Tier, das halb Hund und halb Wolf ist. Ende der

Predigt«, sagt er, und dann zieht er sich die Hose hoch und zieht den Pullover nach unten. »Ich geh rein«, sagt er. »Ich seh euch beim Mittagessen.«

»Ich komme mir wie ein Wurm vor, wenn er in der Nähe ist«, sagt J. P. »Er hat irgendwas an sich, dass ich mir wie ein Wurm vorkomme.« J. P. schüttelt den Kopf. Dann sagt er: »Jack London. Was für ein Name! Ich wünschte, ich hätte auch so einen Namen. Statt dem Namen, den ich gekriegt hab.«

Das erste Mal hat meine Frau mich hier raufgebracht. Damals waren wir noch zusammen und haben versucht, mit den Dingen zurechtzukommen. Sie brachte mich hierher, und sie blieb ein oder zwei Stunden da und sprach unter vier Augen mit Frank Martin. Dann fuhr sie weg. Am nächsten Morgen nahm Frank Martin mich beiseite und sagte: »Wir können dir helfen. Wenn du Hilfe willst und auf das hören willst, was wir sagen.« Aber ich wusste nicht, ob sie mir helfen konnten oder nicht. Ein Teil von mir wollte Hilfe. Aber da war noch ein anderer Teil.

Diesmal hat meine Freundin mich hergefahren. Sie hat mein Auto gefahren. Sie fuhr uns durch einen schweren Regenguss. Den ganzen Weg über haben wir Champagner getrunken. Wir waren beide betrunken, als sie hier vorfuhr. Sie hatte die Absicht, mich abzusetzen, umzukehren und wieder nach Hause zu fahren. Sie hatte allerhand zu tun. Unter anderem musste sie am nächsten Tag zur Arbeit. Sie war Sekretärin. Sie hatte eine Stelle, die ganz in Ordnung war, bei so einer Firma für elektronisches Zubehör. Sie hatte außerdem diesen vorlauten Teenagersohn. Ich wollte, dass sie sich in der Stadt ein Zimmer nahm, die Nacht dort verbrachte und dann nach Hause fuhr. Ich weiß nicht, ob sie sich das Zimmer genommen hat oder nicht. Ich hab von ihr nichts mehr gehört, seit sie mich neulich die Stufen vorm Haus raufgeführt und mich dann in Frank Martins Büro gebracht und gesagt hat: »Rate mal, wer hier ist.«

Aber ich war nicht wütend auf sie. Erstens hatte sie nicht die geringste Ahnung, worauf sie sich einließ, als sie sagte, ich könnte bei ihr wohnen, nachdem meine Frau mich aufgefordert hatte, das Haus zu verlassen. Sie tat mir Leid. Der Grund dafür, dass sie mir Leid tat, war, dass an dem Tag vor Weihnachten ihr Abstrich zurückkam, und das Ergebnis stimmte nicht sehr fröhlich. Sie würde wieder zum Arzt gehen müssen, und zwar sehr bald. Diese Nachricht war Grund genug für uns beide, mit dem Trinken anzufangen. Also haben wir ordentlich getrunken, bis wir betrunken waren. Und am Weihnachtstag waren wir immer noch betrunken. Wir mussten zum Essen in ein Restaurant gehen, weil ihr nicht nach Kochen zu Mute war. Wir beide und ihr vorlauter Teenagersohn packten ein paar Geschenke aus, und dann sind wir in das Steakhouse in der Nähe von ihrer Wohnung gegangen. Ich hatte keinen Hunger. Ich aß etwas Suppe und ein warmes Brötchen. Ich trank zu der Suppe eine Flasche Wein. Sie trank auch etwas Wein. Dann gingen wir zu Bloody Marys über. Die nächsten zwei, drei Tage hab ich nichts außer gesalzenen Nüssen gegessen. Aber ich hab eine Menge Bourbon getrunken. Dann hab ich zu ihr gesagt: »Süße, ich glaube, es ist besser, wenn ich packe. Es ist besser, wenn ich wieder ins Frank Martin's gehe.«

Sie versuchte, ihrem Sohn zu erklären, dass sie eine Weile fort sein würde und er sich selbst um sein Essen kümmern müsse. Aber in dem Moment, als wir zur Tür rausgingen, schrie der vorlaute Bengel uns an. Er schrie: »Zur Hölle mit euch! Ich hoffe, ihr kommt nie wieder. Ich hoffe, ihr bringt euch um!« Man stelle sich diesen Bengel vor!

Ehe wir die Stadt verließen, ließ ich sie an der Spirituosenhandlung halten, wo ich uns den Champagner kaufte. Irgendwo anders hielten wir an und besorgten Plastikgläser. Dann kauften wir uns abgepacktes Hühnchen. Mitten in dem Regen sind wir losgefahren zum Frank Martin's und haben getrunken und Musik gehört. Sie fuhr. Ich stellte die Sender ein und goss nach. Wir haben versucht, eine kleine Party daraus zu machen. Aber wir waren auch traurig. Wir hatten das Hühnchen, aber wir aßen nichts davon.

Ich nehme an, sie ist gut nach Hause gekommen. Ich glaube, ich hätte etwas gehört, wenn sie nicht gut angekommen wär. Aber sie hat mich nicht angerufen, und ich hab sie nicht angerufen. Vielleicht hat sie inzwischen irgendwelche Neuigkeiten über sich selbst erfahren. Es kann auch sein, dass sie noch nichts gehört hat. Vielleicht war alles ein Irrtum. Vielleicht war es der Abstrich von jemand anders. Aber sie hat mein Auto, und ich habe Sachen bei ihr zu Hause. Ich weiß, dass wir uns wiedersehen werden.

Hier läuten sie eine alte Farmglocke, wenn sie einen zu den Mahlzeiten rufen. J. P. und ich erheben uns von unseren Stühlen und gehen rein. Es fängt sowieso an, zu kalt zu werden auf der Veranda. Wir sehen, wie unser Atem von uns forttreibt, wenn wir sprechen.

Am Silvestermorgen hab ich versucht, meine Frau anzurufen. Keiner nimmt ab. Auch okay. Aber selbst, wenn es nicht okay wäre, was soll ich machen? Als wir das letzte Mal am Telefon gesprochen haben, vor ein paar Wochen, haben wir uns gegenseitig angeschrien. Ich hab ihr ein paar Schimpfwörter angehängt. »Schnapskopf!« hat sie gesagt und den Hörer wieder dahin getan, wo er hingehörte.

Aber jetzt wollte ich gern mit ihr sprechen. Irgendwas musste geschehen mit meinem Zeug. Ich hatte auch bei ihr in der Wohnung noch Sachen liegen.

Unter den Männern hier ist einer, der reist. Er fährt nach Europa und anderswohin. Sagt er jedenfalls. Geschäftlich, sagt er. Er sagt auch, dass er das Trinken unter Kontrolle hat, und er habe keine Ahnung, warum er hier im Frank Martin's ist. Aber er kann sich nicht erinnern, wie er hergekommen ist. Er lacht darüber, dass er sich nicht erinnern kann. »Jeder kann mal einen Aussetzer haben«, sagt er. »Das beweist gar nichts.« Er ist kein Trinker – er sagt uns das, und wir hören zu. »Das ist eine ernste Anschuldigung«, sagt er. »Diese Art von Gerede kann die Zukunft eines ordentlichen Mannes ruinieren.« Er sagt, wenn er nur bei Whiskey und Wasser bleibt, ohne Eis, dann hat er diese Aussetzer nicht. »Wen kennst du in Ägypten?« fragt er mich. »Ich könnte ein paar Namen da drüben gebrauchen.«

Als Silvester-Abendessen bringt Frank Martin Steak und gebackene Kartoffeln auf den Tisch. Mein Appetit kommt wieder. Ich esse meinen Teller leer und könnte noch mehr essen. Ich gucke rüber auf Tinys Teller. Verdammt, er hat kaum etwas angerührt. Sein Steak liegt noch unangetastet da. Tiny ist nicht mehr derselbe alte Tiny. Der arme Kerl hatte sich vorgenommen, heute Abend zu Hause zu sein. Er hatte sich vorgenommen, in Bademantel und Hausschuhen vorm Fernseher zu sitzen und mit seiner Frau Händchen zu halten. Jetzt hat er Angst, hier wegzugehen. Ich kann das verstehen. Ein Anfall bedeutet, dass du jederzeit wieder einen haben kannst. Tiny hat keine verrückten Geschichten mehr über sich erzählt, seit das passiert ist. Er ist sehr still und hat sich abseits gehalten. Ich frage ihn, ob ich sein Steak haben kann, und er schiebt mir seinen Teller rüber.

Ein paar von uns sind noch auf, sitzen um den Fernseher rum und sehen sich Silvester auf dem Times Square an, als Frank Martin reinkommt, um uns seine Torte zu zeigen. Er trägt sie herum und zeigt sie jedem von uns. Ich weiß, er hat sie nicht selbst gebacken. Es ist eine Torte aus der Bäckerei. Aber es ist trotzdem eine Torte. Es ist eine große weiße Torte. Obendrauf steht etwas in rosa Buchstaben. Es lautet: FROHES NEUES JAHR – IMMER EIN TAG NACH DEM ANDERN.

»Ich will keinen albernen Kuchen«, sagt der, der nach Europa und anderswohin fährt. »Wo ist der Champagner?« sagt er und lacht.

Wir gehen alle in den Speisesaal. Frank Martin schneidet die Torte auf. Ich sitze neben J. P. J. P. isst zwei Stücke und trinkt eine Coke. Ich esse ein Stück und wickle ein zweites Stück in eine Serviette, für später, denke ich.

J. P. zündet sich eine Zigarette an – seine Hände sind ruhig jetzt –, und er erzählt mir, dass seine Frau morgen früh, am ersten Tag des neuen Jahres, kommen wird.

»Das ist ja toll«, sage ich. Ich nicke. Ich lecke den Zuckerguss vom Finger. »Das ist eine gute Nachricht, J. P.«

»Ich stelle dich ihr vor«, sagt er.

»Ich freu mich darauf«, sage ich.

Wir sagen gute Nacht. Wir sagen frohes neues Jahr. Ich benutze eine Serviette, um meine Finger abzureiben. Wir geben uns die Hand.

Ich geh zum Telefon, werfe einen Dime ein und rufe meine Frau an, per R-Gespräch. Aber auch diesmal meldet sich niemand. Ich überlege, ob ich meine Freundin anrufen soll, und ich wähle ihre Nummer, als mir bewusst wird, dass ich sie in Wirklichkeit gar nicht sprechen möchte. Sie ist wahrscheinlich zu Hause und guckt sich im Fernsehen das gleiche Zeug an, das ich gerade angeguckt hab. Wie dem auch sei, ich möchte nicht mit ihr sprechen. Ich hoffe, es geht ihr gut. Aber wenn etwas nicht in Ordnung ist mit ihr, dann möchte ich es gar nicht wissen.

Nach dem Frühstück nehmen J. P. und ich unseren Kaffee mit nach draußen auf die Veranda. Der Himmel ist klar, aber es ist immerhin so kalt, dass man Pullover und Jacken braucht.

»Sie hat mich gefragt, ob sie die Kinder mitbringen kann«, sagt J. P. »Ich hab ihr gesagt, sie soll die Kinder zu Hause lassen. Kannst du dir das vorstellen? Mein Gott, ich möchte meine Kinder nicht hier oben haben.«

Wir benutzen den Kohleneimer als Aschenbecher. Wir blicken über das Tal hinweg in die Richtung, wo Jack London gelebt hat. Wir trinken noch mehr Kaffee, als ein Auto von der Straße abbiegt und die Zufahrt herunterkommt.

»Das ist sie!« sagt J. P. Er stellt seine Tasse neben den Stuhl. Er steht auf und geht die Stufen runter.

Ich sehe, wie die Frau hält und die Handbremse anzieht. Ich sehe, wie J. P. ihr die Tür aufmacht. Ich sehe, wie sie aussteigt, und ich sehe, wie sie sich umarmen. Ich gucke weg. Dann gucke ich wieder hin. J. P. fasst sie beim Arm, und sie kommen die Stufen rauf. Diese Frau hat einmal einem Mann die Nase gebrochen. Sie hat zwei Kinder zur Welt gebracht, und sie hat viel Ärger gehabt, aber sie liebt diesen Mann, der sie am Arm hält. Ich stehe vom Stuhl auf.

»Das ist mein Freund«, sagt J. P. zu seiner Frau. »He, das ist Roxy.«

Roxy nimmt meine Hand. Sie ist eine große, gut aussehende Frau, mit einer Strickmütze auf dem Kopf. Sie hat einen Mantel an, einen dicken Pullover und Hosen. Ich muss daran denken, was J. P. mir über ihren Freund und die Drahtschere erzählt hat. Ich sehe keinen Hochzeitsring. Der liegt irgendwo kaputt rum, vermute ich. Ihre Hände sind breit, und die Finger haben starke Knöchel. Dies ist eine Frau, die eine Faust machen kann, wenn sie muss.

»Ich hab von Ihnen gehört«, sage ich. »J. P. hat mir erzählt, wie Sie sich kennen gelernt haben. Hatte was mit einem Kamin zu tun, hat J. P. gesagt.«

»Ja, mit einem Kamin«, sagt sie. »Da gibt es wahrscheinlich noch eine Menge, was er Ihnen nicht erzählt hat«, sagt sie. »Ich wette, er hat Ihnen nicht alles erzählt«, sagt sie lachend. Dann – sie kann es nicht mehr abwarten – legt sie den Arm um J. P. und küsst ihn auf die Wange. Sie gehen auf die Eingangstür zu. »Nett, Sie kennen zu lernen«, sagt sie. »He, hat er Ihnen erzählt, dass er der beste Schornsteinfeger der Welt ist?«

»Komm, komm, Roxy«, sagt J. P. Er hat die Hand auf dem Türknauf.

»Er hat mir erzählt, dass er alles von Ihnen gelernt hat«, sage ich.

»Gut, ja, das ist wohl richtig«, sagt sie. Wieder lacht sie. Aber es ist so, als ob sie über etwas anderes nachdenkt. J. P. dreht den Türknauf. Roxy legt ihre Hand auf seine. »Joe, können wir nicht zum Mittagessen in die Stadt fahren? Kann ich euch nicht irgendwo einladen?«

J. P. räuspert sich. Er sagt: »Es ist noch keine Woche um.« Er nimmt die Hand vom Türknauf und hebt die Finger ans Kinn. »Ich glaube, sie würden es lieber sehen, wenn ich noch eine Weile das Haus nicht verlasse. Wir können hier zusammen Kaffee trinken«, sagt er.

»Das ist auch gut«, sagt sie. Ihre Augen bewegen sich wieder zu mir hin. »Ich freue mich, dass Joe einen Freund gefunden hat. Nett, Sie kennen zu lernen«, sagt sie.

Sie wollen nach drinnen gehen. Ich weiß, was ich vorhabe, ist albern, aber ich tu's trotzdem. »Roxy«, sage ich. Und sie bleiben im Eingang stehen und sehen mich an. »Ich brauch ein bisschen Glück«, sage ich. »Im Ernst. Ich könnte gut einen Kuss gebrauchen.«

J. P. blickt zu Boden. Er hält noch den Türknauf, obwohl die

Tür offen ist. Er dreht den Knauf hin und her. Aber ich sehe sie immer weiter an. Roxy lächelt. »Ich bin keine Schornsteinfegerin mehr«, sagt sie. »Seit Jahren nicht mehr. Hat Joe Ihnen das nicht erzählt? Aber klar. Ich küsse Sie, klar.«

Sie kommt rüber. Sie packt mich bei den Schultern – ich bin ziemlich groß –, und sie pflanzt einen Kuss auf meine Lippen. »Na, wie war das?« sagt sie.

»Das war schön«, sage ich.

»War keine Mühe«, sagt sie. Sie hält mich noch immer bei den Schultern. Sie sieht mir direkt in die Augen. »Viel Glück«, sagt sie, und dann lässt sie mich los.

»Bis später, Kumpel«, sagt J. P. Er macht die Tür weit auf, und sie gehen rein.

Ich setze mich auf die Eingangsstufen und stecke mir eine Zigarette an. Ich beobachte, was meine Hand macht, und dann puste ich das Streichholz aus. Ich hab den Tatterich. Es hat heute Morgen angefangen. Heute Morgen wollte ich etwas zu trinken. Es ist deprimierend, aber zu J. P. hab ich nichts gesagt. Ich versuche, meine Gedanken auf etwas anderes zu konzentrieren.

Ich denke an Schornsteinfeger – an all das Zeug, das ich von J. P. gehört hab –, bis ich aus irgendeinem Grund an ein Haus denken muss, in dem meine Frau und ich einmal gewohnt haben. Einen Kamin gab es in dem Haus allerdings nicht, deshalb weiß ich nicht, was mich jetzt daran erinnert hat. Aber ich erinnere mich an das Haus und dass wir erst ein paar Wochen darin gelebt hatten, als ich eines Morgens draußen ein Geräusch hörte. Es war ein Sonntagmorgen, und es war noch dunkel im Schlafzimmer. Aber da war dieser fahle Lichtschimmer, der durchs Schlafzimmerfenster hereindrang. Ich horchte. Ich hörte etwas an der Seitenwand des Hauses kratzen. Ich sprang aus dem Bett und lief ans Fenster, um rauszugucken.

»Mein Gott!« sagt meine Frau. Sie setzt sich auf und schüttelt sich das Haar aus dem Gesicht. Dann fängt sie an zu lachen. »Das ist Mr. Venturini«, sagt sie. »Ich hab vergessen, es dir zu sagen. Er hat gesagt, er kommt heute, um das Haus anzustreichen. Früh. Ehe es zu heiß wird. Ich hab's ganz vergessen«, sagt sie lachend. »Komm wieder ins Bett, Schatz. Es ist nur er.«

»Gleich«, sage ich. Ich schiebe die Gardine vom Fenster weg. Draußen steht der alte Mann in einem weißen Overall bei seiner Leiter. Die Sonne geht gerade über den Bergen auf. Der alte Mann und ich mustern einander. Es ist der Hausbesitzer, in Ordnung – dieser alte Mann im Overall. Aber sein Overall ist ihm zu groß. Er könnte sich auch mal wieder rasieren. Und er trägt eine Baseballkappe, damit sie seinen kahlen Schädel bedeckt. Oh, verdammt, denke ich, ist das nicht ein seltsamer alter Vogel. Und eine Woge des Glücks überströmt mich, dass ich nicht er bin – dass ich ich bin und dass ich hier drinnen im Schlafzimmer bin, bei meiner Frau.

Er bewegt den Daumen in Richtung der Sonne. Er tut so, als wischte er sich die Stirn. Er teilt mir auf diese Art mit, dass ihm nicht allzu viel Zeit bleibt. Der alte Sack fängt an zu grinsen. Erst da wird mir bewusst, dass ich nackt bin. Ich sehe an mir runter. Ich sehe wieder zu ihm hin und zucke mit den Schultern. Was hat er erwartet?

Meine Frau lacht. »Nun *komm*«, sagt sie. »Komm wieder ins Bett. Auf der Stelle. In dieser Minute. Nun komm wieder ins Bett.«

Ich lasse die Gardine los. Aber ich bleibe am Fenster stehen. Ich kann sehen, wie der alte Mann vor sich hin nickt, als wollte er sagen: »Nur zu, mein Junge, geh wieder ins Bett. Ich verstehe.« Er zieht am Schirm seiner Kappe. Dann macht er sich an die Arbeit. Er nimmt den Eimer. Er fängt an, die Leiter hochzuklettern.

Ich lehne mich zurück, an die Treppenstufe hinter mir, und schlage das eine Bein über das andere. Vielleicht versuche ich später am Nachmittag nochmal, meine Frau anzurufen. Und dann rufe ich auch an, um zu erfahren, was mit meiner Freundin los ist. Aber ich möchte nicht, dass dann ihr vorlauter Junge am Apparat ist. Falls ich anrufe, hoffe ich, dass er unterwegs ist, wenn ich anrufe, irgendwo, und das macht, was er immer macht, wenn er nicht zu Hause ist. Ich versuche, mich zu erinnern, ob ich irgendwann mal was von Jack London gelesen hab. Ich kann mich nicht erinnern. Aber doch, da war eine Geschichte von ihm, die ich auf der High School gelesen hab. »Ein Feuer machen«, hieß sie. Dieser Kerl im Yukon-Territory friert sich zu Tode. Man muss sich das vorstellen – er wird tatsächlich erfrieren, wenn es ihm nicht gelingt, ein Feuer zu machen. Wenn er ein Feuer hat, kann er seine Socken und anderen Sachen trocknen und sich selbst wärmen.

Er kriegt das Feuer an, aber dann passiert etwas damit: Von einem Zweig fällt der Schnee darauf. Das Feuer geht aus. Inzwischen wird es immer kälter. Die Nacht bricht herein.

Ich krame etwas Kleingeld aus meiner Hosentasche. Ich werde es zuerst bei meiner Frau versuchen. Wenn sie sich meldet, wünsche ich ihr ein frohes neues Jahr. Aber damit lass ich's dann bewenden. Ich will nicht von Sachen, die zu regeln sind, anfangen. Ich will nicht laut werden. Auch nicht, wenn sie mit irgendwas anfängt. Sie wird mich fragen, von wo ich anrufe, und ich werd's ihr sagen müssen. Ich werde nichts über Neujahrsvorsätze sagen. Das hier ist was, worüber man keine Witze machen kann. Danach, wenn ich mit ihr gesprochen hab, ruf ich meine Freundin an. Vielleicht rufe ich sie zuerst an. Ich will nur hoffen, dass ich nicht ihren Jungen an den Apparat kriege. »Hallo, Süße«, werd ich sagen, wenn sie sich meldet. »Ich bin's.«

Der Zug

Für John Cheever

Die Frau hieß Miss Dent, und früher an diesem Abend hatte sie eine Waffe auf einen Mann gerichtet. Sie hatte ihn gezwungen, sich in den Schmutz zu knien und um sein Leben zu flehen. Während die Augen des Mannes von Tränen überquollen und seine Finger an Blättern zupften, zielte sie mit dem Revolver auf ihn und sagte ihm Dinge über ihn. Sie versuchte, ihm klarzumachen, dass er nicht immer weiter auf anderer Menschen Gefühlen herumtrampeln konnte. »Halt still!« hatte sie gesagt, obwohl der Mann nur seine Finger in den Schmutz grub und in seiner Angst die Beine ein wenig bewegte. Als sie zu Ende gesprochen hatte, als sie alles gesagt hatte, was ihr eingefallen war, alles, was sie ihm sagen konnte, setzte sie ihm den Fuß auf den Hinterkopf und stieß ihn mit dem Gesicht in den Schmutz. Dann steckte sie den Revolver in ihre Handtasche und ging zurück zum Bahnhof.

Sie saß auf einer Bank in dem verlassenen Warteraum, die Handtasche auf dem Schoß. Der Fahrkartenschalter war geschlossen, kein Mensch war zu sehen. Sogar der Parkplatz draußen vor dem Bahnhof war leer. Sie ließ ihren Blick auf der großen Wanduhr ruhen. Sie wollte aufhören, an den Mann zu denken und daran, wie er sich ihr gegenüber verhalten hatte, nachdem er sich genommen hatte, was er wollte. Aber sie wusste, dass sie sich noch lange an das Geräusch erinnern würde, das er durch die Nase von sich gegeben hatte, als er auf die Knie ging. Sie holte tief Luft, schloss die Augen und horchte auf das Geräusch eines Zuges.

Die Tür zum Warteraum öffnete sich. Miss Dent blickte hinüber, als zwei Leute hereinkamen. Die eine Person war ein alter Mann mit weißem Haar und einem weißen seidenen Halstuch; die andere war eine Frau mittleren Alters, die Lidschatten und Lippenstift aufgelegt hatte und ein rosarotes Strickkleid trug. Der Abend war kühl geworden, aber keiner von den beiden trug einen Mantel, und der Mann hatte keine Schuhe an. Sie blieben im Eingang stehen, sichtlich erstaunt, jemanden in dem Warteraum vorzufinden. Sie versuchten so zu tun, als störte sie Miss Dents Anwesenheit nicht. Die Frau sagte etwas zu dem alten Mann, aber Miss Dent verstand nicht richtig, was die Frau gesagt hatte. Das Paar bewegte sich in den Raum hinein. Miss Dent kam es so vor, als ginge von den beiden eine gewisse Erregung aus, so als wären sie gerade irgendwo in großer Eile aufgebrochen und hätten noch keine Möglichkeit gefunden, sich darüber zu unterhalten. Es konnte ebenso gut sein, dachte Miss Dent, dass sie zu viel getrunken hatten. Die Frau und der weißhaarige alte Mann blickten auf die Uhr, als könnte die Uhr ihnen etwas über ihre Lage sagen und über das, was sie nun tun sollten.

Miss Dent richtete ebenfalls den Blick auf die Uhr. In dem Warteraum fand sich nichts, was Aufschluss darüber gab, wann Züge ankamen und wann sie abfuhren. Aber sie war bereit, einerlei, wie lange es dauerte, zu warten. Sie wusste, wenn sie lange genug wartete, würde schon ein Zug kommen, und sie konnte in den Zug einsteigen, und er würde sie fortbringen von hier.

»Guten Abend«, sagte der alte Mann zu Miss Dent. Er sagte es so, dachte sie, als wäre es ein ganz normaler Sommerabend gewesen und als wäre er ein wichtiger alter Mann, der Schuhe trug und einen Abendanzug.

»Guten Abend«, sagte Miss Dent.

Die Frau in dem Strickkleid sah sie mit einem Blick an, der darauf abzielte, Miss Dent wissen zu lassen, dass die Frau nicht glücklich darüber war, sie in dem Warteraum vorzufinden.

Der alte Mann und die Frau setzten sich auf eine Bank auf der anderen Seite des Warteraums, gegenüber von Miss Dent. Sie beobachtete, wie der alte Mann seine Hose an den Knien ein wenig hochzog und dann ein Bein über das andere schlug und mit seinem bestrumpften Fuß zu wippen begann. Er zog ein Päckchen Zigaretten und eine Zigarettenspitze aus der Hemdtasche. Er steckte die Zigarette in die Spitze und hob die Hand an die Hemdtasche. Dann griff er in seine Hosentaschen.

»Ich hab kein Feuer«, sagte er zu der Frau.

»Ich rauche nicht«, sagte die Frau. »Ich hätte gedacht, wenn du überhaupt irgendwas über mich wüsstest, dann wenigstens das. Falls du wirklich rauchen musst – vielleicht hat *sie* ein Streichholz.« Die Frau hob das Kinn und sah Miss Dent scharf an.

Aber Miss Dent schüttelte den Kopf. Sie zog die Handtasche enger an sich. Sie drückte die Knie zusammen, und ihre Finger umklammerten die Tasche.

»Also auch das noch zu allem andern, keine Streichhölzer«, sagte der weißhaarige alte Mann. Er suchte noch einmal in seinen Taschen. Dann seufzte er und zog die Zigarette aus der Spitze. Er schob die Zigarette wieder in das Päckchen zurück. Er steckte die Zigaretten und die Zigarettenspitze in seine Hemdtasche.

Die Frau begann in einer Sprache zu sprechen, die Miss Dent nicht verstand. Sie dachte, es sei vielleicht Italienisch, weil die Schnellfeuerwörter so klangen wie Wörter, die sie Sophia Loren in einem Film hatte gebrauchen hören.

Der alte Mann schüttelte den Kopf. »Ich kann dir nicht folgen, verstehst du? Du sprichst zu schnell für mich. Du musst langsamer sprechen. Du musst Englisch sprechen. Ich kann dir nicht folgen«, sagte er.

Miss Dent lockerte den Griff um die Handtasche, nahm sie vom Schoß und legte sie neben sich auf die Bank. Sie starrte auf den Griff der Tasche. Sie war sich nicht sicher, was sie tun sollte. Es war ein kleiner Warteraum, und sie mochte nicht plötzlich aufstehen und sich irgendwo anders hinsetzen. Ihre Augen wanderten zu der Uhr.

»Ich komme einfach nicht weg über diese Horde von Irren da«, sagte die Frau. »Es ist ungeheuerlich! Es ist schlicht zu viel, um es in Worte zu fassen. Mein Gott!« Die Frau sagte das und schüttelte den Kopf. Sie sank wie erschöpft an die Banklehne zurück. Sie hob die Augen und starrte einen Moment an die Decke.

Der alte Mann nahm sein Halstuch zwischen die Finger und rieb den Stoff abwesend hin und her. Er knöpfte einen Hemdknopf auf und schob das Halstuch hinein. Er schien über etwas nachzudenken, während die Frau weiterredete.

»Mir tut nur das Mädchen Leid«, sagte die Frau. »Die arme Seele, ganz allein in einem Haus voller Idioten und Schlangen. Sie ist die Einzige, die mir Leid tut. Und sie wird diejenige sein, die bezahlt! Keiner von den anderen. Jedenfalls bestimmt nicht dieser Schwachkopf, den sie Captain Nick nennen! Er ist für nichts verantwortlich. Der ganz bestimmt nicht«, sagte die Frau.

Der alte Mann hob die Augen und guckte sich in dem Warteraum um. Er sah eine Zeit lang Miss Dent an.

Miss Dent blickte an seiner Schulter vorbei und durch das Fenster. Draußen konnte sie den hohen Pfahl der Laterne sehen; das Licht beschien den leeren Parkplatz. Sie hielt die Hände zusammengelegt im Schoß und versuchte, sich auf ihre eigenen Angelegenheiten zu konzentrieren. Aber sie konnte nicht umhin, zu hören, was diese Leute sagten.

»Das kann ich dir jedenfalls sagen«, sagte die Frau. »Das Mädchen ist meine ganze Sorge. Wem liegt schon am Rest der Sippe da? Ihre ganze Existenz beschränkt sich auf *café au lait* und Zigaretten, ihre kostbare Schweizer Schokolade und diese gottverdammten Aras. Nichts anderes bedeutet ihnen was«, sagte die Frau. »Was interessiert die schon? Selbst wenn ich diesen Klan niemals wiedersehe – es wäre noch zu früh. Verstehst du, was ich meine?«

»Sicher versteh ich«, sagte der alte Mann. »Natürlich.« Er setzte den Fuß auf den Boden, und dann schlug er das andere Bein übers Knie. »Aber quäl dich jetzt nicht damit rum«, sagte er.

»›Quäl dich nicht‹, sagt er. Warum guckst du dich nicht mal im Spiegel an?« sagte die Frau.

»Mach dir um mich keine Sorgen«, sagte der alte Mann. »Mir sind schon schlimmere Sachen passiert, und ich bin immer noch da.« Er lachte leise und schüttelte den Kopf. »Mach dir um mich keine Sorgen.«

»Wie soll ich mir um dich keine Sorgen machen?« sagte die Frau. »Wer sonst macht sich denn Sorgen um dich? Macht sich etwa die Frau da drüben mit der Handtasche Sorgen um dich?« sagte sie und unterbrach sich lange genug, um Miss Dent zornig anzustarren. »Ich mein es ernst, *amico mio*. Guck dich doch an! Mein Gott, wenn ich nicht schon so viel zu bedenken hätte, könnte ich auf der Stelle einen Nervenzusammenbruch kriegen. Sag mir, wer sonst ist noch da, der sich Sorgen um dich machen würde, wenn ich's nicht tu? Das ist eine ernst gemeinte Frage. Du weißt doch so viel«, sagte die Frau, »also antworte mir darauf.«

Der weißhaarige alte Mann stand auf, und dann setzte er sich wieder. »Mach dir einfach keine Sorgen um mich«, sagte er. »Mach dir Sorgen um jemand anders. Mach dir Sorgen um das Mädchen und Captain Nick, wenn du dir Sorgen machen willst. Du warst in einem anderen Zimmer, als er sagte: ›Ich mein es nicht ernst, aber ich bin verliebt in sie.‹ Das waren exakt seine Worte.«

»Ich wusste doch, dass so was passieren würde!« rief die Frau aus. Sie legte die Finger aneinander und hob die Hände an die Schläfen. »Ich wusste, dass du mir so was erzählen würdest! Aber ich bin auch nicht überrascht. Nein, bin ich nicht. Der Leopard wechselt nicht seine Flecken. Wahrere Worte sind nie gesprochen worden. Leben heißt lernen. Aber wann willst du endlich aufwachen, du alter Narr? Antworte mir«, sagte sie zu ihm. »Bist du wie das Maultier, dem man einen Knüppel zwischen die Augen schlagen muss? *O Dio mio!* Warum gehst du nicht und guckst in den Spiegel?« sagte die Frau. »Und lass dir Zeit und sieh genau hin, wenn du davor stehst.«

Der alte Mann stand von der Bank auf und bewegte sich zu dem Trinkbrunnen hinüber. Er legte eine Hand auf den Rücken, drehte den Knopf und beugte sich hinunter, um zu trinken. Dann richtete er sich auf und tupfte sich das Kinn mit dem Handrücken ab. Er legte beide Hände auf den Rücken und fing an, in dem Warteraum umherzugehen, als wäre er auf einer Promenade.

Aber Miss Dent konnte sehen, wie seine Augen dabei den Fußboden absuchten, die leeren Bänke, die Aschenbecher. Sie begriff, dass er nach Streichhölzern suchte, und es tat ihr Leid, dass sie keine hatte.

Die Frau hatte sich umgedreht, um die Schritte des alten Mannes zu verfolgen. Sie hob die Stimme und sagte: »Eine Kentucky Fried Chicken-Filiale am Nordpol! Colonel Sanders in einem Parka und in Stiefeln. Das war das Letzte! Das war die Höhe!«

Der alte Mann antwortete nicht. Er setzte seine Begehung des Raumes fort und machte vor dem Fenster zur Straße Halt. Er stand an dem Fenster, beide Hände auf dem Rücken, und sah hinaus auf den leeren Parkplatz.

Die Frau drehte sich zu Miss Dent um. Sie zog unter der Achselhöhle an der Wolle ihres Kleides. »Das nächste Mal, wenn ich selbst gemachte Filme über Point Barrow, Alaska, und die dort lebenden amerikanischen Eskimos sehen möchte, frag ich schon danach. Mein Gott, das war unbezahlbar! Manche Leute schrecken vor nichts zurück. Manche Leute versuchen, ihre Feinde mit Langeweile umzubringen. Aber Sie hätten das erleben sollen.« Die Frau starrte Miss Dent erregt an, wie um zu sehen, ob sie den Mut hatte zu widersprechen.

Miss Dent nahm die Handtasche und legte sie sich auf den Schoß. Sie sah auf die Uhr, deren Zeiger sich, wenn überhaupt, sehr langsam voranbewegten.

»Sie sagen nicht viel«, sagte die Frau zu Miss Dent. »Aber ich würde wetten, Sie könnten eine Menge sagen, wenn jemand Sie erst mal zum Reden brächte. Stimmt's? Aber Sie sind ganz schön hinterlistig. Sitzen lieber da mit ihrem prüden kleinen Mund, während andere Leute sich die Köpfe heiß reden. Hab ich Recht? Stille Wasser. Ist das Ihr Name?« fragte die Frau. »Wie *nennen* die Leute Sie?«

»Miss Dent. Aber ich kenne Sie nicht«, sagte Miss Dent.

»Und ich kenne Sie todsicher auch nicht!« sagte die Frau. »Kenne Sie nicht und will Sie nicht kennen lernen. Bleiben Sie nur da sitzen und denken Sie, was Sie wollen. Es wird überhaupt nichts ändern. Aber ich weiß, was ich denke, und ich denke, es stinkt!«

Der alte Mann verließ seinen Platz am Fenster und ging hinaus. Als er eine Minute später zurückkam, hatte er eine brennende Zigarette in seiner Spitze, und er schien besserer Stimmung zu sein. Er hatte die Schultern gestrafft und das Kinn vorgereckt. Er setzte sich neben die Frau.

»Ich hab Streichhölzer gefunden«, sagte er. »Da lagen sie plötzlich, ein Heftchen Streichhölzer, direkt neben dem Bordstein. Jemand muss sie versehentlich haben fallen lassen.«

»Im Grunde hast du Glück im Leben«, sagte die Frau. »Und das ist ein Plus in deiner Situation. Ich hab das immer gewusst, auch wenn es niemand sonst wusste. Glück ist wichtig.« Die Frau sah hinüber zu Miss Dent und sagte: »Junge Dame, ich möchte wetten, Sie haben in diesem Leben schon eine ganze Menge ausprobiert. Ihr Gesichtsausdruck verrät es mir. Aber Sie werden nicht darüber reden. Nur zu, dann reden Sie eben nicht. Überlassen Sie uns das Reden. Aber Sie werden älter. Und dann werden Sie was zu erzählen haben. Warten Sie nur, bis Sie so alt sind wie ich. Oder wie er«, sagte die Frau und zeigte mit einer Daumenbewegung auf den alten Mann. »Gott behüte. Aber das kommt alles auf Sie zu. Es kommt, wenn die Zeit dafür reif ist. Sie brauchen nicht mal danach zu suchen. Es findet Sie schon.«

Miss Dent stand mit ihrer Handtasche von der Bank auf und ging hinüber zu dem Trinkwasserbrunnen. Sie trank von dem Wasser und drehte sich um und sah die beiden an. Der alte Mann hatte zu Ende geraucht. Er nahm, was von der Zigarette noch übrig war, aus der Spitze und ließ es unter die Bank fallen. Er schlug die Spitze ein paar Mal leicht auf die Handfläche, blies in das Mundstück und steckte die Spitze wieder in seine Hemdtasche. Jetzt richtete auch er seine Aufmerksamkeit auf Miss Dent. Er sah sie an und wartete, zusammen mit der Frau. Miss Dent sammelte sich, um zu reden. Sie wusste nicht recht, wo sie anfangen sollte, aber sie dachte, sie sollte vielleicht damit anfangen, ihnen zu sagen, dass sie eine Waffe in der Handtasche hatte. Sie konnte ihnen vielleicht sogar erzählen, dass sie, früher an diesem Abend, beinahe einen Mann umgebracht hätte.

Aber in diesem Moment hörten sie den Zug. Zuerst hörten sie das Pfeifen, dann ein schepperndes Geräusch, eine Glocke, als die Schranken am Bahnübergang heruntergingen. Die Frau und der weißhaarige alte Mann standen von der Bank auf und gingen auf die Tür zu. Der alte Mann hielt seiner Begleiterin die Tür auf, und dann lächelte er und bedeutete Miss Dent mit einer kleinen Bewegung seiner Finger, sie solle vorangehen. Miss Dent hielt die Handtasche an die Bluse gepresst und folgte der älteren Frau nach draußen.

Die Lokomotive pfiff ein weiteres Mal, als der Zug das Tempo verlangsamte und schließlich vor dem Bahnhofsgebäude mahlend zum Halten kam. Der Scheinwerfer am Führerhaus der Lokomotive bewegte sich über das Gleis hin und her. Die beiden Wagen, aus denen der kleine Zug bestand, waren hell erleuchtet, und so konnten die drei Menschen auf dem Bahnsteig leicht sehen, dass der Zug fast leer war. Aber das überraschte sie nicht. Um diese Zeit waren sie überrascht, überhaupt jemanden in dem Zug zu sehen.

Die wenigen Passagiere in den Wagen blickten durch die Fensterscheiben nach draußen und fanden es seltsam, die drei Menschen auf dem Bahnsteig zu sehen, die sich anschickten, zu dieser späten Stunde in einen Zug einzusteigen. Was mochte sie hier herausgeführt haben? Es war die Stunde, in der man normalerweise daran dachte, zu Bett zu gehen. Die Küchen in den Häusern auf den Hügeln hinter dem Bahnhof waren sauber und aufgeräumt; die Geschirrspülmaschinen hatten längst ihr Programm beendet, alles war an seinem Platz. Nachtlichter brannten in den Kinderzimmern. Ein paar Teenagermädchen mochten noch in Romanen lesen und dabei eine Haarsträhne um die Finger drehen. Aber die Fernsehapparate gingen jetzt aus. Eheleute bereiteten sich für die Nacht vor. Die sechs oder sieben Passagiere, die, jeder für sich, in den beiden Wagen saßen, blickten durch die Scheiben und wunderten sich über die drei Menschen auf dem Bahnsteig.

Sie sahen eine stark geschminkte Frau mittleren Alters, die ein rosarotes Strickkleid trug, die Stufen hinaufgehen und in den Zug einsteigen. Hinter ihr kam eine jüngere Frau in Sommerbluse und Rock, die eine Handtasche umklammert hielt. Ihnen folgte ein älterer Mann, der sich langsam bewegte und eine würdevolle Haltung an den Tag legte. Der Mann hatte weiße Haare und ein weißes seidenes Halstuch, aber er war ohne Schuhe. Die Passagiere vermuteten natürlich, dass die drei einsteigenden Leute zusammengehörten; und sie hatten das sichere Gefühl, dass, was immer diese drei Leute an diesem Abend getan hatten, zu keinem glücklichen Ende geführt hatte. Aber die Passagiere hatten schon andere Dinge in ihrem Leben gesehen. In der Welt gibt es die seltsamsten Dinge, wie sie sehr wohl wussten. Und in diesem Fall war es vielleicht nicht so schlimm, wie es hätte sein können. Aus diesem Grund dachten sie kaum länger über die drei Personen nach, die sich jetzt durch den Gang bewegten und ihre Plätze einnahmen – die Frau und der weißhaarige alte Mann nebeneinander, die junge Frau mit der Handtasche ein paar Plätze weiter hinten. Stattdessen blickten die Passagiere hinaus auf den Bahnhof und begannen dann wieder über ihre eigenen Angelegenheiten nachzudenken, die Sachen, die sie vor dem Halt an dem Bahnhof beschäftigt hatten.

Der Schaffner sah den Bahnsteig entlang. Dann blickte er

zurück in die Richtung, aus der der Zug gekommen war. Er hob den Arm und gab dem Lokomotivführer ein Signal mit der Laterne. Das war es, worauf der Lokomotivführer gewartet hatte. Er drehte eine Kurbel und drückte einen Hebel nach unten. Der Zug setzte sich langsam in Bewegung. Zuerst fuhr er langsam, doch dann nahm er Geschwindigkeit auf. Er wurde schneller, bis er wieder durch die dunkle Landschaft schoss, mit seinen hell erleuchteten Wagen, die Licht auf das Gleisbett warfen.

Fieber

Carlyle war in Schwierigkeiten. Er war den ganzen Sommer in Schwierigkeiten gewesen, seit Anfang Juni, als seine Frau ihn verlassen hatte. Aber bis vor kurzem, nur wenige Tage, bevor er wieder an der High School unterrichten musste, hatte er kein Kindermädchen gebraucht. Carlyle selbst war das Kindermädchen gewesen. Tag und Nacht hatte er sich um die Kinder gekümmert. Ihre Mutter, sagte er ihnen, wäre unterwegs, auf einer langen Reise.

Debbie, das erste Kindermädchen, an das er sich wandte, war ein dickes Mädchen, neunzehn Jahre alt; sie kam, wie sie Carlyle erzählte, aus einer großen Familie. Kinder liebten sie, sagte sie. Sie gab zwei Namen als Referenzen an. Sie schrieb sie mit Bleistift auf ein Blatt aus einem Notizbuch. Carlyle nahm die Namen, faltete das Blatt und steckte es in seine Hemdtasche. Er erzählte ihr, er habe am nächsten Tag Konferenzen. Er sagte, sie könne am nächsten Morgen bei ihm anfangen. Sie sagte: »Okay.«

Er begriff, dass sein Leben in eine neue Phase eintrat. Eileen war gegangen, als Carlyle noch dabei gewesen war, die Zeugnisse zu schreiben. Sie sagte, sie wolle nach Südkalifornien gehen und dort ein neues Leben anfangen. Sie war mit Richard Hoopes fortgegangen, einem von Carlyles Kollegen an der High School. Hoopes gab Schauspielunterricht und lehrte Glasblasen; offenbar hatte er seine Noten rechtzeitig abgegeben, seine Sachen zusammengepackt und in aller Eile mit Eileen die Stadt verlassen. Jetzt, da der lange schmerzliche Sommer beinahe hinter ihm lag und er in Kürze den Unterricht wieder aufnehmen musste, hatte Carlyle endlich seine Aufmerksamkeit auf die Aufgabe gerichtet, ein Kindermädchen zu finden. Seine ersten Bemühungen hatten zu keinem Erfolg geführt. In dem verzweifelten Versuch, überhaupt jemanden zu finden, hatte er Debbie genommen.

Anfangs war er dankbar, dass das Mädchen auf seinen Anruf hin gekommen war. Er hatte ihr das Haus und die Kinder überlassen, als wäre sie eine Verwandte. Deshalb konnte er, dass musste er zugeben, niemandem außer sich selbst und seiner eigenen Nachlässigkeit die Schuld geben, als er an einem Tag in der ersten Woche früh von der Schule nach Hause kam und in der Einfahrt neben einem Auto hielt, in dem ein Paar großer Flanellwürfel am Rückspiegel hingen. Zu seinem Erstaunen sah er seine Kinder im Vorgarten – ihre Sachen waren schmutzig, und sie spielten mit einem Hund, der so groß war, dass er ihnen die Hände abbeißen konnte. Keith, sein Sohn, hatte Schluckauf, und er hatte geweint. Sarah, seine Tochter, fing an zu weinen, als sie ihn aus dem Auto aussteigen sah. Sie saßen im Gras, und der Hund leckte ihnen die Hände und die Gesichter. Der Hund knurrte ihn an und wich dann ein Stückchen zurück, als Carlyle auf die Kinder zuging. Er hob Keith auf, und dann Sarah. Ein Kind unter jedem Arm ging er zur Haustür. Drinnen im Haus war der Plattenspieler so laut aufgedreht, dass die Fensterscheiben vibrierten.

Im Wohnzimmer sprangen drei Teenagerjungen auf, die um den Sofatisch herum gehockt hatten. Bierflaschen standen auf dem Tisch, und brennende Zigaretten lagen im Aschenbecher. Rod Stewart grölte aus der Stereoanlage. Auf dem Sofa saß Debbie, das dicke Mädchen, mit einem anderen Teenagerjungen. Sie starrte Carlyle mit dumpfer, ungläubiger Miene an, als er ins Wohnzimmer trat. Die Bluse des dicken Mädchens war aufgeknöpft. Sie saß auf ihren hochgezogenen Beinen, und sie rauchte eine Zigarette. Das Wohnzimmer war voll Rauch und Musik. Das dicke Mädchen und ihr Freund standen hastig vom Sofa auf.

»Mr. Carlyle, warten Sie einen Moment«, sagte Debbie. »Ich kann alles erklären.«

»Erklären Sie nichts«, sagte Carlyle. »Verschwinden Sie hier, verflucht nochmal. Alle miteinander. Bevor ich Sie rausschmeiße.« Er presste die Kinder fester an sich.

»Ich krieg noch Geld – für vier Tage«, sagte das dicke Mädchen, während es versuchte, sich die Bluse zuzuknöpfen.

»Den Tag heute können Sie vergessen. Für heute schulden Sie mir nichts. Mr. Carlyle, es ist nicht das, wonach es aussieht. Sie sind vorbeigekommen, weil sie die Platte hören wollten.«

»Ich versteh, Debbie«, sagte er. Er ließ die Kinder runter, auf den Teppich. Sie blieben aber dicht bei seinen Beinen und beobachteten die Menschen im Wohnzimmer. Debbie sah sie an und schüttelte langsam den Kopf, als hätte sie die beiden noch nie gesehen. »Verdammt, raus jetzt!« sagte Carlyle. »Auf der Stelle. Setzt euch in Bewegung. Alle miteinander.«

Er ging hinüber und machte die Haustür auf. Die Jungen verhielten sich so, als hätten sie es nicht besonders eilig. Sie nahmen ihre Bierflaschen und bewegten sich langsam zur Tür. Die Rod-Stewart-Platte spielte noch. Einer von den Jungen sagte: »Das ist meine Platte.«

»Hol sie«, sagte Carlyle. Er trat auf den Jungen zu und blieb dann stehen.

»Rühren Sie mich nicht an, okay? Rühren Sie mich ja nicht an«, sagte der Junge. Er ging zum Plattenspieler, hob den Tonarm an, schwenkte ihn zurück und nahm die Platte ab, während der Plattenteller sich noch drehte.

Carlyles Hände zitterten. »Wenn der Wagen da nicht in einer Minute – in einer Minute – von der Einfahrt verschwunden ist, ruf ich die Polizei.«

Ihm war elend und schwindlig vor Zorn. Er sah, sah tatsächlich Punkte vor seinen Augen tanzen.

»He, Moment, wir sind ja schon auf dem Weg, okay? Wir gehn ja schon«, sagte der Junge.

Einer nach dem andern verließen sie das Haus. Draußen stolperte das dicke Mädchen etwas. Sie schwankte, als sie auf das Auto zuging. Carlyle sah, wie sie stehen blieb und die Hände ans Gesicht hob. So stand sie einen Moment lang in der Einfahrt. Dann gab ihr einer der Jungen von hinten einen Schubs und sagte ihren Namen. Sie ließ die Hände sinken und kletterte auf den Rücksitz des Autos.

»Daddy zieht euch gleich was Sauberes an«, sagte Carlyle zu den Kindern, bemüht, seiner Stimme einen festen Klang zu geben. »Ich bade euch jetzt, und dann gehen wir aus und essen Pizza. Na, wie findet ihr das?«

»Wo ist Debbie?« fragte ihn Sarah.

»Sie ist weg«, sagte Carlyle.

Abends, nachdem er die Kinder ins Bett gebracht hatte, rief er Carol an, eine Frau, die auch an der Schule arbeitete und mit der er sich im letzten Monat öfter getroffen hatte. Er erzählte ihr, was mit seinem Kindermädchen passiert war.

»Meine Kinder waren draußen im Garten mit diesem großen Hund«, sagte er. »Der Hund war groß wie ein Wolf. Das Kindermädchen war drinnen im Haus, mit einer Horde von ihren zwielichtigen Freunden. Sie spielten Rod Stewart in voller Lautstärke, und sie haben sich einen reingezogen, während meine Kinder draußen mit diesem fremden Hund gespielt haben.« Er legte die Finger an die Schläfe und ließ sie dort, während er sprach.

»Mein Gott«, sagte Carol. »Armer Liebling, das tut mir ja so Leid.« Ihre Stimme klang undeutlich. Er malte sich aus, dass sie den Hörer zum Kinn runtergleiten ließ, eine Angewohnheit von ihr, wenn sie am Telefon sprach. Er hatte das bei ihr schon beobachtet. Es war eine Angewohnheit, die ihn irgendwie irritierte. Ob er wolle, dass sie zu ihm komme, fragte sie. Sie würde kommen. Sie finde, es sei doch vielleicht besser, wenn sie komme. Sie würde ihren Babysitter anrufen. Anschließend würde sie zu ihm fahren. Sie komme gern. Er solle sich nicht scheuen, zu sagen, wenn er Zuwendung brauchte, sagte sie. Carol war eine der Sekretärinnen im Büro des Direktors der Schule, an der Carlyle Kunstunterricht gab. Sie war geschieden und hatte ein Kind, einen neurotischen Zehnjährigen, den der Vater Dodge genannt hatte, nach dem Auto, das er fuhr.

»Nein, es ist schon okay«, sagte Carlyle. »Aber vielen Dank. *Danke*, Carol. Die Kinder sind im Bett, aber ich glaube, ich käm mir ein bisschen komisch vor, verstehst du, wenn ich heut Abend Besuch hätte.«

Sie machte das Angebot nicht noch einmal. »Liebling, es tut mir Leid, was passiert ist. Aber ich verstehe, wenn du heute Abend allein sein willst. Ich respektiere das. Ich sehe dich dann morgen, in der Schule.«

Er hörte förmlich, wie sie darauf wartete, dass er noch etwas sagte. »Das sind zwei Kindermädchen in weniger als einer Woche«, sagte er. »Das macht mich allmählich wahnsinnig.«

»Schatz, lass dich davon nicht unterkriegen«, sagte sie. »Etwas wird sich schon finden. Am Wochenende helf ich dir, jemanden zu suchen. Es wird schon klappen, du wirst sehen.«

»Vielen Dank noch mal, dass du immer da bist, wenn ich dich brauche«, sagte er. »Du bist was Besonderes, weißt du.«

»Nacht, Carlyle«, sagte sie.

Nachdem er aufgelegt hatte, wünschte er, ihm wäre etwas anderes eingefallen und er hätte nicht gesagt, was er gerade gesagt hatte. Er hatte noch nie im Leben so gesprochen. Sie hatten keine Liebesaffäre, so würde er es nicht nennen, aber er mochte sie. Sie wusste, dass er eine schwere Zeit durchmachte, und sie stellte keine Forderungen.

Nachdem Eileen nach Kalifornien gegangen war, hatte Carlyle den ersten Monat lang jede wache Minute mit seinen Kindern verbracht. Er vermutete, der Schock, dass sie weg war, hatte das bewirkt, jedenfalls wollte er die Kinder keinen Moment aus den Augen lassen. Ganz bestimmt war er nicht daran interessiert, andere Frauen zu treffen, und eine Zeit lang dachte er, das wäre nun für immer vorbei. Es war, dachte er, als wäre er in Trauer. Seine Tage und Nächte verbrachte er in der Gesellschaft seiner Kinder. Er kochte für sie – er selbst hatte keinen Appetit –, wusch und bügelte ihre Sachen, fuhr mit ihnen aufs Land, wo sie Blumen pflückten und belegte Brötchen aßen, die in Wachspapier eingewickelt waren. Er nahm sie mit zum Supermarkt und ließ sie auswählen, was sie gern mochten. Und alle paar Tage gingen sie in den Park oder aber in die Bibliothek, oder in den Zoo. Sie nahmen altes Brot mit zum Zoo, damit sie die Enten füttern konnten. Abends, bevor Carlyle sie für die Nacht zudeckte, las er ihnen vor – Äsop, Hans Christian Andersen, die Märchen der Brüder Grimm.

»Wann kommt Mama wieder?« fragte manchmal eines der Kinder, mitten im Märchen.

»Bald«, sagte er dann. »In ein paar Tagen. Jetzt hört schön zu.« Dann las er das Märchen zu Ende, küsste sie und machte das Licht aus.

Und während sie schliefen, wanderte er durch die Zimmer seines Hauses, ein Glas in der Hand, und redete sich ein, dass Eileen, ja, früher oder später zurückkommen würde. Im nächsten Atemzug sagte er dann: »Ich will dein Gesicht nie wieder sehen. Ich werde dir das nie verzeihen, du verrücktes Miststück.« Dann, eine Minute später: »Komm wieder, Liebste, bitte. Ich liebe dich, und ich brauche dich. Und die Kinder brauchen dich auch.« An manchen Abenden in diesem Sommer schlief er vor dem Fernseher ein, und wenn er aufwachte, lief der Fernseher noch immer, und der Bildschirm war voller Schnee. Das war die Zeit, in der er dachte, dass sicher lange Zeit vergehen musste, bis er sich wieder mit einer Frau treffen würde, falls überhaupt. Abends, wenn er vor dem Fernseher saß, ein Buch oder eine Zeitschrift unaufgeschlagen neben sich auf dem Sofa, dachte er oft an Eileen. Wenn er das tat, erinnerte er sich manchmal an ihr süßes Lachen, oder an ihre Hand, die ihm den Nacken rieb, wenn er über ein Ziehen dort klagte. In solchen Augenblicken dachte er dann, er könnte weinen. Er dachte: Es ist eine von den Sachen, von denen man manchmal hört, dass sie anderen Leuten passieren.

Kurz vor dem Vorfall mit Debbie, als ein wenig von dem Schock und dem Kummer gewichen war, hatte er bei einer Arbeitsvermittlung angerufen und denen seine Notlage und seine Bedürfnisse geschildert. Jemand notierte die Angaben und sagte, sie würden ihn wieder anrufen. Es gab nicht viele Leute, die Hausarbeit machen *und* auf Kinder aufpassen wollten, sagte man ihm, aber sie würden jemanden finden. Ein paar Tage, bevor er zu Konferenzen und zur Anmeldung in der Schule sein musste, rief er wieder an und bekam die Auskunft, dass früh am nächsten Morgen jemand zu ihm kommen werde.

Diese Person war eine fünfunddreißig Jahre alte Frau mit behaarten Armen und abgelaufenen Schuhen. Sie gab ihm die Hand und hörte sich an, was er sagte, ohne eine einzige

Frage nach den Kindern zu stellen – sie fragte nicht einmal nach ihren Namen. Als er sie mit nach hinten nahm, wo die Kinder spielten, starrte sie die beiden lediglich eine Minute lang an, ohne ein Wort zu sagen. Als sie schließlich lächelte, bemerkte Carlyle, dass ihr ein Zahn fehlte. Sarah ließ ihre Buntstifte liegen, stand auf und kam zu ihm und stellte sich neben ihn. Sie ergriff Carlyles Hand und starrte die Frau an. Auch Keith starrte sie an. Dann wandte er sich wieder seinem Malbuch zu. Carlyle dankte der Frau, dass sie gekommen war, und sagte, er werde sich melden.

An diesem Nachmittag notierte er eine Nummer von einer Karteikarte, die am schwarzen Brett im Supermarkt angeheftet war. Jemand bot seine Dienste als Babysitter an. Empfehlungen würden auf Wunsch zur Verfügung gestellt werden. Carlyle rief an und geriet an Debbie, das dicke Mädchen.

Im Laufe des Sommers hatte Eileen ein paar Postkarten, Briefe und Fotos von sich an die Kinder geschickt, außerdem ein paar Federzeichnungen, die sie gemacht hatte, seit sie weggegangen war. Außerdem schickte sie lange, weitschweifige Briefe an Carlyle, in denen sie ihn um Verständnis in dieser Angelegenheit bat – *in dieser Angelegenheit* –, ihm aber erklärte, dass sie glücklich sei. Glücklich. Als ob Glück, dachte Carlyle, alles wäre, worum es im Leben ging. Sie teilte ihm mit, wenn er sie wirklich liebe, wie er immer sage und wie sie auch wirklich glaube – und sie liebe ihn auch, das solle er nicht vergessen –, dann würde er die Dinge so verstehen und akzeptieren, wie sie waren. Sie schrieb: »Was wirklich verbunden ist, das kann niemals gelöst werden.« Carlyle wusste nicht, ob sie über ihrer beider Beziehung sprach oder darüber, wie sie nun drüben in Kalifornien lebte. Er hasste das Wort *verbunden*. Was hatte es mit ihnen beiden zu tun? Glaubte sie, sie wären eine Firma? Eileen, sagte er sich, musste im Begriff sein, den Verstand zu verlieren, wenn sie so redete. Er las diesen Teil noch einmal und zerknüllte dann den Brief.

Aber ein paar Stunden darauf holte er den Brief wieder aus dem Abfalleimer heraus, in den er ihn geworfen hatte, und legte ihn zu ihren anderen Postkarten und Briefen in eine Schachtel auf dem Regalbrett in seinem Schrank. In einem der Umschläge war ein Foto von ihr, auf dem sie einen großen Schlapphut trug und einen Badeanzug anhatte. Und dann war da eine Bleistiftzeichnung von einer Frau an einem Flussufer in einem hauchdünnen Gewand, die ihre Hände schützend über die Augen hielt und mit gesunkenen Schultern dastand. Es war, wie Carlyle vermutete, Eileen, die ihr Herzeleid angesichts der Situation zur Schau trug. Auf dem College hatte sie im Hauptfach Kunst studiert, und obwohl sie eingewilligt hatte, ihn zu heiraten, erklärte sie, dass sie die Absicht habe, etwas aus ihrem Talent zu machen. Carlyle sagte, er wolle es auch gar nicht anders. Das sei sie sich selbst schuldig, sagte er. Sie sei es ihnen beiden schuldig. Sie hatten einander geliebt, damals. Er wusste, dass sie sich geliebt hatten. Er konnte sich nicht vorstellen, je wieder jemanden so zu lieben, wie er sie geliebt hatte. Und er hatte sich wiedergeliebt gefühlt. Dann, nach acht Jahren Ehe, war Eileen ausgestiegen. Sie wolle, sagte sie in ihrem Brief, »es endlich schaffen«.

Nachdem er mit Carol gesprochen hatte, sah er nach den Kindern. Beide schliefen. Dann ging er in die Küche und machte sich einen Drink. Er dachte daran, Eileen anzurufen und mit ihr über die Kindermädchen-Krise zu sprechen, entschied sich aber dagegen. Natürlich hatte er ihre Telefonnummer und ihre Adresse dort. Aber er hatte erst ein Mal angerufen und hatte, bisher, noch keinen Brief geschrieben.

Das lag teilweise daran, dass er die Situation so verwirrend fand, und teilweise daran, dass er wütend war und sich gedemütigt fühlte. Ein Mal, früher im Sommer, hatte er die Demütigung riskiert und bei ihr angerufen. Richard Hoopes war am Apparat gewesen. Richard hatte gesagt: »He, Carlyle«, als wäre er immer noch Carlyles Freund. Und dann, als erinnerte er sich gerade an etwas, hatte er gesagt: »Einen Moment mal, ja?«

Eileen war ans Telefon gekommen und hatte gesagt: »Carlyle, wie geht es dir? Wie geht's den Kindern? Erzähl mir von dir.« Er sagte ihr, den Kindern gehe es gut. Aber bevor er noch etwas anderes sagen konnte, unterbrach sie ihn und sagte: »Ich weiß, dass es *ihnen* gut geht. Was ist mit *dir*?« Und gleich sprach sie weiter, um ihm mitzuteilen, dass ihr Kopf zum ersten Mal seit langer Zeit am rechten Platz sei. Danach wollte sie über seinen Kopf und sein Karma sprechen. Sie habe sich mit seinem Karma beschäftigt. Es werde sich jetzt in aller Kürze bessern, sagte sie. Carlyle hörte zu und traute seinen Ohren kaum. Dann sagte er: »Ich muss jetzt aufhören, Eileen.« Und er legte auf. Ungefähr eine Minute später klingelte das Telefon, aber er ließ es klingeln. Als es aufhörte zu klingeln, legte er den Hörer neben das Telefon und ließ ihn dort, bis er müde genug war, ins Bett zu gehen.

Jetzt wollte er sie anrufen, aber er hatte Angst davor. Er vermisste sie noch immer und wollte sich ihr gern anvertrauen. Er sehnte sich danach, ihre Stimme zu hören – süß, sicher, fest, nicht so manisch, wie sie in den letzten Monaten gewesen war –, aber wenn er ihre Nummer wählte, würde vielleicht Richard Hoopes ans Telefon kommen. Und Carlyle wusste, dass er die Stimme dieses Mannes nicht wieder hören wollte. Richard war drei Jahre lang ein Kollege von ihm gewesen und, wie Carlyle immer angenommen hatte, eine Art Freund. Zumindest war er jemand, mit dem Carlyle in der Lehrer-Kantine zu Mittag gegessen hatte, und jemand, der über Tennessee Williams sprach und über die Fotografien von Anselm Adams. Aber auch, wenn Eileen selbst ans Telefon kam, fing sie vielleicht gleich wieder mit seinem Karma an.

Während er mit dem Glas in der Hand dasaß und sich zu erinnern versuchte, wie es sich angefühlt hatte, verheiratet und mit jemandem vertraut zu sein, klingelte das Telefon. Er nahm den Hörer ab, hörte ein leises statisches Knistern in der Leitung und wusste, noch bevor sie seinen Namen gesagt hatte, dass es Eileen war.

»Ich hab gerade an dich gedacht«, sagte Carlyle und bedauerte sofort, dass er es gesagt hatte.

»Siehst du! Ich hab gewusst, dass ich in deinen Gedanken bin, Carlyle. Also, ich hab auch an dich gedacht. Deshalb hab ich angerufen.« Er holte tief Atem. Sie verlor den Verstand. So viel war ihm jetzt klar. Sie redete weiter. »Jetzt hör mir zu«, sagte sie. »Der wichtige Grund, warum ich dich angerufen hab, ist der: Ich weiß, dass zur Zeit bei dir da drüben ein ziemliches Durcheinander herrscht. Frag mich nicht, wieso, aber ich weiß es. Tut mir Leid, Carlyle. Aber jetzt hör mal. Du brauchst doch immer noch eine gute Haushälterin, die sich zugleich um die Kinder kümmert, stimmt's? Also, sie ist praktisch gleich dort in deiner Nachbarschaft! Oh, vielleicht hast du schon eine gefunden, und es ist ja gut, wenn es so ist. Wenn es so ist, dann soll es so sein. Aber pass auf, nur falls du in dieser Richtung noch Schwierigkeiten hast, dann ist da eine Frau, die immer für Richards Mutter gearbeitet hat. Ich hab Richard gesagt, dass du da möglicherweise ein Problem hast, und er hat die Sache in die Hand genommen. Willst du wissen, was er getan hat? Hörst du zu? Er hat seine Mutter angerufen, die diese Frau lange als Haushälterin gehabt hat. Die Frau heißt Mrs. Webster. Sie hat sich für Richards Mutter um alles gekümmert, ehe seine Tante und deren Tochter dort mit eingezogen sind. Richard hat es geschafft, mit Hilfe seiner Mutter eine Telefonnummer zu bekommen. Er hat heute mit Mrs. Webster gesprochen. Das hat Richard gemacht. Mrs. Webster ruft dich heute Abend an. Aber vielleicht ruft sie dich auch morgen früh an. So oder so. Jedenfalls will sie dir ihre Dienste anbieten, falls du sie brauchst. Vielleicht brauchst du sie, man kann nie wissen. Selbst wenn deine Situation zur Zeit okay ist, wie ich hoffe. Aber früher oder später wirst du sie vielleicht brauchen. Verstehst du, was ich meine? Wenn nicht in dieser Minute, dann ein andermal. Okay? Wie geht's den Kindern? Was machen sie?«

»Den Kindern geht's gut, Eileen. Sie schlafen jetzt«, sagte er. Vielleicht sollte er ihr sagen, dass sie sich jeden Abend in den Schlaf weinten. Er überlegte, ob er ihr die Wahrheit sagen sollte – dass sie in den letzten zwei Wochen nicht ein einziges Mal nach ihr gefragt hatten. Er beschloss, nichts zu sagen.

»Ich hab vorhin schon angerufen, aber es war besetzt. Ich hab zu Richard gesagt, dass du wahrscheinlich mit deiner Freundin telefoniert hast«, sagte Eileen und lachte. »Denk positive Gedanken. Du klingst deprimiert«, sagte sie.

»Ich muss aufhören, Eileen.« Er machte Anstalten aufzulegen, und er nahm den Hörer vom Ohr. Aber sie redete immer noch.

»Sag Keith und Sarah, dass ich sie lieb habe. Sag ihnen, dass ich ihnen noch mehr Bilder schicken werde. Sag ihnen das. Ich möchte nicht, dass sie vergessen, dass ihre Mutter Künstlerin ist. Vielleicht noch keine große Künstlerin, das ist nicht wichtig. Aber, verstehst du, Künstlerin. Es ist wichtig, dass sie das nicht vergessen.«

Carlyle sagte: »Ich werd's ihnen sagen.«

»Richard sagt hallo.«

Carlyle sagte nichts. Er sagte das Wort bei sich: *Hallo*. Was um alles in der Welt konnte der Mann damit meinen? Dann sagte er: »Vielen Dank für den Anruf. Vielen Dank, dass ihr mit der Frau gesprochen habt.«

»Mrs. Webster!«

»Ja. Ich sollte jetzt besser Schluss machen. Sonst wird es zu teuer für dich.«

Eileen lachte: »Ist doch nur Geld. Geld ist nicht wichtig, außer als notwendiges Tauschmittel. Es gibt wichtigere Dinge als Geld. Aber das weißt du ja schon.«

Er hielt den Hörer vor sich. Er betrachtete das Instrument, aus dem ihre Stimme tönte.

»Carlyle, es wird bald besser werden für dich. Ich *weiß*, dass alles besser wird. Du denkst vielleicht, ich bin verrückt oder so«, sagte sie. »Aber denk daran.«

Denk daran. Woran?, fragte sich Carlyle beunruhigt. Er dachte, er hätte etwas überhört, was sie gesagt hatte. Er hielt den Hörer näher ans Ohr. »Eileen, vielen Dank für den Anruf«, sagte er.

»Wir müssen in Verbindung bleiben«, sagte Eileen. »Wir müssen alle Kommunikationswege offen halten. Ich glaube, das Schlimmste ist vorüber. Für uns beide. Auch ich hab gelitten. Aber wir werden bekommen, was wir vom Leben bekommen sollen, wir beide, und auf lange Sicht werden wir dadurch *stärker*.«

»Gute Nacht«, sagte er. Er legte auf. Dann sah er auf das Telefon. Er wartete. Es klingelte nicht wieder. Aber eine Stunde später klingelte es tatsächlich. Er ging ran.

»Mr. Carlyle.« Es war die Stimme einer alten Frau. »Sie kennen mich nicht, aber mein Name ist Mrs. Jim Webster. Ich sollte mich mit Ihnen in Verbindung setzen.«

»Mrs. Webster. Ja«, sagte er. Ihm fiel wieder ein, dass Eileen die Frau erwähnt hatte. »Mrs. Webster, können Sie morgen früh zu mir kommen? Früh. Sagen wir, gegen sieben Uhr?«

»Das kann ich ohne weiteres«, sagte die alte Frau. »Sieben Uhr. Sagen Sie mir Ihre Adresse.«

»Ich würde mich gern auf Sie verlassen können«, sagte Carlyle.

»Sie können sich auf mich verlassen«, sagte sie.

»Ich kann Ihnen gar nicht sagen, wie wichtig es ist«, sagte Carlyle.

»Machen Sie sich keine Sorgen«, sagte die alte Frau.

Am nächsten Morgen hätte er, als der Wecker losging, am liebsten die Augen geschlossen gehalten und den Traum, den er gerade träumte, weitergeträumt. Irgendwas mit einem Farmhaus. Und ein Wasserfall kam auch darin vor. Jemand, er wusste nicht wer, ging die Straße entlang und trug etwas. Vielleicht war es ein Picknickkorb. Der Traum hatte ihm keinerlei Unbehagen verursacht. In dem Traum schien ein gewisses Wohlgefühl zu existieren.

Schließlich drehte er sich um und drückte auf etwas, damit das Summen aufhörte. Er blieb noch ein Weilchen im Bett. Dann stand er auf, schob die Füße in die Pantoffeln und ging in die Küche, um Kaffee zu machen.

Er rasierte sich und zog sich für den Tag an. Dann setzte er sich mit Kaffee und einer Zigarette an den Küchentisch. Die Kinder waren noch im Bett. Aber in etwa fünf Minuten, so hatte er es vor, würde er Schachteln mit Frühstücksflocken auf den Tisch stellen und Schalen und Löffel decken, und dann würde er zu ihnen gehen und sie zum Frühstück wecken. Er konnte es nicht wirklich glauben, dass die alte Frau, die am Abend bei ihm angerufen hatte, an diesem Morgen zur Stelle sein würde, wie sie gesagt hatte. Er beschloss, bis fünf nach sieben zu warten, und dann würde er in der Schule anrufen, den Tag freinehmen und alle Anstrengungen unternehmen, um eine zuverlässige Person ausfindig zu machen. Er hob die Kaffeetasse an die Lippen.

In diesem Moment hörte er ein Rumpeln draußen auf der Straße. Er stellte die Tasse ab und stand vom Tisch auf, um aus dem Fenster zu sehen. Ein Pickup hielt draußen am Bordstein vor seinem Haus. Das Führerhaus ruckelte, während der Motor im Leerlauf lief. Carlyle ging zur Haustür, öffnete sie und winkte. Eine alte Frau winkte zurück und stieg aus. Carlyle sah, wie sich der Fahrer vorbeugte und unter dem Armaturenbrett verschwand. Der Wagen keuchte, ruckelte noch einmal und verstummte.

»Mr. Carlyle?« sagte die alte Frau, als sie langsam, mit einer großen Handtasche, den Weg heraufkam.

»Mrs. Webster«, sagte er. »Kommen Sie rein. Ist das Ihr Mann? Bitten Sie ihn rein. Ich hab gerade Kaffee gemacht.«

»Lassen Sie nur«, sagte sie. »Er hat seine Thermosflasche.«

Carlyle zuckte mit den Schultern. Er hielt ihr die Haustür auf. Sie trat ein, und sie schüttelten sich die Hände. Mrs. Webster lächelte. Carlyle nickte. Sie gingen in die Küche.

»Wollten Sie mich also heute schon hier haben?« fragte sie.

»Lassen Sie mich die Kinder aus den Betten holen«, sagte er. »Ich hätte gern, dass die beiden Sie kennen lernen, ehe ich mich auf den Weg zur Schule mache.«

»Das wäre gut«, sagte sie. Sie sah sich in seiner Küche um. Sie legte ihre Handtasche auf die Abtropffläche.

»Ja, dann hol ich doch mal die Kinder«, sagte er. »Es dauert nur eine Minute. Oder zwei.«

Kurz darauf brachte er die Kinder in die Küche und stellte sie vor. Sie waren noch in ihren Schlafanzügen. Sarah rieb sich die Augen. Keith war hellwach. »Das ist Keith«, sagte

Carlyle. »Und das hier, das ist meine Sarah.« Er hielt Sarahs Hand und wandte sich Mrs. Webster zu. »Die beiden brauchen jemanden, verstehen Sie? Wir brauchen jemanden, auf den wir uns verlassen können. Ich glaube, das ist unser Problem.«

Mrs. Webster ging zu den Kindern hinüber. Sie knöpfte den obersten Knopf an Keiths Schlafanzug zu. Sie strich Sarah die Haare aus dem Gesicht. Die Kinder ließen es sich gefallen. »Macht euch keine Sorgen, ihr zwei«, sagte sie zu ihnen. »Mr. Carlyle, es ist alles in Ordnung. Wir werden schon zurechtkommen. Geben Sie uns ein, zwei Tage, damit wir uns kennen lernen, das ist alles. Aber wenn ich jetzt gleich bleiben soll, dann geben Sie doch bitte Mr. Webster ein Zeichen, dass alles klar ist. Winken Sie ihm einfach vom Fenster aus zu«, sagte sie, und dann wandte sie ihre Aufmerksamkeit wieder den Kindern zu.

Carlyle ging zum Erkerfenster und zog die Gardine zur Seite. Ein alter Mann beobachtete das Haus von dem Pickup aus. Er hob gerade den Becher seiner Thermosflasche an die Lippen. Carlyle winkte ihm, und der Mann winkte mit der freien Hand zurück. Carlyle sah, wie er das Fenster runterkurbelte und den Rest des Kaffees in seinem Becher auskippte. Dann beugte er sich wieder unter das Armaturenbrett – Carlyle malte sich aus, dass er irgendwelche Drähte zusammenführte –, und im nächsten Moment sprang der Motor an und der Pickup fing an zu ruckeln. Der alte Mann legte den Gang ein und fuhr weg.

Carlyle wandte sich vom Fenster ab. »Mrs. Webster«, sagte er, »ich bin froh, dass Sie hier sind.«

»Ebenfalls, Mr. Carlyle«, sagte sie. »Und nun fahren Sie zur Arbeit, ehe Sie zu spät kommen. Machen Sie sich gar keine Sorgen. Wir kommen schon zurecht. Nicht wahr, Kinder?«

Die Kinder nickten. Keith hielt sich mit einer Hand an

ihrem Kleid fest. Er steckte den Daumen der anderen Hand in den Mund.

»Ich danke Ihnen«, sagte Carlyle. »Wirklich, mir geht es hundert Prozent besser.« Er schüttelte den Kopf und lächelte. Er spürte ein Aufwallen in der Brust, als er beide Kinder nacheinander zum Abschied küsste. Er sagte Mrs. Webster, um welche Uhrzeit sie ihn zurückerwarten könne, zog sich den Mantel an und ging aus dem Haus. Zum ersten Mal seit Monaten, so kam es ihm vor, hatte er das Gefühl, dass seine Bürde ein bisschen leichter geworden war. Während er zur Schule fuhr, hörte er im Radio Musik.

In der ersten Stunde, Kunstgeschichte, verweilte er lange bei Dias von byzantinischen Malereien. Geduldig erklärte er die Nuancen von Details und Motiven. Er hob die emotionale Kraft und die Stimmigkeit der Arbeiten hervor. Aber als er versuchte, die anonymen Maler in ihrem sozialen Milieu anzusiedeln, brauchte er so lange, dass einige seiner Schüler anfingen, mit den Füßen zu scharren oder sich laut zu räuspern. Sie schafften nur ein Drittel des für diesen Tag vorgesehenen Stoffs. Er sprach immer noch, als es läutete.

In der nächsten Stunde, Aquarellmalerei, hatte er das Gefühl, ungewöhnlich ruhig und einsichtsvoll zu sein. »So etwa, so«, sagte er und führte den Schülern die Hände. »Ganz leicht. Wie ein Lufthauch auf Papier. Gerade nur eine Berührung. So. Siehst du?« sagte er und hatte das Gefühl, selbst unmittelbar vor einer Entdeckung zu stehen. »*Andeutung* – um nichts anderes geht es«, sagte er und hielt mit leichter Hand Sue Colvins Finger, während er ihren Pinsel führte. »Du musst mit deinen Fehlern arbeiten, bis sie wie beabsichtigt wirken. Verstehst du?«

Als er mittags in der Lehrer-Kantine für sein Essen anstand, sah er Carol weiter vorn in der Schlange. Sie bezahlte gerade ihr Essen. Ungeduldig wartete er, während sein Rechnungsbetrag eingetippt wurde. Carol war schon halb durch den Raum, als er sie einholte. Er schob die Hand unter ihren Ellbogen und führte sie zu einem freien Tisch in der Nähe des Fensters.

»Gott, Carlyle«, sagte sie, nachdem sie sich gesetzt hatten. Sie nahm ihr Glas mit Eistee. Ihr Gesicht war gerötet. »Hast du gesehen, was für einen Blick Mrs. Storr uns zugeworfen hat? Was ist los mit dir? Jetzt wissen's alle.« Sie trank etwas Eistee und stellte das Glas auf den Tisch.

»Zum Teufel mit Mrs. Storr«, sagte Carlyle. »He, ich muss dir was erzählen. Schatz, ich fühle mich um Lichtjahre besser als gestern. Mein Gott«, sagte er.

»Was ist passiert?« sagte Carol. »Carlyle, sag schon.« Sie schob den Obstbecher auf ihrem Tablett zur Seite und streute Käse über ihre Spaghetti. Aber sie aß nichts davon. Sie wartete darauf, dass er weiter redete. »Was ist es?«

Er erzählte ihr von Mrs. Webster. Er erzählte ihr sogar von Mr. Webster. Wie der Mann Drähte in seinem Pickup kurzschließen musste, um den Motor zu starten. Carlyle aß seinen Tapiocapudding, während er sprach. Dann aß er das Knoblauchbrot. Er trank Carols Eistee aus, ehe er bemerkte, was er da tat.

»Du spinnst, Carlyle«, sagte sie und nickte in Richtung der Spaghetti auf seinem Teller, die er nicht angerührt hatte.

Er schüttelte den Kopf. »Mein *Gott*, Carol. O Gott, ich fühl mich so gut, verstehst du? Ich fühl mich besser als den ganzen Sommer über.« Er senkte die Stimme. »Kommst du heute Abend zu mir, ja?«

Er schob die Hand unter den Tisch und legte sie auf ihr Knie. Sie wurde wieder rot. Sie hob den Blick und sah sich in der Kantine um. Aber niemand beachtete sie. Sie nickte schnell. Dann schob sie die Hand unter den Tisch und berührte seine Hand.

Als er an diesem Nachmittag nach Hause kam, fand er das Haus ordentlich und aufgeräumt vor und seine Kinder in sauberen Kleidern. Keith und Sarah standen in der Küche auf Stühlen und halfen Mrs. Webster, Lebkuchenplätzchen zu backen. Sarahs Haare waren aus dem Gesicht gekämmt und wurden hinten von einer Spange gehalten.

»Daddy!« riefen seine Kinder, glücklich, als sie ihn sahen.

»Keith, Sarah«, sagte er. »Mrs. Webster, ich –« Aber sie ließ ihn nicht ausreden.

»Es war ein schöner Tag, Mr. Carlyle«, sagte Mrs. Webster schnell. Sie wischte die Finger an der Schürze ab, die sie trug. Es war eine alte Schürze mit blauen Windmühlen darauf, und sie hatte Eileen gehört. »So prächtige Kinder. Sie sind Goldstücke. Richtige Goldstücke.«

»Ich weiß nicht, was ich sagen soll.« Carlyle stand am Abtropfbrett und sah zu, wie Sarah Teig ausrollte. Er roch das Gewürz. Er zog sich den Mantel aus und setzte sich an den Küchentisch. Er lockerte seinen Schlips.

»Heute war der Kennenlerntag«, sagte Mrs. Webster. »Für morgen haben wir schon andere Pläne. Ich dachte, wir gehen in den Park. Wir sollten das schöne Wetter nutzen.«

»Das ist eine gute Idee«, sagte Carlyle. »Sehr gut, wirklich. Gut. Sehr gut, Mrs. Webster.«

»Ich schieb noch diese letzten Plätzchen in den Ofen, und bis dahin müsste Mr. Webster hier sein. Sagten Sie nicht, um vier Uhr? Ich hab ihm gesagt, er soll um vier kommen.« Carlyle nickte, sein Herz war voll.

»Da war ein Anruf für Sie«, sagte sie, während sie mit der Teigschüssel zur Spüle ging. »Mrs. Carlyle hat angerufen.«

»Mrs. Carlyle«, sagte er.

»Ja. Ich hab meinen Namen gesagt, aber sie war anscheinend nicht überrascht, mich hier zu finden. Sie hat ein paar Worte zu jedem der Kinder gesagt.«

Carlyle warf einen Blick auf Keith und Sarah, aber sie schenkten ihnen keine Beachtung. Sie reihten Plätzchen auf einer weiteren Backfolie aneinander.

Mrs. Webster fuhr fort: »Sie hat eine Nachricht hinterlassen. Moment mal, ich hab's aufgeschrieben, aber ich glaube, ich erinnere mich auch so. Sie hat gesagt: ›Sagen Sie ihm‹ – das heißt, ich soll's Ihnen sagen – ›alles kommt irgendwann wieder.‹ Ja, ich glaub, so ist es richtig. Sie hat gesagt, Sie würden es schon verstehen.«

Carlyle starrte sie an. Er hörte Mr. Websters Lieferwagen draußen.

»Das ist Mr. Webster«, sagte sie und nahm die Schürze ab.

Carlyle nickte.

»Sieben Uhr, morgen früh?«

»Wunderbar«, sagte er. »Und nochmals vielen Dank.«

An diesem Abend badete er die Kinder nacheinander, zog ihnen ihre Schlafanzüge an, und dann las er ihnen vor. Er hörte sich ihre Gebete an, deckte sie gut zu und machte das Licht aus. Es war fast neun Uhr. Er machte sich einen Drink und sah sich etwas im Fernsehen an, bis er Carols Auto in die Einfahrt einbiegen hörte.

Gegen zehn, als sie zusammen im Bett lagen, klingelte das Telefon. Er fluchte, aber er stand nicht auf, um ranzugehen. Es klingelte weiter.

»Vielleicht ist es wichtig«, sagte Carol und setzte sich auf. »Es könnte meine Babysitterin sein. Sie hat diese Nummer.«

»Es ist meine Frau«, sagte Carlyle. »Ich weiß, dass sie es ist. Sie ist dabei, den Verstand zu verlieren. Sie wird verrückt. Ich geh nicht ran.«

»Ich muss sowieso bald weg«, sagte Carol. »Es war wirklich schön, heut Abend, Schatz.« Sie berührte sein Gesicht.

Es war die Mitte des Herbsttrimesters. Mrs. Webster war jetzt seit beinahe sechs Wochen bei ihm. In dieser Zeit hatte sich in Carlyles Leben einiges geändert. Zum einen begann er sich mit der Tatsache auszusöhnen, dass Eileen fort war und, soweit er sehen konnte, nicht die Absicht hatte, zurückzukommen. Er hatte aufgehört, sich vorzustellen, dass sich das ändern könnte. Nur spätabends, an den Abenden, an denen er nicht mit Carol zusammen war, kam es vor, dass er sich ein Ende der Liebe wünschte, die er noch für Eileen empfand, und sich mit Gedanken quälte, warum alles so gekommen war. Aber die meiste Zeit waren er und die Kinder glücklich; sie gediehen unter Mrs. Websters Fürsorglichkeit. In letzter Zeit war sie dazu übergegangen, das Abendessen für ihn und die Kinder zu machen und es im Ofen warm zu halten, bis er von der Schule nach Hause kam. Sobald er zur Tür hereinspazierte, umfing ihn der Geruch von etwas Gutem aus der Küche, und er sah Keith und Sarah, wie sie halfen, im Esszimmer den Tisch zu decken. Hin und wieder fragte er Mrs. Webster, ob sie am Samstag ein paar Überstunden machen könne. Sie war einverstanden, solange sie nicht vor zwölf Uhr mittags bei ihm sein musste. Am Samstagvormittag, sagte sie, müsse sie eine Menge für Mr. Webster und sich selbst erledigen. An solchen Tagen ließ Carol dann Dodge bei Carlyles Kindern, so dass alle unter der Obhut von Mrs. Webster waren, und Carol und er fuhren zu einem Restaurant draußen auf dem Land zum Abendessen. Er hatte das Gefühl, dass sein Leben wieder richtig begann. Obwohl er von Eileen seit dem Anruf vor sechs Wochen nichts mehr gehört hatte, stellte er fest, dass er an sie denken konnte, ohne entweder wütend oder den Tränen nahe zu sein.

In der Schule ließen sie gerade das Mittelalter hinter sich und gelangten zur Gotik. Die Renaissance lag noch in einiger

Ferne und würde frühestens nach den Weihnachtsferien rankommen. Zu dieser Zeit wurde Carlyle krank. Über Nacht, so schien es, wurde ihm die Brust eng und der Kopf fing an, wehzutun. Die Gelenke wurden steif. Ihm war schwindlig, wenn er herumlief. Die Kopfschmerzen wurden schlimmer. Er wachte an einem Samstag damit auf und überlegte, ob er Mrs. Webster anrufen und sie bitten sollte, zu kommen und mit den Kindern irgendwohin zu gehen. Sie waren süß gewesen und hatten ihm Gläser mit Saft und Mineralwasser gebracht. Aber er konnte sich nicht um sie kümmern. Am zweiten Morgen nach seiner Erkrankung schaffte er es gerade, ans Telefon zu gehen und sich krank zu melden. Er nannte der Person, die sich unter der Nummer meldete, seinen Namen, den Namen seiner Schule, den Fachbereich und die Art seiner Krankheit. Dann empfahl er Mel Fisher als Vertretung. Fisher war ein Mann, der an drei oder vier Tagen in der Woche, sechzehn Stunden am Tag, abstrakte Ölbilder malte, aber seine Arbeiten nicht verkaufte und nicht einmal ausstellte. Er war ein Freund von Carlyle. »Holen Sie Mel Fisher«, sagte er zu der Frau am anderen Ende der Leitung. »Fisher«, flüsterte er.

Er schleppte sich wieder zum Bett, kroch unter die Decken und schlief ein. Im Schlaf hörte er draußen den Motor des Pickups laufen und dann die Fehlzündung, die es jedes Mal gab, wenn der Motor ausgestellt wurde. Kurz darauf hörte er Mrs. Websters Stimme vor der Schlafzimmertür.

»Mr. Carlyle?«

»Ja, Mrs. Webster.« Seine Stimme klang ihm fremd. Er hielt die Augen geschlossen. »Ich bin krank heute. Ich hab in der Schule angerufen. Ich bleibe im Bett.«

»Ich verstehe. Machen Sie sich keine Sorgen«, sagte sie. »Ich seh hier schon nach dem Rechten.«

Er machte die Augen zu. Unmittelbar darauf, immer noch

in einem Zustand zwischen Schlafen und Wachen, glaubte er zu hören, wie die Haustür geöffnet und wieder geschlossen wurde. Er horchte. Draußen in der Küche hörte er, wie ein Mann mit leiser Stimme etwas sagte und wie ein Stuhl vom Tisch abgerückt wurde. Bald darauf hörte er die Stimmen der Kinder. Etwas später – er wusste nicht, wie viel Zeit vergangen war – hörte er Mrs. Webster draußen vor seiner Tür.

»Mr. Carlyle, soll ich den Doktor rufen?«

»Nein, es geht schon«, sagte er. »Ich glaub, es ist nur eine schlimme Erkältung. Aber mir ist heiß. Ich glaube, ich hab zu viele Decken. Und im Haus ist es zu warm. Vielleicht könnten Sie die Heizung runterdrehen.« Dann merkte er, wie er wieder in den Schlaf trieb.

Eine Weile später hörte er die Kinder im Wohnzimmer mit Mrs. Webster sprechen. Kamen sie gerade nach Hause, oder gingen sie raus?, überlegte Carlyle. Konnte es sein, dass es schon der nächste Tag war?

Er schlief wieder ein. Doch dann bemerkte er, dass seine Tür geöffnet wurde. Mrs. Webster erschien an seinem Bett. Sie legte ihm die Hand auf die Stirn.

»Sie glühen«, sagte sie. »Sie haben Fieber.«

»Das wird schon wieder besser«, sagte Carlyle. »Ich muss einfach noch ein bisschen schlafen. Und vielleicht könnten Sie die Heizung runterdrehen. Ich wäre dankbar, wenn Sie mir bitte ein paar Aspirin bringen könnten. Ich hab schreckliche Kopfschmerzen.«

Mrs. Webster ging aus dem Zimmer. Aber die Tür stand offen. Carlyle konnte den Fernseher draußen hören. »Stell es leiser, Jim«, hörte er sie sagen, und die Lautstärke wurde sofort leiser gestellt. Carlyle schlief wieder ein.

Aber er konnte nicht länger als eine Minute geschlafen haben, als Mrs. Webster plötzlich wieder in seinem Zimmer war, mit einem Tablett. Sie setzte sich auf den Bettrand. Er raffte sich auf und versuchte, sich aufzusetzen. Sie stopfte ihm ein Kissen in den Rücken.

»Nehmen Sie die«, sagte sie und gab ihm ein paar Tabletten. »Trinken Sie das.« Sie hielt ihm ein Glas Saft hin. »Ich habe Ihnen auch etwas Weizenbrei gebracht. Ich möchte gern, dass Sie das essen. Es wird Ihnen gut tun.«

Er nahm die Aspirin-Tabletten und trank den Saft. Er nickte. Aber er schloss wieder die Augen. Er sank wieder in Schlaf.

»Mr. Carlyle«, sagte sie.

Er öffnete die Augen. »Ich bin wach«, sagte er. »Es tut mir Leid.« Er setzte sich ein bisschen auf. »Mir ist zu warm, das ist alles. Wie spät ist es? Ist es schon halb neun?«

»Es ist kurz nach halb zehn«, sagte sie.

»Halb zehn«, sagte er.

»Ich gebe Ihnen jetzt diesen Brei. Ich füttere Sie. Und Sie machen den Mund auf und essen ihn. Sechs Löffel, nicht mehr. So, hier ist der erste Löffel. Mund auf«, sagte sie. »Es wird Ihnen besser gehen, wenn Sie das gegessen haben. Dann lasse ich Sie weiterschlafen. Sie essen das hier auf, und dann können Sie schlafen, so viel Sie wollen.«

Er aß den Brei, den sie ihm mit dem Löffel gab, und bat um noch etwas Saft. Er trank den Saft, und dann legte er sich wieder hin. Noch im Einschlafen merkte er, dass sie ihn mit einer weiteren Wolldecke zudeckte.

Als er das nächste Mal aufwachte, war es Nachmittag. Dass Nachmittag war, sah er an dem fahlen Licht, das durch sein Fenster schien. Er reckte sich hoch und zog die Gardine zurück. Er sah, dass es draußen bewölkt war; die Wintersonne stand hinter Wolken. Er erhob sich langsam, suchte seine Hausschuhe und zog sich den Bademantel an. Er ging ins Badezimmer und betrachtete sich im Spiegel. Dann wusch er sich das Gesicht und nahm noch ein paar Aspirin.

Er trocknete sich mit dem Handtuch ab, und dann ging er hinüber ins Wohnzimmer.

Auf dem Esszimmertisch hatte Mrs. Webster eine Zeitung ausgebreitet, und sie und die Kinder kneteten zusammen Tonfiguren. Sie hatten schon ein paar Figuren gemacht, die lange Hälse und hervorquellende Augen hatten und Giraffen ähnelten, oder auch Dinosauriern. Mrs. Webster sah auf, als er am Tisch vorbeiging.

»Wie geht's Ihnen?« fragte sie, als er sich auf dem Sofa niederließ. Er konnte von dort in den Esszimmerbereich hinübersehen, wo Mrs. Webster und die Kinder am Tisch saßen.

»Besser, danke. Ein bisschen besser«, sagte er. »Ich hab immer noch Kopfschmerzen, und mir ist ein bisschen heiß.« Er hob den Handrücken an die Stirn. »Aber es geht mir besser. Ja, es geht mir besser. Vielen Dank für Ihre Hilfe heute Morgen.«

»Kann ich Ihnen jetzt was bringen?« sagte Mrs. Webster. »Noch mehr Saft oder ein bisschen Tee? Ich glaube, auch Kaffee würde nicht schaden, aber Tee wär, glaub ich, besser. Etwas Saft wäre am allerbesten.«

»Nein, nein danke«, sagte er. »Ich möchte einfach einen Moment hier sitzen. Es tut gut, auf zu sein. Ich fühle mich ein bisschen schwach auf den Beinen, das ist alles. Mrs. Webster?«

Sie sah ihn an und wartete.

»Hab ich heute Morgen Mr. Webster im Haus gehört? Es ist mir natürlich recht. Es tut mir nur Leid, dass ich keine Chance hatte, ihn kennen zu lernen und zu begrüßen.«

»Er war es«, sagte sie. »Er wollte Sie auch gern kennen lernen. Ich hatte ihn gebeten, mal reinzukommen. Er hat sich einfach den falschen Morgen ausgesucht, wo Sie krank waren und so. Ich wollte Ihnen was über unsere Pläne erzählen, Mr. Websters und meine Pläne, aber heute Morgen war kein guter Zeitpunkt dafür.«

»Mir was erzählen?« sagte er, hellwach, während Angst an seinem Herzen nagte.

Sie schüttelte den Kopf. »Schon gut«, sagte sie. »Das hat Zeit.«

»Ihm was erzählen?« sagte Sarah. »Ihm was erzählen?«

»Was, was?« fiel Keith ein. Die Kinder hörten mit dem Tonkneten auf.

»Einen Augenblick, ihr zwei«, sagte Mrs. Webster und stand auf.

»Mrs. Webster! Mrs. Webster!« rief Keith.

»Jetzt pass mal auf, kleiner Mann«, sagte Mrs. Webster. »Ich muss mit deinem Vater sprechen. Dein Vater ist heute krank. Sei du nur ganz ruhig. Du machst jetzt weiter und knetest deine Tonfiguren. Wenn du nicht aufpasst, überholt dich deine Schwester mit den kleinen Tieren.«

Gerade als sie ins Wohnzimmer herüberkam, klingelte das Telefon. Carlyle griff zu dem Tischchen am Ende des Sofas hinüber und nahm den Hörer ab.

Wie schon einmal, hörte er ein leises Sirren in der Leitung und wusste, dass es Eileen war. »Ja«, sagte er. »Was ist?«

»Carlyle«, sagte seine Frau. »Ich weiß, frag mich nicht wieso, dass alles im Moment nicht zum Besten steht. Du bist krank, nicht wahr? Richard ist auch krank gewesen. Es ist etwas, das rumgeht. Er kann nichts im Magen behalten. Er hat schon eine Woche von den Proben für sein Stück versäumt. Ich musste selbst hingehen und helfen, Bühnenbilder zu entwerfen, zusammen mit seinem Assistenten. Aber ich hab nicht angerufen, um dir das zu erzählen. Erzähl mir, wie es bei euch da drüben geht.«

»Es gibt nichts zu erzählen«, sagte Carlyle. »Ich bin krank, das ist alles. Ein bisschen Grippe. Aber es wird schon besser.«

»Schreibst du immer noch dein Journal?« fragte sie. Das überraschte und traf ihn. Vor mehreren Jahren hatte er ihr erzählt, dass er ein Journal führte. Nein, kein Tagebuch, hatte er gesagt, ein Journal – als ob das irgendetwas erklärte. Aber er hatte es ihr nie gezeigt, und er hatte seit über einem Jahr nichts mehr geschrieben. Er hatte es vergessen.

»Weil du«, sagte sie, »in dieser Phase etwas in das Journal schreiben solltest. Wie dir zu Mute ist und was du so denkst. Verstehst du, was in deinem Kopf vorgeht in dieser Phase der Krankheit. Denk daran, Krankheit ist eine Botschaft, die dir etwas über deine Gesundheit und dein Wohlergehen mitteilt. Sie sagt dir etwas. Halt es fest. Verstehst du, was ich meine? Wenn du wieder gesund bist, kannst du zurückblicken und nachsehen, was es für eine Botschaft war. Du kannst sie später lesen, wenn alles vorbei ist. Colette hat das getan«, sagte Eileen. »Das eine Mal, als sie Fieber hatte.«

»Wer?« sagte Carlyle. »Was hast du gesagt?«

»Colette«, antwortete Eileen. »Die französische Schriftstellerin. Du weißt doch, von wem ich spreche. Wir hatten eins von ihren Büchern im Haus. *Gigi* oder so. Ich habe *das* Buch nie gelesen, aber ich hab sie gelesen, seit ich hier drüben bin. Richard hat mich auf sie aufmerksam gemacht. Sie hat ein kleines Buch darüber geschrieben, wie es war, was sie gedacht und empfunden hat, damals, in der ganzen Zeit, als sie dieses Fieber hatte. Manchmal hatte sie vierzig Grad. Manchmal war es weniger. Vielleicht ist es noch höher gegangen als vierzig. Aber vierzig war das höchste, was sie je gemessen und wobei sie geschrieben hat, als sie das Fieber hatte. Wie dem auch sei, sie hat darüber geschrieben. Das ist das, was ich sagen wollte. Versuch, darüber zu schreiben, wie es ist. Vielleicht kommt irgendwas dabei raus«, sagte Eileen, und unerklärlicherweise, wie Carlyle fand, lachte sie. »Zumindest hättest du später ein genaues Stundenprotokoll von deiner Krankheit. Auf das du zurückblicken könntest. Zumindest hättest du etwas davon. Jetzt im Moment hast du nur dieses Unbehagen. Du musst es in etwas Nutzbares übersetzen.«

Er presste die Fingerspitzen an die Schläfe und schloss die Augen. Aber sie war nach wie vor am anderen Ende und wartete darauf, dass er etwas sagte. Was konnte er sagen? Es war ihm klar, dass sie verrückt war.

»Mein Gott«, sagte er. »Mein Gott, Eileen. Ich weiß nicht, was ich dazu sagen soll. Ich weiß es wirklich nicht. Ich muss jetzt aufhören. Vielen Dank für den Anruf«, sagte er.

»Ist gut«, sagte sie. »Wir müssen in der Lage sein, zu kommunizieren. Gib den Kindern einen Kuss von mir. Sag ihnen, dass ich sie lieb habe. Und Richard sagt hallo. Obwohl er flach auf dem Rücken liegt.«

»Wiederhören«, sagte Carlyle und legte auf. Dann hob er die Hände ans Gesicht. Aus irgendeinem Grund erinnerte er sich daran, dass das dicke Mädchen die gleiche Geste gemacht hatte, damals, als sie zum Auto ging. Er ließ die Hände sinken und sah Mrs. Webster an, die ihn beobachtete.

»Keine schlimmen Nachrichten, hoffe ich«, sagte sie. Die alte Frau hatte einen Stuhl in die Nähe der Stelle gerückt, wo er auf dem Sofa saß.

Carlyle schüttelte den Kopf.

»Gut«, sagte Mrs. Webster. »Das ist gut. Nun, Mr. Carlyle, dies ist vielleicht nicht gerade der beste Zeitpunkt, um darüber zu sprechen.« Sie warf einen Blick zum Esszimmer hinüber. Die Kinder saßen am Tisch und hatten die Köpfe über die Tonfiguren gebeugt. »Aber da recht bald darüber gesprochen werden muss und da es Sie und die Kinder betrifft und da Sie jetzt auf sind, hab ich Ihnen etwas zu sagen. Jim und ich, wir sind nicht mehr die Jüngsten. Die Sache ist die, dass wir etwas mehr brauchen, als wir zur Zeit haben.

Verstehen Sie, was ich meine? Es fällt mir schwer«, sagte sie und schüttelte den Kopf. Carlyle nickte langsam. Er wusste, sie würde ihm sagen, dass sie aufhören musste. Er wischte sich mit dem Ärmel über das Gesicht. »Jims Sohn aus einer früheren Ehe, Bob – der Mann ist vierzig Jahre alt –, hat gestern angerufen, und er hat uns vorgeschlagen, nach Oregon zu kommen und ihm auf seiner Nerzfarm zu helfen. Jim würde alles machen, was sie da mit Nerzen machen, und ich würde kochen, einkaufen, das Haus in Ordnung halten und tun, was sonst getan werden muss. Es ist eine Chance für uns beide. Und es ist Kost und Wohnung und noch ein bisschen was drüber. Jim und ich müssen uns nicht mehr sorgen, was mal aus uns wird. Sie verstehen, was ich meine. Im Moment hat Jim gar nichts«, sagte sie. »Er ist letzte Woche zweiundsechzig geworden. Er hat schon seit einiger Zeit nichts mehr gehabt. Er ist heute Morgen hergekommen, um es Ihnen selbst zu sagen, weil ich Ihnen ja kündigen muss, verstehen Sie? Wir dachten – ich dachte –, es würde leichter sein, wenn Jim dabei wäre, wenn ich es Ihnen sage.« Sie wartete, dass Carlyle etwas sagte. Als er nichts sagte, fuhr sie fort: »Ich mach die Woche zu Ende, und ich könnte nächste Woche noch zwei Tage kommen, wenn's nötig ist. Aber dann, verstehen Sie, dann müssen wir auf jeden Fall los, und Sie müssen uns Glück wünschen. Ich meine, können Sie sich das vorstellen – den ganzen Weg bis nach Oregon in unserer alten Klapperkiste? Aber die Kleinen, die werde ich vermissen. Sie sind so wunderbar.«
Nach einer Weile, als er immer noch keine Anstalten machte, ihr zu antworten, stand sie von ihrem Stuhl auf und setzte sich auf das Polster neben ihm. Sie berührte den Ärmel seines Bademantels. »Mr. Carlyle?«
»Ich verstehe«, sagte er. »Ich möchte, dass Sie wissen, dass Ihr Hiersein mir und den Kindern sehr viel bedeutet hat.«

Sein Kopf tat ihm so weh, dass er die Augen zusammenkneifen musste. »Diese Kopfschmerzen«, sagte er. »Diese Kopfschmerzen bringen mich noch um.«

Mrs. Webster streckte den Arm aus und legte den Handrücken auf seine Stirn. »Sie haben immer noch etwas Fieber«, sagte sie zu ihm. »Ich hole Ihnen noch Aspirin. Das hilft, das Fieber runterzubringen. Ich habe immer noch das Sagen hier«, sagte sie. »Ich bin immer noch der Doktor.«

»Meine Frau findet, ich sollte aufschreiben, wie es sich anfühlt«, sagte Carlyle. »Sie findet, es wäre vielleicht eine gute Idee, zu beschreiben, wie es ist, wenn man Fieber hat. Damit ich später darauf zurückblicken kann und die Botschaft verstehe.« Er lachte. Ein paar Tränen traten ihm in die Augen. Er wischte sie mit dem Handballen weg.

»Ich glaube, ich hole Ihnen jetzt Ihr Aspirin und Saft, und dann gehe ich mit den Kindern noch ein bisschen raus«, sagte Mrs. Webster. »Mir scheint, das Interesse der beiden am Tonkneten ist allmählich erschöpft.«

Carlyle hatte Angst, sie würde in das andere Zimmer gehen und ihn allein lassen. Er wollte mit ihr sprechen. Er räusperte sich. »Mrs. Webster, da ist noch etwas, was ich Ihnen gern sagen wollte. Lange Zeit haben meine Frau und ich uns mehr geliebt als irgendetwas oder irgendjemanden sonst auf der Welt. Und das schließt die Kinder mit ein. Wir dachten, nein, wir *wussten*, dass wir zusammen alt werden würden. Und wir wussten, dass wir all die Dinge auf der Welt, die wir tun wollten, tun würden, und dass wir sie zusammen tun würden.« Er schüttelte den Kopf. Das schien ihm jetzt das Traurigste von allem zu sein: Was immer sie von nun an taten, jeder würde es ohne den andern tun.

»Schon gut, ist ja gut«, sagte Mrs. Webster. Sie tätschelte ihm die Hand. Er beugte sich vor und fing wieder an zu sprechen. Nach einer Weile kamen die Kinder ins Wohnzimmer herüber. Mrs. Webster gab ihnen ein Zeichen und legte den Zeigefinger an die Lippen. Carlyle sah die beiden an und sprach weiter. Sollen sie nur zuhören, dachte er. Es geht auch sie an. Die Kinder schienen zu verstehen, dass sie ruhig bleiben, ja sogar ein wenig Interesse vorspielen mussten, deshalb setzten sie sich neben Mrs. Websters Füße. Dann legten sie sich bäuchlings auf den Teppich und fingen an zu kichern. Aber Mrs. Webster warf ihnen einen strengen Blick zu, und das brachte sie zur Ruhe.

Carlyle sprach weiter. Anfangs tat ihm der Kopf noch weh, und es war ihm peinlich, im Schlafanzug auf dem Sofa zu sitzen, mit der alten Frau neben sich, die geduldig wartete, dass er weiter erzählte. Aber dann gingen die Kopfschmerzen weg. Und bald verging das peinliche Gefühl, und er vergaß, wie er sich eigentlich fühlen sollte. Er hatte mit der Geschichte irgendwo in der Mitte begonnen, nach der Geburt der Kinder. Aber dann war er zurückgegangen und hatte am Anfang angefangen, damals, als Eileen achtzehn war und er neunzehn, ein Junge und ein Mädchen, die verliebt waren, die vor Liebe glühten.

Er hielt inne, um sich die Stirn zu wischen. Er befeuchtete sich die Lippen.

»Erzählen Sie weiter«, sagte Mrs. Webster. »Ich verstehe, was Sie meinen. Erzählen Sie nur weiter, Mr. Carlyle. Manchmal ist es gut, darüber zu sprechen. Manchmal muss darüber gesprochen werden. Außerdem möchte ich es hören. Und Sie werden sich danach besser fühlen. Mir ist mal was ganz Ähnliches passiert, etwas wie das, was Sie da beschreiben. Liebe. Ja, das ist es.«

Die Kinder schliefen auf dem Teppich ein. Keith hatte den Daumen im Mund. Carlyle redete noch, als Mr. Webster an die Tür kam, anklopfte und dann eintrat, um Mrs. Webster abzuholen.

»Setz dich, Jim«, sagte Mrs. Webster. »Wir haben's nicht eilig. Erzählen Sie weiter, Mr. Carlyle.«

Carlyle nickte dem alten Mann zu, und der alte Mann nickte zurück, dann holte er sich einen der Esszimmerstühle und trug ihn ins Wohnzimmer. Er stellte den Stuhl dicht ans Sofa und setzte sich mit einem Seufzer hin. Dann nahm er die Mütze ab und schlug mühsam ein Bein über das andere. Als Carlyle wieder zu sprechen begann, setzte der alte Mann beide Füße auf den Boden. Die Kinder wachten auf. Sie setzten sich auf und bewegten die Köpfe hin und her. Aber inzwischen hatte Carlyle alles gesagt, was er zu sagen hatte, und deshalb hörte er auf zu reden.

»Gut. Gut für Sie«, sagte Mrs. Webster, als sie sah, dass er am Ende angelangt war. »Sie sind aus gutem Stoff gemacht. Und sie ist es auch – Mrs. Carlyle ist es auch. Und vergessen Sie es nicht. Es wird alles wieder ins Lot kommen, wenn das hier vorüber ist.« Sie stand auf und nahm die Schürze ab, die sie getragen hatte. Mr. Webster stand auch auf und setzte sich die Mütze wieder auf.

An der Tür schüttelte Carlyle beiden Websters die Hand.

»Bis dann«, sagte Jim Webster. Er tippte an den Schirm seiner Mütze.

»Und Ihnen viel Glück«, sagte Carlyle.

Mrs. Webster sagte, sie würde ihn dann morgen sehen, in aller Frühe, wie immer.

Als wäre etwas Wichtiges besprochen und geregelt worden, sagte Carlyle: »Richtig!«

Das alte Paar ging vorsichtig den Plattenweg hinunter. Dann stiegen sie in den Pickup. Jim Webster beugte sich unter das Armaturenbrett. Mrs. Webster sah zu Carlyle herauf und winkte. Und da, während er am Fenster stand, spürte er, dass etwas an sein Ende kam. Es hatte mit Eileen zu tun und mit dem Leben früher. Hatte er ihr je zugewinkt? Er musste es getan haben, natürlich, er wusste, dass er es getan hatte, doch jetzt, im Moment, konnte er sich nicht erinnern. Aber er begriff, dass es vorbei war, und er spürte, dass er sie gehen lassen konnte. Er war sich sicher, dass ihr gemeinsames Leben so verlaufen war, wie er es erzählt hatte. Aber es war etwas, das vergangen war. Und dieses Vergehen – das er doch für unmöglich gehalten und gegen das er angekämpft hatte – würde nun auch ein Teil von ihm werden, so gewiss wie alles andere, das er hinter sich gelassen hatte.

Als der Pickup ruckartig anfuhr, hob er noch einmal den Arm. Er sah, wie sich die beiden Alten kurz in seine Richtung beugten, als sie losfuhren. Dann ließ er den Arm sinken und wandte sich seinen Kindern zu.

Das Zaumzeug

Der alte Kombi mit Zulassungsschildern aus Minnesota fährt in eine Parklücke vor dem Fenster. Vorn sitzen ein Mann und eine Frau, hinten zwei Jungen. Es ist Juli, die Temperatur ist um die vierzig Grad. Diese Leute sehen völlig fertig aus. Drinnen hängt Kleidung; hinten stapeln sich Koffer, Kartons und so. Nach dem, was Harley und ich uns später zusammenreimen, ist das alles, was ihnen geblieben ist, nachdem die Bank in Minnesota ihnen ihr Haus, ihren Pickup, ihren Traktor, ihre landwirtschaftlichen Geräte und ein paar Kühe weggenommen hat.

Die Leute im Auto bleiben eine Minute lang sitzen, als ob sie sich sammeln wollten. Der Air-Conditioner in unserer Wohnung läuft auf vollen Touren. Harley ist hinterm Haus und mäht den Rasen. Auf den vorderen Sitzen findet so etwas wie eine Diskussion statt, und dann steigen sie und er aus und gehen auf die Haustür zu. Ich streiche über mein Haar, um sicher zu sein, dass es ordentlich liegt, und warte, bis sie das zweite Mal auf die Klingel drücken. Dann gehe ich hin und lasse sie rein. »Sie suchen ein Apartment?« sage ich. »Kommen Sie rein, hier drinnen ist es kühl.« Ich führe sie ins Wohnzimmer. Das Wohnzimmer ist der Raum, wo ich arbeite. Es ist der Raum, wo ich die Mieten kassiere, die Quittungen ausschreibe und mit Interessenten rede. Außerdem frisiere ich Leute. Ich nenne mich *Hair-Stylistin*. Ich mag das Wort *Kosmetikerin* nicht. Es ist ein altmodisches Wort. Ich hab den Stuhl in einer Ecke des Wohnzimmers stehen, und eine Trockenhaube, die ich hinter den Stuhl ziehen kann. Und es gibt ein Becken, das Harley mir vor ein paar Jahren eingebaut hat. Neben dem Stuhl hab ich einen Tisch mit ein paar Zeitschriften. Die Zeitschriften sind alt. Bei einigen fehlen schon die Umschläge. Aber die Leute sehen sich alles an, wenn sie unter der Trockenhaube sitzen.

Der Mann sagt seinen Namen.

»Mein Name ist Holits.«

Er sagt mir, dass sie seine Frau ist. Aber sie sieht mich nicht an. Sie guckt stattdessen auf ihre Fingernägel. Sie und Holits wollen sich auch nicht setzen. Er sagt, sie sind an einer der möblierten Wohnungen interessiert.

»Wie viele Personen?« Aber ich sage nur, was ich immer sage. Ich weiß, wie viele sie sind. Ich hab die beiden Jungen hinten im Auto gesehen. Zwei und zwei sind vier.

»Ich und sie und die Jungen. Die Jungen sind dreizehn und vierzehn, und sie kriegen zusammen ein Zimmer, wie immer.«

Sie hat die Arme verschränkt und hält mit den Händen die Ärmel ihrer Bluse. Sie nimmt den Frisierstuhl und das Becken in Augenschein, als ob sie dergleichen noch nie gesehen hätte. Vielleicht hat sie dergleichen noch nie gesehen.

»Ich arbeite auch als Friseuse«, sage ich.

Sie nickt. Dann mustert sie meine Zimmerpflanze. Die Pflanze hat genau fünf Blätter.

»Sie muss gegossen werden«, sage ich. Dann gehe ich hin und berühre eines der Blätter. »Alles hier braucht Wasser. Es ist nicht genug Wasser in der Luft. Es regnet drei Mal im Jahr, wenn wir Glück haben. Aber Sie werden sich dran gewöhnen. Wir mussten uns auch dran gewöhnen. Aber alles hier hat Air-Conditioning.«

»Wie hoch ist die Miete?« will Holits wissen.

Ich sage es ihm, und er wendet sich ihr zu, um zu sehen, was sie denkt. Aber er hätte ebenso gut die Wand anstarren können. Sie erwidert seinen Blick nicht. »Ich denke, wir sollten es mal ansehen«, sagt er. Also hole ich den Schlüssel für Nummer 17, und wir gehen hinaus.

Ich höre Harley, bevor ich ihn sehe.

Dann kommt er zwischen den Gebäuden in Sicht. Er schiebt den elektrischen Rasenmäher; er hat seine Bermudas und ein T-Shirt an und trägt den Strohhut, den er sich in Nogales gekauft hat. Er verbringt seine Tage mit Rasenmähen und kleinen Reparaturarbeiten. Wir arbeiten für eine Immobiliengesellschaft, die Fulton Terrace, Inc. Ihnen gehört das Ganze. Für den Fall, dass etwas Größeres kaputt geht, zum Beispiel wenn es Ärger mit der Klimaanlage gibt oder wenn schwierige Klempnerarbeiten zu erledigen sind, haben wir eine Liste mit Telefonnummern.

Ich winke. Ich muss winken. Harley nimmt eine Hand vom Griff des Mähers und gibt mir ein Zeichen. Dann zieht er sich den Hut tief in die Stirn und wendet seine Aufmerksamkeit wieder seiner Arbeit zu. Er kommt ans Ende seiner Spur, macht kehrt und bewegt sich wieder in Richtung der Straße. »Das ist Harley.« Ich muss es laut sagen. Wir gehen seitwärts in das Gebäude und ein paar Treppen rauf. »Was machen Sie, Mr. Holits?« frage ich ihn.

»Er ist Farmer«, sagt sie.

»Nicht mehr.«

»Gibt nicht mehr viel Landwirtschaft hier in der Gegend.« Ich sage das, ohne nachzudenken.

»Wir hatten eine Farm in Minnesota. Haben Weizen angebaut. Ein paar Rinder gezüchtet. Und Holits versteht was von Pferden. Er weiß alles, was man über Pferde wissen kann.«

»Schon gut, Betty.«

So kriege ich ein Stückchen von dem Bild. Holits ist arbeits-
los. Das geht mich nichts an, und es tut mir Leid, falls es so
ist – es ist so, wie sich rausstellt –, aber als wir vor der Wohnung stehen, muss ich etwas sagen. »Falls Sie sich dafür entscheiden, heißt das: die Miete für den ersten Monat und die
für den letzten Monat, und hundertfünfzig Kaution.« Ich
sehe nach unten auf den Swimmingpool, als ich das sage.
Ein paar Leute sitzen auf Liegestühlen, und jemand ist im
Wasser.

Holits wischt sich mit dem Handrücken über das Gesicht.
Harleys Rasenmäher entfernt sich ratternd. Weiter weg
schießen Autos auf der Calle Verde vorbei. Die beiden Jungen sind ausgestiegen. Der eine steht in militärischer Hab-
Acht-Stellung, die Beine zusammen, die Arme seitwärts an-
gelegt. Aber während ich hinsehe, fängt er plötzlich an, die
Arme auf und ab zu schlagen und zu springen, als wollte er
abheben und fliegen. Der andere hockt auf der Fahrerseite
neben dem Kombi und macht Kniebeugen.

Ich wende mich Holits zu.

»Dann wollen wir mal sehen«, sagt er.

Ich drehe den Schlüssel, und die Tür geht auf. Es ist nur ein
kleines möbliertes Drei-Zimmer-Apartment. Jeder hat sie
ein Dutzend Mal gesehen. Holits bleibt lange genug im
Badezimmer, um die Toilettenspülung auszuprobieren. Er
beobachtet, wie sich der Wasserkasten füllt. Später sagt er:
»Das hier könnte unser Zimmer sein.« Er spricht von dem
Schlafzimmer, von dem aus man auf den Swimmingpool
sieht. In der Küche greift die Frau nach der Kante der Abtropffläche und sieht aus dem Fenster.

»Das ist der Swimmingpool«, sage ich.

Sie nickt. »Wir sind schon in Motels gewesen, die einen
Swimmingpool hatten. Aber in dem einen Pool hatten sie
zu viel Chlor im Wasser.«

Ich warte, dass sie weiterredet. Aber das ist alles, was sie sagt. Mir fällt auch nichts weiter ein.

»Ich glaube, wir sollten keine Zeit mehr verschwenden. Ich glaube, wir nehmen es.« Holits sieht sie an, als er das sagt. Diesmal sieht sie ihn an. Sie nickt. Er atmet durch die Zähne aus. Dann macht sie etwas: Sie fängt an, mit den Fingern zu schnipsen. Die eine Hand hält noch die Kante der Abtropffläche, aber mit der anderen fängt sie an, mit den Fingern zu schnipsen. Schnip, schnip, schnip, als riefe sie ihren Hund, oder als wollte sie jemanden auf sich aufmerksam machen. Dann hört sie damit auf und lässt die Fingernägel über die Arbeitsfläche gleiten.

Ich weiß nicht, was ich davon halten soll. Holits weiß es auch nicht. Er scharrt mit den Füßen.

»Dann gehen wir zurück zum Büro und machen's offiziell«, sage ich. »Freut mich.«

Und ich *freute* mich. Wir hatten für die Jahreszeit eine Menge leere Einheiten. Und diese Leute wirkten wie zuverlässige Leute. Leute, die eine Pechsträhne hatten, das ist alles. Nichts, was Schande über einen bringt.

Holits bezahlt in bar – die erste, die letzte und die hundertfünfzig Kaution. Er zählt Fünfzig-Dollar-Scheine ab, und ich sehe zu. U. S. Grants, nennt Harley sie, obwohl er nie viele davon gesehen hat. Ich schreibe die Quittung aus und gebe ihm zwei Schlüssel. »Jetzt haben Sie alles.«

Er sieht die Schlüssel an. Er gibt einen der Frau. »So, jetzt sind wir in Arizona. Hast du bestimmt nie gedacht, dass du Arizona sehen würdest, oder?«

Sie schüttelt den Kopf. Sie berührt eines der Blätter der Zimmerpflanze.

»Muss gegossen werden«, sage ich.

Sie lässt das Blatt los und dreht sich zum Fenster um. Ich gehe hin und stelle mich neben sie. Harley mäht immer noch. Aber er ist jetzt vorm Haus. Da ist vorhin von Landwirtschaft die Rede gewesen, und einen Moment lang stelle ich mir Harley vor, wie er hinter einem Pflug hergeht statt hinter seinem elektrischen Black and Decker-Rasenmäher.

Ich beobachte, wie sie ihre Kartons, Koffer und Kleider ausladen. Holits trägt was nach drinnen, wovon Riemen runterhängen. Es dauert einen Moment, aber dann komme ich dahinter, dass es ein Zaumzeug ist. Ich weiß nicht, was ich als Nächstes tun soll. Ich hab zu nichts Lust. Also nehm ich die Grants aus der Kasse. Ich hab sie da gerade reingetan, aber ich nehme sie wieder raus. Die Scheine kommen aus Minnesota. Wer weiß, wo sie nächste Woche um diese Zeit sein werden. Könnten in Las Vegas sein. Alles, was ich über Las Vegas weiß, ist das, was ich im Fernsehen gesehen hab – gerade so viel, wie in einen Fingerhut reingeht. Ich kann mir vorstellen, dass einer von den Grants seinen Weg raus zum Waikiki Beach findet oder auch irgendwo anders hin. Nach Miami oder nach New York City. New Orleans. Ich male mir aus, wie einer von den Scheinen während Mardi Gras von einer Hand in die andere wechselt. Sie könnten überall landen, und alles könnte ihretwegen passieren. Ich schreibe meinen Namen mit Tinte quer über Grants breite alte Stirn: MARGE. In Druckbuchstaben. Ich schreibe es auf jeden einzelnen Schein. Direkt über seine dicken Augenbrauen. Die Leute werden mitten beim Geldausgeben stocken und sich wundern. Wer ist diese Marge? Das werden sie sich fragen, ja: Wer ist diese Marge?
Harley kommt von draußen und wäscht sich die Hände in meinem Becken. Er weiß, dass ich es nicht mag, wenn er das tut. Aber er lässt sich nicht stören und macht es trotzdem.
»Diese Leute aus Minnesota«, sagt er, »die Schweden. Die sind ja ziemlich weit von zu Hause weg.« Er trocknet sich

die Hände mit einem Papiertuch ab. Er möchte, dass ich ihm erzähle, was ich weiß. Aber ich weiß nichts. Sie sehen nicht aus wie Schweden, und sie sprechen nicht wie Schweden.

»Das sind keine Schweden«, sage ich zu ihm. Aber er tut so, als hätte er mich nicht gehört.

»Was macht er denn?«

»Er ist Farmer.«

»Das ist ja 'n Ding.«

Harley nimmt den Hut ab und legt ihn auf meinen Friseurstuhl. Er fährt sich mit der Hand durchs Haar. Dann guckt er den Hut an und setzt ihn wieder auf. Man könnte denken, er klebte an dem Hut. »Für Farmer gibt's hier in der Gegend nichts. Hast du ihm das gesagt?« Er nimmt eine Dose Mineralwasser aus dem Kühlschrank und setzt sich in seinen verstellbaren Sessel. Er nimmt die Fernbedienung, drückt irgendwo drauf, und das Fernsehgerät geht zischelnd an. Er drückt auf weitere Knöpfe, bis er findet, was er gesucht hat. Es ist eine Ärzteserie. »Was macht der Schwede sonst? Außer dass er Farmer ist?«

Ich weiß es nicht, also sage ich nichts. Aber Harley ist schon von seiner Fernsehsendung gefesselt. Er hat wahrscheinlich vergessen, dass er mir die Frage gestellt hat. Eine Sirene geht los. Ich höre quietschende Reifen. Auf dem Bildschirm hat gerade ein Krankenwagen vor dem Eingang der Notaufnahme eines Krankenhauses gebremst, die roten Lichter blitzen noch. Ein Mann springt raus und läuft um den Wagen, um hinten die Tür zu öffnen.

Am nächsten Nachmittag borgen sich die Jungen den Schlauch und waschen den Kombi. Sie machen ihn sauber, außen und innen. Ein bisschen später merke ich, dass die Frau wegfährt. Sie hat Schuhe mit hohen Absätzen an und ein hübsches Kleid. Auf der Suche nach einem Job, würde ich sagen. Eine Weile später seh ich die Jungen in Badehosen am Pool rumspielen. Der eine springt vom Brett und schwimmt unter Wasser bis ans andere Ende. Als er an die Oberfläche kommt, prustet er und schüttelt den Kopf. Der andere, der, der tags zuvor die Kniebeugen gemacht hat, liegt auf dem Bauch auf einem Handtuch an der anderen Seite des Pools. Aber dieser schwimmt weiter hin und her, vom einen Ende des Pools zum andern, berührt die Beckenwand und macht kehrt, wobei er sich jedes Mal leicht abstößt.

Es sind noch zwei andere Leute draußen. Sie sitzen in Liegestühlen, jeder auf einer Seite des Pools. Der eine ist Irving Cobb; er arbeitet als Koch bei Denny's. Er nennt sich Spuds. Die Leute haben sich angewöhnt, ihn so zu nennen, Spuds, statt ihn mit Irv oder mit einem anderen Spitznamen anzureden. Spuds ist fünfundfünfzig und hat eine Glatze. Er sieht jetzt schon aus wie Dörrfleisch, will aber immer noch mehr Sonne. Im Moment ist seine neue Frau, Linda Cobb, bei der Arbeit im K Mart. Spuds arbeitet nachts. Aber er und Linda Cobb haben es sich so eingerichtet, dass sie die Samstage und Sonntage frei haben. Connie Nova sitzt in dem anderen Liegestuhl. Sie sitzt aufrecht da und reibt sich gerade Sonnenschutz auf die Beine. Sie ist fast nackt – dieser kleine zweiteilige Badeanzug ist das Einzige, was sie bedeckt. Connie Nova ist Barfrau. Sie ist hier vor sechs Monaten eingezogen, mit ihrem so genannten Verlobten, einem Anwalt, der Alkoholiker war. Aber sie hat ihn abgeschoben. Jetzt lebt sie mit einem langhaarigen Studenten vom College zusammen, der Rick heißt. Zufällig weiß ich, dass er zur Zeit weg ist und seine Familie besucht. Spuds und Connie tragen beide dunkle Brillen. Connies Kofferradio spielt.

Spuds war gerade Witwer geworden, als er hier einzog; das liegt jetzt ein Jahr oder so zurück. Aber nachdem er ein paar

Monate wieder Junggeselle gewesen war, hat er Linda geheiratet. Sie ist eine rothaarige Frau in den Dreißigern. Ich hab keine Ahnung, wie sie sich kennen gelernt haben. Aber eines Abends vor zwei oder drei Monaten haben Spuds und die neue Mrs. Cobb Harley und mich zu sich eingeladen, zu einem schönen Abendessen, das Spuds zubereitet hatte. Nach dem Essen saßen wir im Wohnzimmer und haben süße Cocktails aus hohen Gläsern getrunken. Spuds fragte, ob wir Filme sehen wollten, die er gemacht hat. Wir sagten, ja, gern. Also stellte Spuds seine Leinwand und seinen Projektor auf. Linda goss uns noch mehr von dem süßen Drink ein. Was kann schon dabei sein?, fragte ich mich. Spuds zeigte uns zuerst Filme von einer Reise, die er und seine verstorbene Frau nach Alaska gemacht hatten. Es begann damit, dass sie in Seattle das Flugzeug bestieg. Spuds sprach, während der Projektor lief. Die Verstorbene war Mitte fünfzig, sah gut aus, vielleicht ein bisschen übergewichtig. Sie hatte schönes Haar.

»Das ist Spuds' erste Frau«, sagte Linda Cobb. »Das ist die erste Mrs. Cobb.«

»Das ist Evelyn«, sagte Spuds.

Die erste Frau blieb lange Zeit auf der Leinwand. Es war komisch, sie so zu sehen und so über sie sprechen zu hören. Harley warf mir einen Blick zu, deshalb wusste ich, dass auch er das seltsam fand. Linda Cobb fragte, ob wir noch einen Drink wollten oder eine Makrone. Wir dankten. Spuds sagte wieder etwas über die erste Mrs. Cobb. Sie war immer noch am Eingang zu dem Flugzeug, lächelte und bewegte den Mund, auch wenn man nur das Geräusch hören konnte, das der Projektor machte. Die anderen Leute mussten um sie herumgehen, um ins Flugzeug zu kommen. Sie winkte noch immer in die Kamera, winkte uns zu, wie wir da in Spuds Wohnzimmer saßen. Sie winkte und winkte.

»Das ist wieder Evelyn«, sagte die neue Mrs. Cobb jedes Mal, wenn die erste Mrs. Cobb auf der Leinwand erschien.

Spuds hätte uns die ganze Nacht Filme gezeigt, aber wir sagten, wir müssten gehen. Harley gebrauchte irgendeine Ausrede.

Ich weiß nicht mehr, was er gesagt hat.

Connie Nova liegt ausgestreckt in ihrem Liegestuhl, die dunkle Brille verdeckt ihr halbes Gesicht. Ihre Beine und ihr Bauch glänzen von Öl. Eines Abends, nicht lange, nachdem sie eingezogen war, hat sie eine Party gegeben. Das war, ehe sie den Anwalt rauswarf und mit dem Langhaarigen anbändelte. Sie nannte ihre Party eine Einweihungsparty. Harley und ich waren eingeladen, zusammen mit einem Haufen anderer Leute. Wir sind hingegangen, aber wir legten keinen Wert darauf, die anderen kennen zu lernen. Wir fanden ein Plätzchen, wo wir nahe bei der Tür sitzen konnten, und dort haben wir gesessen, bis wir wieder gegangen sind. Es war auch nicht allzu lang. Connies Freund machte eine Lotterie. Der Preis bestand darin, dass er, kostenlos, seine juristische Hilfe für die Durchführung einer Scheidung anbot. Egal, wer sich scheiden lassen wollte. Jeder, der wollte, konnte ein Kärtchen aus einer Schale ziehen, die er herumreichte. Als die Schale bei uns ankam, fingen alle an zu lachen. Harley und ich wechselten Blicke. Ich hab kein Los gezogen. Harley zog auch keins. Aber ich sah, wie er in die Schale geguckt hat, auf den Stapel Karten. Dann schüttelte er den Kopf und reichte die Schale der Person, die ihm am nächsten saß. Sogar Spuds und die neue Mrs. Cobb zogen Karten. Bei der Gewinnkarte stand etwas auf der Rückseite. »Berechtigt den Inhaber zu einer kostenfreien unangefochtenen Scheidung«, und die Unterschrift des Anwalts und das Datum. Der Anwalt war ein Trinker, aber ich sage, das ist doch keine Art, dein Leben zu führen. Jeder außer uns hatte eine Karte aus der Schale genommen, als wäre es ein großer Spaß. Die Frau, die gewann, klatschte in die Hände. Es war wie bei einer dieser Gewinnspiel-Shows im Fernsehen. »Oh, verdammt, das ist das erste Mal, dass ich was gewinne!« Jemand erzählte mir, dass ihr Mann beim Militär sei. Ich werde nie erfahren, ob sie ihn noch hat, oder ob sie ihre Scheidung bekommen hat, denn Connie Nova hat sich einen anderen Freundeskreis zugelegt, nachdem sie und der Anwalt getrennte Wege gegangen waren.

Wir sind gleich nach der Verlosung weggegangen. Sie hinterließ einen solchen Eindruck, dass wir nicht viel sagen konnten, außer dass einer von uns gesagt hat: »Ich kann nicht glauben, dass ich das wirklich gesehen hab.«

Es kann sein, dass ich das gesagt habe.

Eine Woche darauf fragt Harley, ob der Schwede – er meint Holits – schon Arbeit gefunden hat. Wir haben gerade zu Mittag gegessen, und Harley sitzt in seinem Sessel, mit seiner Dose Mineralwasser. Aber er hat den Fernseher noch nicht angestellt. Ich sage, ich weiß nicht. Und ich weiß es nicht. Ich warte darauf, ob er sonst noch was zu sagen hat. Aber er sagt nichts weiter. Er schüttelt den Kopf. Er scheint über etwas nachzudenken. Dann drückt er auf einen Knopf, und es kommt Leben in den Fernseher.

Sie findet Arbeit. Sie fängt als Kellnerin an, in einem italienischen Restaurant, nur wenige Straßen von hier. Sie arbeitet in einer Zwei-Phasen-Schicht, serviert mittags, kommt dann nach Hause, und geht rechtzeitig zur Abendschicht wieder hin. Kaum, dass sie kommt, muss sie auch schon wieder gehen. Die Jungen schwimmen den ganzen Tag, während Holits drinnen in der Wohnung bleibt. Ich weiß nicht, was er da macht. Einmal hab ich ihr die Haare gemacht, und da hat sie mir ein paar Sachen erzählt. Sie hat mir erzählt, dass sie schon gekellnert hat, als sie gerade von der High School kam, und dabei hat sie Holits kennen gelernt. Sie hat ihm Pfannkuchen serviert, damals, in einem Restaurant in Minnesota.

Sie war an dem Morgen vorbeigekommen und hatte mich gefragt, ob ich ihr einen Gefallen tun könne. Sie wollte gern, dass ich ihr nach ihrer Mittagsschicht die Haare machte, und zwar so, dass sie rechtzeitig zu ihrer Abendschicht fertig wäre. Ob ich das einrichten könne. Ich sagte ihr, ich würde im Buch nachsehen. Ich bat sie, doch reinzukommen. Es waren bestimmt schon wieder vierzig Grad.

»Ich weiß, es ist sehr kurzfristig«, sagte sie. »Aber als ich gestern Abend von der Arbeit nach Hause gekommen bin, hab ich in den Spiegel geguckt und gesehen, dass die Haaransätze zum Vorschein kommen. Ich hab mir gesagt: ›Ich muss zum Friseur.‹ Und ich weiß nicht, wo ich sonst hingehen soll.«

Ich schlage Freitag, den 14. August, auf. Da steht nichts auf der Seite.

»Ich könnte Sie um zwei Uhr dreißig reinnehmen, oder aber um drei Uhr«, sage ich.

»Drei wär besser«, sagt sie. »Jetzt muss ich loslaufen, damit ich nicht zu spät komme. Der Mann, bei dem ich arbeite, ist ein gemeiner Hund. Bis später.«

Um halb drei sag ich Harley, dass ich eine Kundin hab und dass er sein Baseballspiel mit ins Schlafzimmer nehmen soll. Er grummelt, aber er wickelt die Schnur auf und rollt das Fernsehgerät nach hinten. Er macht die Tür zu. Ich vergewissere mich, dass alles, was ich brauche, bereitliegt. Ich lege die Zeitschriften ordentlich hin, damit man leicht rankommt. Dann setze ich mich neben die Trockenhaube und feile mir die Fingernägel. Ich hab den rosa Kittel an, den ich immer anziehe, wenn ich einer Kundin die Haare mache. Ich feile weiter meine Nägel und sehe ab und zu zum Fenster rüber.

Sie geht draußen am Fenster vorbei, und dann drückt sie auf die Türklingel. »Kommen Sie rein«, rufe ich. »Ist nicht zugeschlossen.«

Sie hat die schwarz-weiße Kleidung an, die sie bei der Arbeit trägt. Ich sehe, dass wir beide Berufskleidung tragen. »Setzen Sie sich, Herzchen, wir fangen sofort an.« Sie wirft einen Blick auf die Nagelfeile. »Ich mach auch Maniküre«, sage ich.

Sie setzt sich auf den Stuhl und holt tief Atem.

Ich sage: »Legen Sie den Kopf zurück. Ja, so. Warum machen Sie nicht einfach die Augen zu? Ruhen Sie sich nur aus. Zuerst shampooniere ich Sie und färbe die Haaransätze hier nach. Und dann machen wir weiter. Wie lange haben Sie Zeit?«

»Ich muss um halb sechs wieder da sein.«

»Bis dahin haben wir Sie schön gemacht.«

»Ich kann zwischendurch bei der Arbeit essen. Aber ich weiß nicht, wie Holits und die Jungen zu ihrem Abendessen kommen sollen.«

»Die kommen bestimmt auch ohne Sie zurecht.«

Ich drehe das warme Wasser an, und da sehe ich, dass Harley mir Erde und Gras im Becken zurückgelassen hat. Ich wische seinen Dreck weg und fange neu an.

Ich sage: »Wenn sie wollen, können sie einfach die Straße runtergehen zu dem Kiosk, wo es die Hamburger gibt. Es würde ihnen nicht schaden.«

»Das würden sie nie tun. Außerdem möchte ich nicht, dass sie da hingehen müssen.«

Es geht mich nichts an, also sag ich nichts weiter. Ich schlage das Shampoo schaumig und beginne mit der Arbeit. Nachdem ich ihr die Haare shampooniert, gespült und gelegt hab, setze ich sie unter die Trockenhaube. Sie hat die Augen geschlossen. Ich denke, sie könnte eingeschlafen sein. Also nehme ich ihre eine Hand und fange an.

»Keine Maniküre.« Sie schlägt die Augen auf und zieht die Hand weg.

»Schon gut, Herzchen. Die erste Maniküre ist immer kostenlos.«

Sie überlässt mir die Hand und nimmt eine der Zeitschriften und legt sie sich auf den Schoß. »Es sind seine Jungen«, sagt sie. »Aus seiner ersten Ehe. Er war geschieden, als wir uns kennen gelernt haben. Aber ich liebe sie, als wären sie meine eigenen. Ich könnte sie gar nicht noch mehr lieben, selbst wenn ich mir alle Mühe gäbe. Auch nicht, wenn ich ihre leibliche Mutter wäre.«

Ich stelle die Trockenhaube eine Stufe runter, so dass sie ein leises, summendes Geräusch macht. Ich arbeite weiter an ihren Fingernägeln. Ihre Hand entspannt sich langsam.

»Sie hat sie im Stich gelassen, Holits und die Jungen, am Neujahrstag, vor zehn Jahren. Sie haben nie wieder von ihr gehört.« Ich merke, sie möchte mir mehr davon erzählen. Und mir soll's recht sein. Sie reden gern, wenn sie auf dem Friseurstuhl sitzen. Ich mache weiter mit der Nagelfeile.

»Holits hat die Scheidung bekommen. Dann haben er und ich angefangen, zusammen auszugehen. Dann haben wir geheiratet. Lange Zeit hatten wir unser normales Leben. Es gab Höhen und Tiefen. Aber wir dachten, dass wir auf etwas hinarbeiteten.« Sie schüttelt den Kopf. »Aber irgendwas ist passiert. Ich meine, irgendwas ist mit Holits passiert. Das eine war, dass er anfing, sich für Pferde zu interessieren. Für ein ganz bestimmtes Rennpferd. Er hat es gekauft, verstehen Sie – per Anzahlung und jeden Monat eine Rate. Er ist damit überall zu den Rennbahnen gefahren. Er war immer noch vor Tagesanbruch auf, wie sonst auch, hat immer noch seine Arbeit gemacht und so. Ich dachte, alles wäre in Ordnung. Aber ich hab keine Ahnung. Wenn Sie die Wahrheit wissen wollen, ich bin nicht besonders gut im Bedienen. Ich glaube, diese Itaker würden mich im Handumdrehen rausschmeißen, wenn ich ihnen den kleinsten Grund geben würde. Oder auch ohne Grund. Und was passiert, wenn ich rausgeschmissen werde? Was dann?«

Ich sage: »Machen Sie sich keine Sorgen, Herzchen. Sie werden Sie nicht rausschmeißen.«

Ziemlich bald nimmt sie eine andere Zeitschrift. Aber sie schlägt sie nicht auf. Sie hält sie nur in der Hand und spricht weiter. »Jedenfalls hatte er jetzt dieses Pferd. Die schnelle Betty. Das mit Betty war ein Scherz. Aber er sagt, das Pferd kann gar nicht anders als siegen, wenn er es nach mir nennt. Ein großer Sieger, na ja. Tatsache ist, wo immer es lief, hat es verloren. Jedes Rennen. Betty Nutzlos, so hätte sie heißen sollen. Am Anfang bin ich zu ein paar Rennen mitgegangen. Aber das Pferd ging immer neunundneunzig zu eins an den Start. Chancen dieser Art. Aber, wenn man Holits etwas nachsagen kann, dann, dass er hartnäckig ist. Er wollte nicht aufgeben. Er setzte auf das Pferd und setzte wieder auf das Pferd. Zwanzig Dollar auf Sieg. Fünfzig Dollar auf Sieg. Dazu dann all die anderen Dinge, die es kostet, ein Pferd zu halten. Ich weiß, das klingt nicht nach großem Geld. Aber es summiert sich. Und wenn die Chancen so waren – neunundneunzig zu eins, verstehen Sie? –, kaufte er manchmal ein Kombinationsticket. Dann fragte er mich, ob mir klar wäre, wie viel Geld wir machen würden, falls das Pferd gewann. Aber es gewann nicht, und schließlich bin ich nicht mehr mitgegangen.«

Ich mache weiter mit dem, was ich tue. Ich konzentriere mich auf ihre Fingernägel. »Sie haben hübsche Häutchen«, sag ich. »Gucken Sie mal, hier, die Nagelhäutchen. Sehen Sie die kleinen Halbmonde da? Die bedeuten, dass Sie gutes Blut haben.«

Sie hebt die Hand hoch und guckt sie an. »Das ist ja 'n Ding.« Sie zuckt mit den Schultern. Sie lässt mich die Hand wieder nehmen. Sie hat immer noch was zu erzählen. »Einmal, als ich auf der High School war, hat mich eine Studienberaterin aufgefordert, in ihr Büro zu kommen. Sie machte das mit allen Mädchen, eine nach der anderen. ›Was für Träume hast du, wenn du an die Zukunft denkst?‹ fragte mich die Frau. ›Was siehst du dich tun, in zehn Jahren? In zwanzig Jahren?‹ Ich war sechzehn oder siebzehn, damals. Ich war noch ein Kind. Mir fiel nichts ein, was ich antworten sollte. Ich saß nur da, wie ein Holzklotz. Die Beraterin war ungefähr so alt, wie ich jetzt bin. Ich fand sie *alt*. Sie ist alt, sagte ich mir. Ich wusste, *ihr* Leben war halb vorbei. Und ich hatte das Gefühl, dass ich was wusste, was sie nicht wusste. Etwas, was sie niemals wissen würde. Ein Geheimnis. Etwas, was niemand wissen durfte, worüber nie jemand sprechen sollte. Also blieb ich still. Ich schüttelte nur den Kopf. Sie muss mich als Trottel abgeschrieben haben. Aber ich konnte nichts sagen. Verstehen Sie, was ich mein? Ich dachte, ich wüsste Dinge, die sie nicht ahnen konnte. Heute, wenn jemand mir diese Frage noch einmal stellen würde, nach meinen Träumen und alldem, dann würde ich es den Leuten sagen.«

»Was würden Sie den Leuten sagen, Herzchen?« Ich hab jetzt ihre andere Hand. Aber ich mach ihr nicht die Nägel. Ich halte sie nur und warte darauf, zu hören.

Sie beugt sich vor auf dem Stuhl. Sie versucht, die Hand zurückzuziehen.

»Was würden Sie den Leuten erzählen?«

Sie seufzt und lehnt sich zurück. Sie lässt mich die Hand

halten. »Ich würde sagen: ›Träume, wissen Sie, sind das, woraus man erwacht.‹ Das würde ich sagen.« Sie streicht das Kleid über ihrem Schoß glatt. »Wenn jemand mich fragen würde – *das* würde ich sagen. Aber man wird mich nicht fragen.« Sie atmet wieder lang aus. »Also, wie lange noch?« sagt sie.

»Nicht lange«, sage ich.

»Sie wissen nicht, wie es ist.«

»Doch, ich weiß es«, sage ich. Ich ziehe den Hocker dicht an ihre Beine heran. Ich fange an, ihr zu erzählen, wie es war, ehe wir hierher gezogen sind, und dass es immer noch so ist. Aber ausgerechnet in dem Moment kommt Harley aus dem Schlafzimmer. Er geht an den Ausguss und lässt sich ein Glas Wasser einlaufen. Er legt den Kopf zurück und trinkt. Sein Adamsapfel bewegt sich in seinem Hals auf und ab.

Ich schiebe die Trockenhaube weg und berühre das Haar auf beiden Seiten ihres Kopfes. Ich hebe eine der Locken ein klein bisschen an.

Ich sage: »Sie sehen funkelnagelneu aus, Herzchen.«

»Schön wär's.«

Die Jungen schwimmen weiterhin den ganzen Tag, jeden Tag, bis ihre Schule anfängt. Betty geht weiter zu ihrer Arbeit. Aber aus irgendeinem Grund kommt sie nicht wieder, um sich die Haare machen zu lassen. Ich weiß nicht, warum sie nicht kommt. Vielleicht findet sie, ich hätte meine Arbeit nicht gut gemacht. Manchmal liege ich wach, Harley schläft wie ein Stein neben mir, und ich versuche, mich in Bettys Lage zu versetzen. Ich überlege, was ich dann tun würde.

Holits schickt am ersten September einen seiner Söhne mit der Miete, und am ersten Oktober auch. Er bezahlt immer noch in bar. Ich lass mir das Geld von dem Jungen geben, zähle die Scheine vor seinen Augen, und dann schreib ich die Quittung aus. Holits hat irgendwo eine Art Arbeit gefunden. Denke ich mir jedenfalls. Er fährt jeden Tag mit dem Kombi weg. Ich seh ihn früh am Morgen aufbrechen und spät am Nachmittag zurückkommen. Sie geht um halb elf am Fenster vorbei und kommt um drei zurück. Wenn sie mich sieht, winkt sie mir kurz zu. Aber sie lächelt nicht. Dann seh ich Betty noch einmal um fünf, wenn sie wieder zu ihrem Restaurant geht. Ein bisschen später kommt Holits zurück. So geht es weiter, bis Mitte Oktober.

Inzwischen haben sich die Holits mit Connie Nova und ihrem langhaarigen Freund Rick angefreundet. Und sie treffen sich auch mit Spuds und der neuen Mrs. Cobb. Manchmal, am Sonntagnachmittag, sehe ich sie alle am Swimmingpool sitzen; dann haben sie Drinks in der Hand, Connies Kofferradio ist an, und sie hören zu. Einmal sagte Harley, er hätte sie alle hinter dem Gebäude gesehen, auf dem Barbecue-Platz. Auch da hatten sie ihr Badezeug an. Harley sagte, der Schwede habe eine Brust wie ein Bulle. Harley sagte, sie hätten Hot Dogs gegessen und Whiskey getrunken. Er sagte, sie seien betrunken gewesen.

Es war Samstag, und es war nach elf Uhr abends. Harley schlief in seinem Sessel. Ziemlich bald würde ich aufstehen und den Fernseher abschalten müssen. Wenn ich das tat, wachte er auf, das kannte ich schon. »Warum machst du aus? Ich hab mir die Show angesehen.« Das würde er sagen. Das hat er immer gesagt. Jedenfalls, der Fernseher lief, ich hatte Lockenwickler im Haar, und auf dem Schoß hatte ich eine Zeitschrift. Hin und wieder sah ich auf. Aber ich konnte mich nicht auf die Show konzentrieren. Sie waren alle draußen beim Swimmingpool – Spuds und Linda Cobb, Connie Nova und der Langhaarige, Holits und Betty. Wir haben eine Regel, dass nach zehn niemand mehr draußen am Pool sein soll. Aber an diesem Abend scherten sie sich nicht um Regeln. Wenn Harley aufwachte, würde er rausgehen und etwas sagen. Ich fand es in Ordnung, wenn sie ihren Spaß hatten, aber jetzt war es an der Zeit, Schluss zu machen. Ich stand alle Augenblicke auf und ging rüber ans Fenster. Alle außer Betty hatten Badezeug an. Sie war immer noch in ihrer Kellnerinnenkleidung. Aber sie hatte die Schuhe ausgezogen, hatte ein Glas in der Hand, und sie trank zusammen mit den anderen. Ich schob den Moment, in dem ich den Fernseher ausmachen musste, hinaus. Dann rief einer von ihnen etwas, und ein anderer fiel ein und fing an zu lachen. Ich guckte hinaus und sah, wie Holits sein Glas austrank. Er stellte das Glas auf die hölzerne Umrandung des Pools. Dann ging er rüber zum Badehäuschen. Er zog einen von den Tischen heran und kletterte darauf. Dann stemmte er sich – er machte das, wie es schien, ohne die geringste Mühe – aufs Dach des Badehäuschens. Es stimmt, dachte ich, er ist stark. Der Langhaarige klatscht in die Hände, als ob er das ganz toll fände. Auch die anderen treiben Holits mit Gejohle an. Ich weiß, gleich muss ich rausgehen und dem Treiben ein Ende machen.

Harley liegt zusammengesunken in seinem Sessel. Der Fernseher läuft noch. Ich mache leise die Tür auf, geh raus und drücke die Tür hinter mir zu. Holits ist oben auf dem Dach des Badehäuschens. Sie stacheln ihn an. Sie sagen: »Los, du schaffst es.« – »Bloß keinen Bauchklatscher.« – »Los, mach schon.« Solche Sachen.

Dann hör ich Bettys Stimme. »Holits, überleg dir, was du tust.« Aber Holits steht nur da, am Rand des Dachs. Er guckt nach unten, auf das Wasser. So wie es aussieht, berechnet er, wie viel Anlauf er nehmen muss, um es bis in den Pool zu schaffen. Er geht zurück bis an den hinteren

Rand. Er spuckt in die Handfläche, reibt sich die Hände. Spuds ruft laut: »So ist's richtig, Junge! Du kannst das!«

Ich sehe, wie er auf den Brettern aufschlägt. Ich höre es auch.

»Holits!« schreit Betty.

Sie alle stürzen zu ihm hin. Als ich hinkomme, sitzt er aufrecht. Rick hält ihn bei den Schultern und brüllt ihm ins Gesicht. »Holits! He, Mann!«

Holits hat eine klaffende Platzwunde an der Stirn, und seine Augen sind glasig. Spuds und Rick helfen ihm auf einen Stuhl. Jemand gibt ihm ein Handtuch. Aber Holits hält das Handtuch so, als ob er nicht weiß, was er damit machen soll. Jemand anders reicht ihm einen Drink. Aber Holits weiß auch nicht, was er mit dem Drink machen soll. Alle reden auf ihn ein. Holits hebt das Handtuch ans Gesicht. Dann nimmt er es weg und starrt auf das Blut. Aber er starrt nur darauf. Anscheinend begreift er überhaupt nichts.

»Lasst mich mal sehen.« Ich gehe um ihn rum und stehe vor ihm. Es ist schlimm. »Holits, sind Sie okay?« Aber Holits sieht mich nur an, und dann treiben seine Augen weg. »Ich glaube, das Beste ist, man bringt ihn zur Notaufnahme.«

Betty sieht mich an, als ich das sage, und fängt an, den Kopf zu schütteln. Sie sieht wieder Holits an. Sie gibt ihm ein anderes Handtuch. Ich glaube, sie ist nüchtern. Aber die anderen sind allesamt betrunken. Betrunken ist noch das mildeste, was man von ihnen sagen kann.

Spuds greift auf, was ich gesagt habe. »Kommt, bringen wir ihn ins Krankenhaus.«

Rick sagt: »Ich fahr auch mit.«

»Wir fahren alle«, sagt Connie Nova.

»Wir bleiben besser zusammen«, sagt Linda Cobb.

»Holits.« Ich sage seinen Namen wieder.

»Ich krieg's nicht hin«, sagt Holits.

»Was sagt er da?« fragt mich Connie Nova.

»Er sagt, er kriegt's nicht hin«, sag ich zu ihr.

»Was kriegt er nicht hin? Wovon redet er?« will Rick wissen.

»Wie bitte?« sagt Spuds. »Ich hab nicht verstanden.«

»Er sagt, er kriegt's nicht hin. Ich glaub nicht, dass er weiß, wovon er spricht. Sie bringen ihn am besten ins Krankenhaus«, sag ich. Dann fallen mir Harley und die Regeln ein. »Sie hätten nicht hier draußen sein dürfen. Das gilt für Sie alle. Wir haben Regeln. Jetzt machen Sie und bringen ihn ins Krankenhaus.«

»Kommt, wir bringen ihn ins Krankenhaus«, sagt Spuds, als wäre ihm gerade der Gedanke gekommen. Es könnte sein, dass er betrunkener ist als alle anderen. Zum einen, weil er nicht still stehen kann. Er schwankt. Und er hebt dauernd die Füße und setzt sie wieder auf den Boden. Die Haare auf seiner Brust sind weiß wie Schnee unter den hohen Laternen am Pool.

»Ich hol den Wagen.« Das sagt der Langhaarige. »Connie, gib mir die Schlüssel.«

»Ich krieg's nicht hin«, sagt Holits. Das Handtuch ist runtergerutscht, ans Kinn. Aber die Platzwunde ist an seiner Stirn.

»Zieht ihm den Frotteebademantel an. So kann er nicht ins Krankenhaus.« Linda Cobb sagt das. »Holits! Holits, wir sind's.« Sie wartet, und dann nimmt sie Holits das Glas Whiskey aus der Hand und trinkt daraus.

Ich sehe Leute an einigen Fenstern, die auf das Durcheinander runtergucken. Lichter gehen an. »Geht zu Bett!« brüllt jemand.

Schließlich kommt der Langhaarige mit Connies Datsun vom Parkplatz hinter dem Gebäude und fährt ihn dicht an den Pool heran. Die Scheinwerfer sind an. Er lässt den Motor laut aufheulen.

»Herrgott, geht zu Bett!« brüllt dieselbe Person. Noch mehr Leute kommen an ihre Fenster. Ich erwarte, dass Harley jeden Moment rauskommt, mit seinem Hut auf dem Kopf, wütend. Dann denke ich: Nein, er wird weiterschlafen und nichts mitkriegen. Harley kannst du vergessen.

Spuds und Connie Nova nehmen Holits in die Mitte. Holits kann nicht richtig gehen. Er ist wacklig auf den Beinen. Teilweise sicher, weil er betrunken ist. Aber es besteht kein Zweifel, dass er sich verletzt hat. Sie verfrachten ihn in das Auto, und alle anderen zwängen sich auch rein. Betty ist die Letzte. Sie muss bei jemandem auf dem Schoß sitzen. Dann fahren sie los. Der, der gebrüllt hat, schlägt das Fenster zu.

Die ganze nächste Woche verlässt Holits nicht das Grundstück. Und ich sage mir, Betty muss ihre Stellung gekündigt haben, denn ich seh sie nicht mehr am Fenster vorbeikommen. Als ich die Jungen vorbeilaufen sehe, geh ich nach draußen und frage sie rundheraus: »Wie geht's eurem Dad?«

»Er hat sich am Kopf verletzt«, sagt der eine von ihnen.

Ich warte, in der Hoffnung, dass sie noch mehr sagen. Aber sie tun es nicht. Sie zucken mit den Schultern und gehen zur Schule, mit ihren Schulbrotbeuteln und ihren Mappen. Hinterher hab ich bedauert, dass ich sie nicht nach ihrer Stiefmutter gefragt hatte.

Als ich Holits draußen sehe, wie er mit einem Verband auf seinem Balkon steht, nickt er nicht einmal. Er verhält sich so, als wär ich eine Fremde. Es ist so, als ob er mich nicht kennt oder nicht kennen will. Harley sagt, dass er sich ihm gegenüber genauso verhält. Harley mag das nicht. »Was ist los mit ihm?« möchte er wissen. »Der verdammte Schwede. Was ist mit seinem Kopf passiert? Hat ihn jemand verprügelt, oder was?« Ich erzähl Harley nichts, als er das sagt. Ich will nicht weiter drüber reden.

Dann, am nächsten Sonntagnachmittag, sehe ich einen der Jungen einen Karton nach draußen tragen und in den Kombi stellen. Er geht wieder die Treppe rauf. Aber bald darauf kommt er mit einem weiteren Karton herunter und stellt ihn ebenfalls rein. Da weiß ich, dass sie ausziehen werden. Aber ich sage Harley nichts davon. Er wird alles früh genug erfahren.

Am nächsten Morgen schickt Betty einen der Jungen rüber. Er hat einen Zettel, auf dem steht, dass es ihr Leid tut, aber sie müssen umziehen. Sie gibt mir die Adresse ihrer Schwester in Indio, dahin können wir, schreibt sie, die Kaution schicken. Sie weist darauf hin, dass sie acht Tage vor Monatsende ausziehen. Sie hofft, dass es noch eine kleine Rückzahlung gibt, auch wenn sie die dreißig Tage Kündigungsfrist nicht eingehalten haben. Sie schreibt: »Dank für alles. Dank dafür, dass Sie mir damals die Haare gemacht haben.« Sie hat den Zettel unterschrieben: »Mit freundlichen Grüßen, Betty Holits.«

»Wie heißt du?« frag ich den Jungen.

»Billy.«

»Billy, sag ihr, ich hätte gesagt, es tut mir sehr Leid.«

Harley liest, was sie geschrieben hat, und er sagt, eher gibt es einen kalten Tag in der Hölle, als dass sie irgendwelches Geld von Fulton Terrace zurückkriegen. Er sagt, er kann diese Leute nicht verstehen. »Leute, die durchs Leben segeln und so tun, als schuldete die Welt ihnen den Lebensunterhalt.« Er fragt mich, wohin sie gehen. Aber ich hab keine Ahnung, wohin sie gehen. Vielleicht wollen sie zurück nach Minnesota. Wie soll ich wissen, wohin sie gehen? Aber ich glaub nicht, dass sie nach Minnesota zurückwollen. Ich glaube, dass sie irgendwo anders hingehen und ihr Glück versuchen.

Connie Nova und Spuds haben ihre Liegestühle an den gewohnten Plätzen, zu beiden Seiten des Pools, aufgestellt. Von Zeit zu Zeit blicken sie rüber, zu den Jungen von Holits, die Sachen zum Kombi tragen. Dann kommt Holits selbst mit allerlei Kleidung über dem Arm. Connie Nova und Spuds rufen und winken. Holits sieht sie an, als ob er sie nicht kennt. Doch dann hebt er die freie Hand. Er hebt sie nur, das ist alles. Sie winken. Dann winkt Holits. Er winkt immer weiter, auch nachdem sie aufgehört haben. Betty kommt runter und fasst ihn am Arm. Sie winkt nicht. Sie will diese Leute nicht einmal ansehen. Sie sagt was zu Holits, und er geht weiter zum Auto. Connie Nova legt sich in ihrem Sessel zurück und streckt den Arm aus, um ihr Kofferradio anzustellen. Spuds hält seine Sonnenbrille in der Hand und beobachtet Holits und Betty eine Zeit lang. Dann hakt er die Brille wieder hinter den Ohren fest. Er macht es sich auf dem Liegestuhl bequem und lässt seine ledrige alte Haut wieder von der Sonne bräunen.

Schließlich haben die Holits' alles eingeladen und sind fertig zum Aufbruch. Die Jungen sitzen hinten, Holits am Steuer, Betty auf dem Sitz gleich neben ihm. Es ist genauso, wie es war, als sie hier reingefahren sind.

»Wo guckst du hin?« sagt Harley.

Er macht eine Pause. Er liegt in seinem Sessel und sieht fern. Aber er steht auf und kommt rüber ans Fenster.

»Tja, da fahren sie nun. Sie wissen bestimmt nicht, wohin sie fahren oder was sie tun sollen. Verrückter Schwede.«

Ich seh ihnen nach, wie sie aus der Parklücke fahren und in die Straße einbiegen, die sie zum Freeway bringt. Dann seh ich wieder Harley an. Er macht es sich auf seinem Sessel bequem. Er hat seine Dose Mineralwasser in der Hand, und er hat seinen Strohhut auf dem Kopf. Er verhält sich so, als ob nichts passiert wär oder je passieren könnte.

»Harley?«

Aber natürlich hört er mich nicht. Ich geh rüber und stelle mich vor seinen Sessel. Er ist überrascht. Er weiß nicht, was er davon halten soll. Er lehnt sich zurück, sitzt nur da und sieht mich an.

Das Telefon fängt an zu klingeln.

»Gehst du ran, ja?« sagt er.

Ich antworte ihm nicht. Warum sollte ich.

»Dann lass es klingeln«, sagt er.

Ich hole den Mop, ein paar Lappen, Reinigungsschwämme und einen Eimer. Das Telefon hört auf zu klingeln. Er sitzt weiter in seinem Sessel. Aber er hat den Fernsehapparat ausgestellt. Ich nehme den Hauptschlüssel, geh raus und die Treppe zu Nr. 17 rauf. Ich schließe auf und geh durchs Wohnzimmer in ihre Küche – in die Küche, die ihre Küche war.

Die Arbeitsflächen sind gewischt, die Spüle und die Küchenschränke sind sauber. Gar nicht so schlimm. Ich leg die Reinigungssachen auf den Herd und gehe, einen Blick ins Badezimmer zu werfen. Nichts zu sehen, was man nicht mit ein bisschen Stahlwolle sauber kriegt. Dann öffne ich die Tür zu dem Schlafzimmer, von dem man auf den Swimmingpool guckt. Die Jalousien sind hochgezogen, das Bett abgezogen. Der Fußboden glänzt. »Danke«, sage ich laut. Wohin sie auch geht, ich wünsche ihr Glück. »Viel Glück, Betty.« Eine der Schreibtischschubladen ist offen, und ich will sie zumachen. Hinten in der Schublade seh ich das Zaumzeug, das er reingetragen hat, als sie damals angekommen sind. Sie müssen es in der Eile übersehen haben. Aber vielleicht auch nicht. Vielleicht hat der Mann es absichtlich dagelassen.

»Zaumzeug«, sage ich. Ich halte es hoch, ans Fenster, und seh es mir an im Licht. Es ist nicht besonders schön, nur ein altes dunkles Lederzaumzeug. Ich versteh nicht viel davon.

Aber ich weiß, dass der eine Teil davon ins Maul gehört. Der Teil wird Gebiss genannt. Er ist aus Stahl. Die Zügel gehen über den Kopf und rauf, dorthin, wo sie, über dem Hals, zwischen den Fingern gehalten werden. Der Reiter zieht die Zügel in die eine Richtung oder in die andere, und das Pferd dreht ab. Es ist einfach. Das Gebiss ist schwer und kalt. Wenn du das Ding selbst zwischen den Zähnen tragen müsstest, ich nehm an, du würdest in Windeseile kapieren. Wenn du den Zug darin spürtest, dann würdest du wissen, es ist an der Zeit. Du würdest wissen, dass du unterwegs bist, irgendwohin.

Kathedrale

Dieser blinde Mann, ein alter Freund meiner Frau, war auf dem Weg, um die Nacht bei uns zu verbringen. Seine Frau war gestorben. Und so besuchte er die Verwandten der verstorbenen Ehefrau in Connecticut. Er rief meine Frau von seinen Schwiegereltern aus an. Verabredungen wurden getroffen. Er würde mit der Bahn kommen, eine Fünf-Stunden-Fahrt, und meine Frau würde ihn vom Bahnhof abholen. Sie hatte ihn nicht mehr gesehen, seit sie vor zehn Jahren einen Sommer lang in Seattle für ihn gearbeitet hatte. Aber sie und der blinde Mann waren in Verbindung geblieben. Sie besprachen Bänder und schickten die Kassetten hin und her. Ich war nicht begeistert von der Aussicht auf seinen Besuch. Ich kannte ihn nicht. Und dass er blind war, störte mich. Meine Vorstellungen von Blindheit stammten aus Filmen. In Filmen bewegten sich die Blinden langsam und lachten nie. Manchmal wurden sie von Blindenhunden geführt. Ein Blinder in meinem Haus, das war nichts, worauf ich mich freute.

In dem Sommer in Seattle hatte sie einen Job gebraucht. Sie hatte kein Geld. Der Mann, den sie am Ende des Sommers heiraten wollte, war in der Offiziersausbildung. Er hatte auch kein Geld. Aber sie war verliebt in den Mann, und er war verliebt in sie usw. Sie hatte eine Suchanzeige in der Zeitung gesehen: *Wer liest einem Blinden vor?*, und eine Telefonnummer. Sie rief an und fuhr hin und wurde auf der Stelle angeheuert. Sie arbeitete den ganzen Sommer lang bei dem blinden Mann. Sie las ihm alles Mögliche vor, Fallstudien, Gutachten – solche Sachen. Sie half ihm, sein kleines Büro im Bezirkssozialamt in Ordnung zu bringen. Sie waren gute Freunde geworden, meine Frau und der blinde Mann. Woher ich das alles weiß? Sie hat es mir erzählt. Und sie hat mir noch etwas erzählt. An ihrem letzten Tag in seinem Büro fragte sie der Blinde, ob er ihr Gesicht berühren dürfte. Sie willigte ein. Sie erzählte mir, dass er mit seinen Fingern jede Stelle in ihrem Gesicht berührte, ihre Nase – sogar ihren Hals! Sie hatte es nie vergessen. Sie versuchte sogar, ein Gedicht darüber zu schreiben. Sie versuchte dauernd, irgendein Gedicht zu schreiben. Sie schrieb ein oder zwei Gedichte jedes Jahr, meist nachdem ihr etwas wirklich Wichtiges passiert war.

Als wir anfingen, zusammen auszugehen, zeigte sie mir das Gedicht. In dem Gedicht erinnerte sie sich an seine Finger und wie sie über ihr Gesicht gewandert waren. In dem Gedicht sprach sie davon, was sie damals empfunden hatte, was ihr durch den Kopf gegangen war, als der blinde Mann ihre Nase und ihre Lippen berührte. Ich kann mich erinnern, dass ich von dem Gedicht nicht viel hielt. Natürlich hab ich ihr das nicht gesagt. Vielleicht verstehe ich nur nichts von Lyrik. Ich gebe zu, Gedichte sind nicht das Erste, wonach ich greife, wenn ich mir was zum Lesen nehme.

Jedenfalls, der Mann, dem sie zuerst ihre Gunst gewährte, der angehende Offizier, war ihre Jugendliebe gewesen. Also gut. Ich wollte sagen: Am Ende des Sommers erlaubte sie dem blinden Mann, ihr mit den Händen über das Gesicht zu streichen, sagte ihm auf Wiedersehen und heiratete ihre Jugendundsoweiter, den Mann, der inzwischen sein Offizierspatent hatte. Und sie zog aus Seattle weg. Aber sie blieben in Verbindung, sie und der Blinde. Sie war es, die nach einem Jahr oder so den Kontakt wieder herstellte. Sie rief ihn eines Abends an, von einem Air Force-Stützpunkt aus, in Alabama. Sie wollte sprechen. Sie sprachen. Er bat sie, ihm eine Kassette zu schicken und ihm von ihrem Leben zu erzählen. Das tat sie dann auch. Sie schickte ihm die Kassette. Auf dem Band erzählte sie dem Blinden von ihrem Mann und von ihrem gemeinsamen Leben beim Militär. Sie erzählte dem Blinden, dass sie ihren Mann liebte, dass es ihr aber nicht gefiel, wo sie lebten, und es gefiel ihr auch nicht, dass er zu dem militärisch-industriellen Komplex gehörte. Sie erzählte dem blinden Mann, sie habe ein Gedicht geschrieben und er komme darin vor. Sie erzählte ihm, dass sie gerade ein Gedicht darüber schreibe, wie es sei, die Frau eines Air Force-Offiziers zu sein. Das Gedicht sei noch nicht fertig. Sie schreibe noch daran. Der Blinde besprach ein Band. Er schickte ihr die Kassette. Sie besprach ein Band. So ging das über Jahre hin. Der Offizier meiner Frau war mal auf dem einen Stützpunkt und dann auf einem anderen stationiert. Sie schickte Kassetten von Moody AFB, McGuire, McConnell und schließlich von Travis, bei Sacramento, wo sie eines Nachts das Gefühl überkam, dass sie einsam war und abgeschnitten von Menschen, die sie bei diesem Herumziehen nach und nach alle verlor. Sie hatte schießlich das Gefühl, so könne sie nicht weitermachen, nicht einen Schritt. Sie ging ins Haus und schluckte alle Tabletten und Kapseln aus dem Medizinschränkchen und spülte sie mit einer Flasche Gin runter. Dann stieg sie in ein heißes Bad und wurde ohnmächtig.

Doch statt zu sterben, wurde ihr schlecht. Sie übergab sich. Ihr Offizier – warum sollte er einen Namen haben, er war ihre Jugendliebe, und was will er mehr? – kam von irgendwo nach Hause, fand sie und rief die Ambulanz. Nach einiger Zeit sprach sie alles auf Band und schickte die Kassette an den blinden Mann. Im Lauf der Jahre sprach sie alles mögliche Zeug auf Bänder und schickte die Kassetten ruckzuck ab. Neben dem Schreiben eines Gedichts pro Jahr war es dies, vermute ich, wobei sie sich am besten erholte. Auf einer Kassette erzählte sie dem Blinden, sie habe beschlossen, eine Zeit lang von ihrem Offizier getrennt zu leben. Auf einer anderen Kassette erzählte sie ihm von ihrer Scheidung. Sie und ich fingen an auszugehen, und natürlich erzählte sie ihrem Blinden davon. Sie erzählte ihm alles – so jedenfalls kam es mir vor. Einmal fragte sie mich, ob ich die neueste Kassette von dem blinden Mann hören wollte. Das war vor einem Jahr. Ich käme auf der Kassette vor. Also sagte ich okay, ich würde es mir anhören. Ich holte uns Drinks, und wir ließen uns im Wohnzimmer nieder. Wir richteten uns aufs Zuhören ein. Zuerst schob sie die Kassette in das Abspielgerät und stellte ein paar Knöpfe ein. Dann drückte sie eine Taste. Das Band quietschte, und jemand begann mit lauter Stimme zu sprechen. Sie stellte den Ton leiser. Nach ein paar Minuten harmlosen Geplauders hörte ich meinen Namen aus dem Mund dieses Fremden, dieses Blinden, den ich nicht einmal kannte! Und dann dies: »Nach allem, was du über ihn gesagt hast, kann ich nur zu dem Schluss kommen –« Aber wir wurden unterbrochen, es klopfte an der Tür, oder irgendetwas, und wir kamen nie wieder dazu, uns das Band anzuhören. Vielleicht war das auch gut so. Ich hatte alles gehört, was ich hören wollte.

Und jetzt war ebendieser Blinde unterwegs, um in meinem Haus zu übernachten.

»Vielleicht könnte ich ja mit ihm zum Bowling gehen«, sagte ich zu meiner Frau. Sie stand am Abtropfbrett und machte überbackene Kartoffeln. Sie legte das Messer, das sie benutzte, hin und drehte sich um.

»Wenn du mich liebst«, sagte sie, »kannst du jetzt etwas für mich tun. Wenn du mich nicht liebst, okay. Aber wenn du einen Freund hättest, irgendeinen Freund, und der Freund käme zu Besuch, würde ich alles tun, damit er sich wohl fühlt.« Sie wischte sich die Hände mit dem Geschirrtuch ab. »Ich hab keine blinden Freunde«, sagte ich.

»Du hast *überhaupt* keine Freunde«, sagte sie. »Punkt. Außerdem«, sagte sie, »verdammt nochmal, seine Frau ist gerade gestorben! Kapierst du das denn nicht? Der Mann hat seine Frau verloren!«

Ich antwortete nicht. Sie erzählte mir ein bisschen von der Frau des blinden Mannes. Sie hieß Beulah. Beulah! Das ist ein Name für eine farbige Frau.

»War seine Frau Negerin?« fragte ich.

»Bist du verrückt?« sagte meine Frau. »Bist du jetzt übergeschnappt, oder was?« Sie nahm eine Kartoffel. Ich sah, wie die Kartoffel auf den Fußboden fiel und unter den Herd kullerte. »Was ist los mit dir?« sagte sie. »Bist du betrunken?«

»Ich frag ja nur«, sagte ich.

Und dann versorgte mich meine Frau mit mehr Details, als ich wissen wollte. Ich machte mir einen Drink und setzte mich an den Küchentisch, um zuzuhören. Einzelne Stücke der Geschichte fügten sich zusammen.

Beulah hatte in dem Sommer angefangen, bei dem blinden Mann zu arbeiten, nachdem meine Frau aufgehört hatte. Ziemlich bald ließen sich Beulah und der Blinde kirchlich trauen. Es war eine kleine Hochzeit – wer will schon zu so einer Hochzeit gehen? –, nur sie beide, plus der Geistliche und die Frau des Geistlichen. Aber es war trotzdem eine kirchliche Trauung. Beulah hatte es sich so gewünscht, hatte er gesagt. Aber schon da muss Beulah den Krebs in ihren Lymphdrüsen gehabt haben. Nachdem sie acht Jahre lang unzertrennlich gewesen waren – *unzertrennlich*, das war der Ausdruck meiner Frau –, ging es mit Beulahs Gesundheit rapide bergab. Sie starb in einem Krankenhauszimmer in Seattle, der blinde Mann saß an ihrem Bett und hielt ihr die Hand. Sie hatten geheiratet, hatten zusammen gelebt und gearbeitet, zusammen geschlafen – hatten Sex, klar –, und dann musste der blinde Mann sie begraben. All das, ohne dass er jemals gesehen hatte, wie die gottverdammte Frau eigentlich aussah. Das überstieg mein Vorstellungsvermögen. Als ich das hörte, tat mir der blinde Mann ein bisschen Leid. Und dann ertappte ich mich dabei, dass ich dachte, was für ein jammervolles Leben die Frau geführt haben musste. Man stelle sich das vor, eine Frau, die sich nie so sehen konnte, wie sie mit den Augen ihres Liebsten gesehen wurde. Eine Frau, die Tag für Tag um ihn war und nie das geringste Kompliment von ihrem Geliebten zu hören bekam. Eine Frau, deren Ehemann nie den Ausdruck in ihrem Gesicht sehen konnte, ob es Traurigkeit oder etwas Schöneres war. Eine, die Make-up tragen konnte oder nicht – was bedeutete es ihm schon? Sie konnte, wenn sie wollte, grünen Lidschatten um das eine Auge auflegen, eine Nadel im Nasenflügel tragen, gelbe Hosen und purpurrote Schuhe anziehen, es war egal. Und dann davongleiten, in den Tod, die Hand des blinden Mannes auf ihrer Hand, seine blinden Augen tränenüberströmt, und dies vielleicht – so male ich mir jetzt aus – ihr letzter Gedanke: dass er nie auch nur gewusst hatte, wie sie aussah, und sie per Express auf dem Weg ins Grab. Robert blieb allein zurück, mit einer kleinen Versicherungspolice und mit der einen Hälfte einer mexikanischen Zwanzig-Peso-Münze. Die andere Hälfte der Münze ging mit ihr in den Sarg. Jammervoll.

Und so fuhr meine Frau, als es soweit war, zum Bahnhof, um ihn abzuholen. Da ich nichts anderes zu tun hatte, als zu warten – wofür ich ihm die Schuld gab, klar –, machte ich mir einen Drink und sah fern, bis ich das Auto in die Einfahrt fahren hörte. Ich stand mit meinem Drink auf und ging ans Fenster, um einen Blick hinauszuwerfen.

Ich sah meine Frau lachen, während sie das Auto abstellte. Ich sah, wie sie ausstieg und die Tür schloss. In ihrem Gesicht stand noch immer ein Lächeln. Einfach erstaunlich. Sie ging herum, auf die andere Seite des Autos, wo der Blinde schon dabei war, auszusteigen. Dieser Blinde, man male sich das aus, trug einen Vollbart! Ein blinder Mann mit Bart! Nicht zu fassen, würde ich sagen. Der Blinde griff nach hinten und zog einen Koffer heraus. Meine Frau nahm seinen Arm, schlug die Autotür zu und führte ihn, die ganze Zeit redend, die Einfahrt entlang und dann die Stufen zur vorderen Veranda herauf. Ich schaltete den Fernsehapparat ab. Ich trank meinen Drink aus, spülte das Glas, trocknete mir die Hände ab. Dann ging ich zur Tür.

Meine Frau sagte: »Das ist Robert. Robert, das ist mein Mann. Ich hab dir alles über ihn erzählt.« Sie strahlte. Sie hielt den Blinden am Mantelärmel.

Der Blinde setzte den Koffer ab und streckte die Hand aus. Ich nahm sie. Er drückte meine Hand fest, hielt sie, und dann ließ er sie los.

»Ich hab das Gefühl, dass wir uns schon begegnet sind«, sagte er mit dröhnender Stimme.

»Ebenfalls«, sagte ich, weil ich nicht wusste, was ich sonst sagen sollte. Dann sagte ich: »Willkommen. Ich hab eine Menge über Sie gehört.« Wir bewegten uns jetzt, ein kleines Grüppchen, von der Veranda ins Wohnzimmer; meine Frau führte ihn am Arm. Der Blinde trug seinen Koffer in der anderen Hand. Meine Frau sagte Dinge wie: »Nach links, Robert. So ist es richtig. Jetzt pass auf, da ist ein Stuhl. Ja, so. Setz dich hierhin, dies ist das Sofa. Wir haben das Sofa gerade erst vor zwei Wochen gekauft.«

Ich wollte schon etwas über das alte Sofa sagen. Ich hatte

das alte Sofa sehr gern gemocht. Aber ich sagte nichts. Dann wollte ich etwas anderes sagen, wollte Konversation machen, über die landschaftlich schöne Strecke am Hudson. Und dass man, wenn man *nach* New York fuhr, im Zug auf der rechten Seite sitzen musste und, wenn man *von* New York kam, auf der linken Seite.

»Haben Sie eine gute Bahnfahrt gehabt?« sagte ich. »Nebenbei, auf welcher Seite des Zuges haben Sie gesessen?«

»Was für eine Frage, auf welcher Seite!« sagte meine Frau. »Das ist doch egal, auf welcher Seite!« sagte sie.

»Ich hab ja nur gefragt«, sagte ich.

»Auf der rechten Seite«, sagte der blinde Mann. »Ich bin fast vierzig Jahre lang nicht mehr mit der Eisenbahn gefahren. Seit meiner Kindheit nicht. Zuletzt mit meinen Eltern. Das ist lange her. Ich hatte fast schon das Gefühl vergessen. Ich hab jetzt Winter in meinem Bart«, sagte er. »Hat man mir jedenfalls gesagt. Sehe ich distinguiert aus, meine Liebe?« sagte der Blinde zu meiner Frau.

»Du siehst distinguiert aus, Robert«, sagte sie. »Robert«, sagte sie, »Robert, es ist so schön, dich wieder zu sehen.«

Meine Frau wandte schließlich die Augen von dem Blinden ab und sah mich an. Ich hatte das deutliche Gefühl, dass sie nicht mochte, was sie sah. Ich zuckte mit den Schultern.

Ich hatte nie jemanden getroffen oder persönlich kennen gelernt, der blind war. Dieser Blinde war Ende vierzig, ein gedrungener Mann mit beginnender Glatze und mit hängenden Schultern, als trüge er eine schwere Last. Er hatte eine braune Hose an, braune Schuhe, ein hellbraunes Hemd, einen Schlips, ein Sportjackett. Schick. Und dazu hatte er diesen Vollbart. Aber er benutzte keinen Blindenstock, und er trug keine dunkle Brille. Ich hatte immer gedacht, dunkle Brillen wären ein Muss für Blinde. Tatsache war, ich wünschte, er hätte eine getragen. Auf den ersten Blick sahen seine Augen wie die jedes anderen aus. Aber wenn man näher hinguckte, dann war irgendwas an ihnen anders. Zu viel Weiß in der Iris, zum einen, und die Augäpfel schienen sich in den Höhlen zu bewegen, ohne dass er es wusste oder stoppen konnte. Unheimlich. Während ich in sein Gesicht starrte, sah ich, wie die linke Pupille sich zur Nase hin bewegte, während die andere sich bemühte, an ein und demselben Platz zu bleiben. Aber es blieb bei dem Bemühen, denn das Auge wanderte umher, ohne dass er es wusste oder wollte.

Ich sagte: »Lassen Sie mich einen Drink für Sie holen. Was hätten Sie denn gern? Wir haben ein bisschen von allem da. Eins von unseren Freizeitvergnügen.«

»Bub, ich bin ein Scotch-Trinker«, sagte er sofort mit dieser volltönenden Stimme.

»Richtig«, sagte ich. Bub! »Klar sind Sie das. Ich wusste es.« Er tastete mit den Fingern nach seinem Koffer, der längsseits vom Sofa stand. Er war dabei, sich zu orientieren. Ich konnte es ihm nicht verdenken.

»Ich bring das mal rauf in dein Zimmer«, sagte meine Frau.

»Nein, schon gut«, sagte der Blinde mit lauter Stimme. »Das kann warten, bis ich raufgehe.«

»Ein bisschen Wasser in den Scotch?« sagte ich.

»Ein ganz bisschen«, sagte er.

»Ich wusste es«, sagte ich.

Er sagte: »Nur einen Tropfen. Der irische Schauspieler, Barry Fitzgerald, kennst du den? Ich bin wie der. Wenn ich Wasser trinke, hat Fitzgerald gesagt, trinke ich Wasser. Wenn ich Whiskey trinke, trinke ich Whiskey.« Meine Frau lachte. Der Blinde schob die Hand unter seinen Bart. Er hob den Bart langsam an und ließ ihn fallen.

Ich goss die Drinks ein, drei große Gläser Scotch mit einem Spritzer Wasser in jedem. Dann machten wir es uns bequem und sprachen über Roberts Reisen. Zuerst über den langen Flug von der Westküste nach Connecticut; wir erörterten diesen Teil ausgiebig. Dann von Connecticut mit dem Zug hier herauf. Wir tranken ein zweites Glas, während wir uns mit diesem Abschnitt der Reise befassten.

Ich erinnerte mich, irgendwo gelesen zu haben, dass Blinde nicht rauchten, weil sie, so lautete die Annahme, den Rauch nicht sehen konnten, den sie ausatmeten. Ich glaubte, ich wüsste immerhin das, wenn auch nur das, über blinde Menschen. Aber dieser Blinde rauchte seine Zigaretten bis auf eine kurze Kippe, und dann steckte er sich eine neue an. Dieser Blinde füllte seinen Aschenbecher, und meine Frau leerte ihn aus.

Als wir uns zum Abendessen an den Tisch setzten, tranken wir einen weiteren Scotch. Meine Frau häufte Grillsteak, überbackene Kartoffeln und grüne Bohnen auf Roberts Teller. Ich bestrich zwei Scheiben Brot mit Butter für ihn. Ich sagte: »Hier ist Brot mit Butter für Sie.« Ich trank einen Schluck von meinem Scotch. »Nun lasset uns beten«, sagte ich, und der blinde Mann senkte den Kopf. Meine Frau sah mich mit offenem Mund an. »Beten wir darum, dass das Telefon nicht klingelt und das Essen uns nicht kalt wird.«

Wir langten zu. Wir aßen alles auf, was auf dem Tisch war. Wir aßen, als ob es morgen nichts zu essen gäbe. Wir sprachen nicht. Wir aßen. Wir fraßen. Wir grasten den Tisch ab. Wir waren ernsthafte Esser. Der Blinde hatte sich schnell auf seinem Teller zurechtgefunden, er wusste genau, wo die verschiedenen Sachen waren. Ich beobachtete mit Bewunderung, wie er dem Fleisch mit Messer und Gabel zu Leibe rückte. Er schnitt zwei Stücke Fleisch ab, schob sie sich mit der Gabel in den Mund, nahm dann die überbackenen Kartoffeln in Angriff, als Nächstes die Bohnen, und riss dann ein großes Stück von dem mit Butter bestrichenen Brot ab

und aß das alles. Anschließend trank er jedes Mal einen großen Schluck Milch. Es machte ihm offensichtlich auch nichts
aus, hin und wieder die Finger zu benutzen.

Wir aßen alles auf, und dazu noch einen halben Erdbeerkuchen. Ein paar Momente lang saßen wir wie betäubt da.
Schweiß perlte uns von den Gesichtern. Schließlich standen
wir vom Tisch auf und ließen das schmutzige Geschirr einfach stehen. Wir blickten nicht zurück. Wir schleppten uns
ins Wohnzimmer und ließen uns wieder auf unsere Plätze
sinken. Robert und meine Frau saßen auf dem Sofa. Ich
nahm den großen Sessel. Wir tranken noch zwei oder drei
Gläser Scotch, während die beiden über die gewichtigen
Dinge sprachen, die sich in den vergangenen zehn Jahren
in ihrem Leben ereignet hatten. Größtenteils hörte ich nur
zu. Hin und wieder sagte ich etwas. Ich wollte nicht, dass er
dachte, ich wäre aus dem Zimmer gegangen, und ich wollte
nicht, dass sie dachte, ich fühlte mich ausgeschlossen. Sie
sprachen über Dinge, die ihnen – ihnen! – in diesen vergangenen zehn Jahren widerfahren waren. Ich wartete vergeb-
lich darauf, meinen Namen über die süßen Lippen meiner
Frau kommen zu hören: »Und dann trat mein lieber Mann
in mein Leben« – etwas in der Art. Aber ich hörte nichts
dergleichen. Stattdessen mehr über Robert. Robert hatte ein
bisschen von allem gemacht, so hörte es sich jedenfalls an,
ein regelrechter blinder Tausendsassa. Aber zuletzt hatten
er und seine Frau eine Amway-Vertretung gehabt, mit der
sie, soweit ich es verstand, ihren Lebensunterhalt, oder was
man so nennt, verdienten. Er sprach mit seiner lauten Stimme über Gespräche, die er mit Kollegen in Guam, auf den
Philippinen, in Alaska und sogar auf Tahiti geführt hatte. Er
sagte, er habe da überall eine Menge Freunde, falls er jemals
dorthin reisen wolle. Von Zeit zu Zeit wandte er sein blin-
des Gesicht mir zu, schob die Hand unter seinen Bart, frag-

te mich etwas. Wie lange ich schon meine derzeitige Stellung hätte. (Drei Jahre.) Ob mir meine Arbeit Spaß machte. (Nein, das nicht.) Ob ich vorhätte, dabei zu bleiben? (Was blieb mir anderes übrig?) Schließlich, als ich glaubte, er schlaffe langsam ab, stand ich auf und stellte den Fernsehapparat an.

Meine Frau sah mich verärgert an. Sie war dicht vorm Kochen. Dann sah sie den Blinden an und sagte: »Robert, hast du einen Fernsehapparat?«

Der Blinde sagte: »Meine Liebe, ich hab zwei Fernseher. Ich habe einen Farbfernseher und einen Schwarzweißkasten, ein Relikt aus alten Zeiten. Komisch, aber wenn ich das Fernsehen anstelle, und ich stelle es dauernd an, dann stelle ich das Farbfernsehgerät an. Komisch, findet ihr nicht?«

Ich wusste nicht, was ich sagen sollte. Ich hatte absolut nichts dazu zu sagen. Keine Meinung. Also sah ich die Nachrichten an und versuchte zu hören, was der Sprecher sagte.

»Das ist ein Farbfernseher«, sagte der Blinde. »Fragt mich nicht wie, aber ich merke es.«

»Wir haben uns vor einer Weile einen besseren gekauft«, sagte ich.

Der Blinde trank wieder einen Schluck aus seinem Glas. Er hob den Bart, schnüffelte daran und ließ ihn fallen. Er beugte sich auf dem Sofa vor. Er ortete den Aschenbecher auf dem Sofatisch, dann hielt er das Feuerzeug an seine Zigarette. Er lehnte sich auf dem Sofa zurück und schlug die Beine in Höhe der Knöchel übereinander.

Meine Frau hob die Hand vor den Mund, und dann gähnte sie. Sie streckte sich. Sie sagte: »Ich glaube, ich gehe nach oben und ziehe mir meinen Morgenmantel an. Ich glaube, ich möchte mir gern was anderes anziehen. Robert, mach es dir gemütlich«, sagte sie.

»Es ist gemütlich«, sagte der blinde Mann.

»Ich möchte, dass du dich wohl fühlst in diesem Haus«, sagte sie.

»Ich fühl mich wohl«, sagte der blinde Mann.

Nachdem sie hinausgegangen war, hörten er und ich uns den Wetterbericht und dann die Sportergebnisse an. Inzwischen war meine Frau schon so lange fort, dass ich nicht wusste, ob sie noch mal runterkommen würde. Ich dachte, sie wäre vielleicht ins Bett gegangen. Ich wünschte, sie würde wieder herunterkommen. Ich wollte nicht allein gelassen werden mit einem Blinden. Ich fragte ihn, ob er noch einen Drink wolle, und er sagte: Klar. Dann fragte ich ihn, ob er ein bisschen Stoff mit mir rauchen wolle. Ich sagte, ich hätte gerade einen Joint gedreht. Ich hatte ihn noch nicht gedreht, hatte aber vor, es in zwei Sekunden zu tun.

»Ich werd's mit dir mal versuchen«, sagte er.

»Verdammt richtig«, sagte ich. »So soll's sein.«

Ich holte unsere Drinks und setzte mich zu ihm aufs Sofa. Dann drehte ich uns zwei dicke Joints. Ich zündete einen an und reichte ihn weiter. Ich hielt ihn an seine Finger. Er nahm ihn und inhalierte.

»Lass es drin, so lange du kannst«, sagte ich. Ich merkte ihm an, dass er keinen Schimmer hatte.

Meine Frau kam wieder runter; sie hatte ihren rosa Morgenmantel und ihre rosa Pantoletten an.

»Was rieche ich da?« sagte sie.

»Wir dachten, wir ziehen uns ein bisschen Cannabis rein«, sagte ich.

Meine Frau warf mir einen wilden Blick zu. Dann sah sie den blinden Mann an und sagte: »Robert, ich wusste gar nicht, dass du so was rauchst.«

Er sagte: »Ich tu es jetzt, meine Liebe. Es gibt für alles im Leben ein erstes Mal. Aber ich spüre noch nichts.«

»Dieser Stoff ist ziemlich sanft«, sagte ich. »Dieser Stoff ist milde. Es ist Dope, mit dem du denken kannst«, sagte ich. »Es bringt dir nicht den Kopf durcheinander.«

»Nein, das tut's allerdings nicht, Bub«, sagte er und lachte.

Meine Frau setzte sich auf das Sofa zwischen den Blinden und mich. Ich reichte ihr den Joint. Sie nahm ihn und zog daran, und dann gab sie ihn mir zurück. »Wo soll das hinführen?« sagte sie. Dann sagte sie: »Ich sollte dieses Zeug nicht rauchen. Ich kann so schon kaum noch die Augen offen halten. Das Essen hat mich fertig gemacht. Ich hätte nicht so viel essen sollen.«

»Es war der Erdbeerkuchen«, sagte der Blinde. »Der war's«, sagte er und lachte sein lautes Lachen. Dann schüttelte er den Kopf.

»Es ist noch mehr Erdbeerkuchen da«, sagte ich.

»Möchtest du noch was, Robert?« sagte meine Frau.

»In einem Weilchen vielleicht«, sagte er.

Wir wandten uns dem Fernseher zu. Meine Frau gähnte wieder. Sie sagte: »Dein Bett ist fertig, Robert, wenn dir danach ist, ins Bett zu gehen. Ich weiß, du musst einen langen Tag gehabt haben. Wenn du zu Bett gehen möchtest, dann sag Bescheid.« Sie zupfte an seinem Arm. »Robert?«

Er kam zu sich und sagte: »Ich hab's wirklich sehr genossen. Das schlägt noch die Kassetten, findest du nicht?«

Ich sagte: »Du bist dran«, und ich schob ihm den Joint zwischen die Finger. Er inhalierte, hielt den Rauch und ließ ihn dann langsam raus. Es sah aus, als täte er das, seit er neun Jahre alt war.

»Danke, Bub«, sagte er. »Aber ich glaube, das ist jetzt genug für mich. Ich glaube«, sagte er, »ich fange an, es zu spüren.« Er hielt den Joint meiner Frau hin.

»Hier das Gleiche«, sagte sie. »Dito. Ich auch.« Sie nahm den Joint und reichte ihn mir. »Ich möchte, glaube ich, nur ein Weilchen hier zwischen euch beiden Männern sitzen und mach dabei schon mal die Augen zu. Aber lasst euch durch mich nicht stören, okay? Das gilt für euch beide. Falls es euch stört, sagt es mir. Wenn nicht, bleib ich einfach hier sitzen und mach die Augen zu, bis ihr beide so weit seid, dass ihr ins Bett gehen wollt«, sagte sie. »Dein Bett ist fertig, Robert, wenn du so weit bist. Es ist gleich neben unserem Zimmer, oben an der Treppe. Wir bringen dich rauf, wenn du so weit bist. Weckt mich dann auf, ihr zwei, falls ich einschlafe.« Sie sagte das, und dann schloss sie die Augen und schlief ein.

Die Nachrichtensendung war zu Ende. Ich stand auf und stellte einen anderen Kanal ein. Ich setzte mich wieder aufs Sofa. Ich wünschte, meine Frau hätte nicht schlapp gemacht. Ihr Kopf lag an der Rückenlehne des Sofas, der Mund stand offen. Sie hatte sich so gedreht, dass ihr Morgenmantel ihr von den Beinen gerutscht war und ihren saftigen Oberschenkel entblößte. Ich griff nach dem Morgenmantel und wollte ihn wieder über ihre Beine ziehen, aber in diesem Moment warf ich einen Blick auf den blinden Mann. Zum Teufel, was soll's! Ich schlug den Morgenmantel wieder auf.

»Sag du nur Bescheid, wenn du noch Erdbeerkuchen willst«, sagte ich.

»Mach ich«, sagte er.

Ich sagte: »Bist du müde? Möchtest du, dass ich dich raufbringe, zu deinem Bett? Bist du so weit, dass du dich hinlegen möchtest?«

»Noch nicht«, sagte er. »Nein, ich bleib noch mit dir auf, Bub. Wenn's recht ist. Ich bleibe auf, bis du so weit bist, dass du dich hinlegen möchtest. Wir haben noch keine Gelegenheit gehabt, zu reden. Verstehst du, was ich mein? Ich hab das Gefühl, dass ich und sie den Abend monopolisiert haben.« Er hob den Bart an und ließ ihn fallen. Er nahm seine Zigaretten und sein Feuerzeug.

»Das ist schon in Ordnung«, sagte ich. Dann sagte ich: »Ich bin froh über die Gesellschaft.«

Und ich glaube, ich war's tatsächlich. Jeden Abend rauchte ich Dope und blieb so lange auf, wie ich konnte, ehe ich einschlief. Meine Frau und ich gingen fast nie zur selben Zeit ins Bett. Wenn ich dann schlafen ging, hatte ich diese Träume. Manchmal wachte ich von einem auf, und mein Herz raste.

Im Fernsehen gab es etwas über Kirche und Mittelalter. Nicht gerade meine alltägliche Fernsehkost. Ich probierte es auf den anderen Kanälen. Aber auch da war nichts. So schaltete ich wieder zum ersten Kanal zurück und entschuldigte mich.

»Ist in Ordnung, Bub«, sagte der blinde Mann. »Mir ist es recht so. Egal, was du sehen möchtest, es ist okay. Ich lerne immer etwas dabei. Das Lernen hört nie auf. Es wird mir nicht schaden, wenn ich heut Abend was lerne. Ich hab Ohren«, sagte er.

Wir sagten eine Zeit lang nichts. Er saß vorgebeugt da, den Kopf mir zugewandt, das rechte Ohr in Richtung des Fernsehapparats gedreht. Sehr irritierend. Hin und wieder fielen ihm die Augenlider zu, und dann sprangen sie wieder auf. Hin und wieder schob er die Finger in den Bart und zupfte daran, so als dächte er über etwas, was er im Fernsehen hörte, nach.

Auf dem Bildschirm wurde eine Gruppe von Männern, die Kutten trugen, bedrängt und gequält von Männern in Skelettkostümen und von Männern, die als Teufel verkleidet waren. Die als Teufel verkleideten Männer trugen Teufelsmasken, Hörner und lange Schwänze. Dieser Umzug war

Teil einer Prozession. Der Engländer, der die Sache erzählte, sagte, diese Prozession finde ein Mal im Jahr in Spanien statt. Ich versuchte, dem blinden Mann zu erklären, was da geschah.

»Skelette«, sagte er. »Ich weiß Bescheid über Skelette«, sagte er, und er nickte.

Das Fernsehen zeigte diese eine Kathedrale. Dann folgte ein langer, langsamer Blick auf eine andere Kathedrale. Schließlich wechselte das Bild über auf die berühmte Kathedrale in Paris mit ihren Strebebogen und in die Wolken aufragenden Türmen. Die Kamera wich zurück, um zu zeigen, wie sich die ganze Kathedrale über der Stadt erhob.

Es gab Augenblicke, in denen der Engländer, der die Sache erzählte, den Mund hielt und nur die Kamera von allen Seiten über die Kathedralen gleiten ließ. Oder aber die Kamera bewegte sich durch die Landschaft, wo Männer auf Feldern hinter Ochsen hergingen. Ich wartete, solange ich konnte. Dann spürte ich, dass ich etwas sagen musste. Ich sagte: »Sie zeigen jetzt das Äußere der Kathedrale da. Wasserspeier. Kleine, aus Stein gehauene Figuren, die wie Monster aussehen. Jetzt sind sie, glaube ich, in Italien. Ja, stimmt, sie sind in Italien. An den Wänden von der Kirche da sind Gemälde.«

»Sind das Fresken, Bub?« fragte er, und er trank einen Schluck von seinem Drink.

Ich griff nach meinem Glas. Aber es war leer. Ich versuchte, mich zu erinnern, soweit ich mich erinnern konnte. »Du fragst mich, ob das Fresken sind?« sagte ich. »Das ist eine gute Frage. Ich weiß es nicht.«

Die Kamera bewegte sich jetzt auf eine Kathedrale draußen vor Lissabon zu. Die Unterschiede zwischen der portugiesischen Kathedrale und den französischen und italienischen waren nicht so riesig. Aber es gab sie. Hauptsächlich, was die Dinge im Innern betraf. Dann ging mir etwas durch den Kopf, und ich sagte: »Mir ist gerade was durch den Kopf gegangen. Hast du eigentlich eine Vorstellung, was eine Kathedrale ist? Das heißt, wie Kathedralen aussehen? Kannst du mir folgen? Wenn jemand mit dir spricht und Kathedrale sagt, hast du dann eine Ahnung, wovon die Rede ist? Kennst du den Unterschied zwischen einer Kathedrale und, sagen wir, einer Baptistenkirche?«

Er ließ den Rauch langsam aus dem Mund hervorquellen. »Ich weiß, dass Hunderte von Arbeitern fünfzig oder hundert Jahre lang gebraucht haben, um sie zu bauen«, sagte er. »Ich hab das natürlich gerade den Mann sagen hören. Ich weiß, dass mehrere Generationen derselben Familien an einer Kathedrale gearbeitet haben. Auch das hab ich ihn sagen hören. Die Männer, deren Lebenswerk diese Arbeit war, haben nie so lange gelebt, dass sie die Vollendung ihrer Arbeit sehen konnten. In der Beziehung, Bub, unterscheiden sie sich nicht von uns anderen, hab ich Recht?« Er lachte. Dann klappten seine Augenlider wieder zu. Sein Kopf nickte. Er schien ein Nickerchen zu machen. Vielleicht stellte er sich gerade vor, er sei in Portugal. Das Fernsehen zeigte jetzt eine weitere Kathedrale. Diese war in Deutschland. Die Stimme des Engländers summte weiter. »Kathedralen«, sagte der blinde Mann. Er setzte sich auf und bewegte den Kopf vor und zurück. »Wenn du die Wahrheit wissen willst, Bub, das ist so ziemlich alles, was ich weiß. Was ich gerade gesagt hab. Was ich ihn hab sagen hören. Aber vielleicht könntest du mir eine beschreiben. Ja, ich wünschte, das würdest du tun. Das wäre schön für mich. Wenn du es wissen willst, ich hab wirklich keine klare Vorstellung.«

Ich blickte angestrengt auf das Bild von der Kathedrale im Fernsehen. Wie sollte ich auch nur anfangen, es zu beschreiben? Andererseits – wenn nun mein Leben davon abhinge?

Sagen wir, mein Leben wäre bedroht von einem Verrückten, der sagte, ich muss sie beschreiben, sonst …

Ich starrte weiter auf die Kathedrale, bis das Bild wegrückte und in die Landschaft überging. Es war zwecklos. Ich wandte mich dem blinden Mann zu und sagte: »Erst einmal sind sie sehr groß.« Ich sah mich im Zimmer nach Anhaltspunkten um. »Sie reichen weit rauf. Hoch und höher. Bis zum Himmel. Sie sind so groß, jedenfalls manche von ihnen, dass sie diese Stützen brauchen. Stützen, die helfen, sie aufrecht zu halten, sozusagen. Diese Stützen werden Stützpfeiler oder Strebepfeiler genannt. Sie erinnern mich, aus irgendeinem Grund, an Viadukte. Aber vielleicht kennst du auch keine Viadukte. Manchmal sind Teufel und dergleichen in die Fassaden der Kathedralen gemeißelt. Manchmal hoch gestellte Herren und Damen. Frag mich nicht, warum das so ist.«

Er nickte. Sein ganzer Oberkörper schien sich rückwärts und vorwärts zu bewegen.

»Ich kann das nicht so gut«, sagte ich. »Stimmt's?«

Er hörte auf zu nicken und beugte sich über die Sofakante vor. Während er mir zuhörte, strich er sich mit den Fingern durch den Bart. Ich konnte mich ihm nicht verständlich machen, das sah ich ihm an. Aber er wartete trotzdem, dass ich fortfuhr. Er nickte, als wollte er mich ermutigen. Ich versuchte zu überlegen, was ich noch sagen konnte. »Sie sind wirklich groß«, sagte ich. »Sie sind massig. Sie sind aus Stein gebaut. Manchmal auch aus Marmor. In den alten Zeiten damals, als sie Kathedralen gebaut haben, wollten die Menschen näher bei Gott sein. In den alten Zeiten damals war Gott ein wichtiger Teil im Leben jedes Menschen. Du könntest das daran sehen, wie sie ihre Kathedralen gebaut haben. Tut mir Leid«, sagte ich, »aber es sieht so aus, als ob ich's dir nicht besser beschreiben kann. Ich bin nicht gut darin.«

»Ist schon recht, Bub«, sagte der blinde Mann. »He, hör zu. Ich hoffe, du nimmst es mir nicht übel, wenn ich dich frage. Darf ich dich was fragen? Darf ich dir eine simple Frage stellen, ja oder nein? Ich bin nur neugierig, und es ist nicht böse gemeint. Du bist mein Gastgeber. Aber lass mich fragen, bist du irgendwie religiös? Du nimmst es mir doch nicht übel, dass ich frage?«

Ich schüttelte den Kopf. Aber das konnte er nicht sehen. Ein Zwinkern ist für einen Blinden das Gleiche wie ein Kopfnicken. »Ich nehme an, ich glaub nicht daran. An nichts. Manchmal ist es schwer. Du verstehst, was ich meine?«

»Klar, doch, schon«, sagte er.

»Gut«, sagte ich.

Der Engländer redete noch immer. Meine Frau seufzte im Schlaf. Sie holte tief Atem und schlief wieder weiter.

»Du musst mir verzeihen«, sagte ich. »Aber ich kann dir nicht sagen, wie eine Kathedrale aussieht. Es ist mir einfach nicht gegeben. Ich kann nicht mehr tun, als ich getan hab.«

Der blinde Mann saß sehr still da und hielt den Kopf gesenkt, während er mir zuhörte.

Ich sagte: »Die Wahrheit ist, dass Kathedralen mir nichts Besonderes bedeuten. Nichts. Kathedralen. Sie sind etwas, was man sich spätabends im Fernsehen anguckt. Das ist alles, was sie sind.«

Daraufhin räusperte sich der blinde Mann. Er hustete etwas herauf. Er zog ein Taschentuch aus der hinteren Hosentasche. Dann sagte er: »Ich hab's kapiert, Bub. Es ist okay. Das kommt vor. Mach dir deswegen keine Sorgen«, sagte er. »He, hör zu. Tust du mir einen Gefallen? Ich hab eine Idee. Warum holst du uns nicht einen Bogen dickes Papier. Und einen Kugelschreiber. Dann machen wir was. Wir zeichnen zusammen eine. Hol uns einen Kugelschreiber und einen Bogen dickes Papier. Los, geh, Bub, hol das Zeug«, sagte er.

Also ging ich nach oben. Meine Beine fühlten sich an, als wäre keine Kraft mehr in ihnen. Sie fühlten sich an wie manchmal, wenn ich eine Strecke gelaufen war. Im Zimmer meiner Frau sah ich mich um. Ich entdeckte mehrere Kugelschreiber in einem kleinen Korb auf ihrem Tisch. Und dann überlegte ich, wo ich nach der Sorte Papier suchen sollte, von der er gesprochen hatte.

Unten, in der Küche, fand ich eine Einkaufstüte, mit Zwiebelschalen auf dem Boden der Tüte. Ich leerte die Tüte aus und schüttelte sie. Ich nahm sie mit ins Wohnzimmer und hockte mich damit dicht neben seinen Beinen hin. Ich stellte ein paar Dinge zur Seite, strich die zerknitterte Tüte glatt und breitete sie auf dem Sofatisch aus.

Der blinde Mann kam vom Sofa herunter und hockte sich neben mich auf den Teppich.

Er fuhr mit den Fingern über das Papier. Er strich an den Seiten des Papiers rauf und runter. An den Rändern, sogar an den Rändern. Er betastete die Ecken.

»In Ordnung«, sagte er. »In Ordnung, jetzt machen wir sie.«

Er suchte meine Hand, die Hand mit dem Kugelschreiber. Er schloss seine Hand über meiner Hand. »Fang an, Bub, zeichne«, sagte er. »Zeichne. Du wirst sehen. Ich folge dir. Es wird schon gehen. Fang jetzt einfach an, wie ich dir sage. Du wirst sehen. Zeichne«, sagte der blinde Mann.

Also fing ich an. Zuerst zeichnete ich eine Schachtel, die wie ein Haus aussah. Es hätte das Haus sein können, in dem ich lebte. Dann setzte ich ein Dach darauf. An beiden Enden des Dachs zeichnete ich spitze Türme. Verrückt.

»Klasse«, sagte er. »Irre. Du machst das wunderbar«, sagte er. »Hast bestimmt nie gedacht, dass dir im Leben so was passieren könnte, was, Bub? Ja, das Leben ist seltsam, wie wir alle wissen. Mach weiter jetzt. Hör nicht auf.«

Ich zeichnete Fenster mit Bögen ein. Ich zeichnete Strebepfeiler. Ich hängte riesige Türen ein. Ich konnte nicht aufhören. Der Fernsehsender beendete das Programm. Ich legte den Stift hin und schloss und öffnete die Finger. Der blinde Mann tastete über das Papier hin. Er bewegte die Fingerspitzen über das Papier, über alles, was ich gezeichnet hatte, und er nickte.

»Machst du gut«, sagte der blinde Mann.

Ich nahm den Stift wieder, und der blinde Mann suchte wieder meine Hand. Ich machte weiter. Ich bin kein Künstler. Aber ich zeichnete trotzdem weiter.

Meine Frau schlug die Augen auf und starrte uns an. Sie richtete sich auf dem Sofa auf, ihr Morgenmantel stand weit offen. Sie sagte: »Was macht ihr da? Sagt es mir, ich möchte es wissen.« Ich antwortete nicht.

Der blinde Mann sagte: »Wir zeichnen eine Kathedrale. Ich und er, wir arbeiten daran. Drück fest auf«, sagte er zu mir. »So ist's richtig. So ist es gut«, sagte er. »Klar. Du hast es raus, Bub. Das merke ich. Du hast nicht geglaubt, dass du es könntest. Aber du kannst es, siehst du? Jetzt kochst du mit Gas. Du verstehst, was ich meine? Noch eine Minute, und wir haben hier wirklich was. Wie geht's dem guten alten Arm?« sagte er. »Jetzt tu ein paar Leute rein. Was ist eine Kathedrale ohne Leute drin?«

Meine Frau sagte: »Was ist los? Robert, was macht ihr da? Was ist los?«

»Ist alles in Ordnung«, sagte er zu ihr. »Mach jetzt die Augen zu«, sagte der blinde Mann zu mir.

Ich tat es. Ich machte sie zu, wie er gesagt hatte.

»Sind sie zu?« sagte er. »Nicht schummeln.«

»Sie sind zu«, sagte ich.

»Lass sie so«, sagte er. Er sagte: »Jetzt nicht aufhören. Zeichne.«

Also machten wir damit weiter. Seine Finger fuhren auf meinen Fingern mit, während meine Hand sich über das Papier bewegte. Es war anders als alles, was ich bis dahin erlebt hatte.

Dann sagte er: »Ich glaub, das wär's. Ich glaub, jetzt hast du's«, sagte er. »Nun sieh es dir an. Was meinst du?«

Aber meine Augen waren geschlossen. Ich dachte, ich sollte sie noch ein bisschen länger so lassen. Ich dachte, genau das sollte ich machen.

»Na?« sagte er. »Guckst du jetzt?«

Meine Augen waren noch geschlossen. Ich war in meinem Haus. Das wusste ich. Aber es fühlte sich nicht so an, als wäre ich irgendwo drinnen.

»Das ist wirklich was«, sagte ich.

Raymond Carver
Würdest du bitte endlich still sein, bitte
Erzählungen · Aus dem Amerikanischen von
Helmut Frielinghaus

Raymond Carvers meisterhafte Geschichten über
Verlierer und Verlorene der amerikanischen Gesellschaft. Mit einem Vorwort von Richard Ford.

*»Diese Geschichten können schon heute zu den
Meisterwerken amerikanischer Prosa gezählt
werden.«* The New York Times Book Review

*»Richard Fords Vorwort ist das Begrüßungswort
für einen Verschollenen, wie es schöner kaum
denkbar ist.«* Hubert Spiegel

»Carvers Texte vibrieren.« Hellmuth Karasek

*»Carver stellt nicht bloß, er stellt bloß fest. Aber das
stets mit einem so fühlbaren wie verhalten andeuten-
den Mitgefühl. In ihrer grauen Unauffälligkeit
gehen diese Schicksale dem Leser noch lange nach:
Ein Beweis für Carvers exzellente Erählkunst.«*
Frankfurter Allgemeine Zeitung

Berliner Taschenbuch Verlag

Raymond Carver
Wovon wir reden, wenn wir von Liebe reden
Erzählungen · Aus dem Amerikanischen von
Helmut Frielinghaus

Raymond Carvers bisher wohl bekanntestes Buch.
Siebzehn Erzählungen. Mit einem Vorwort von
Ingo Schulze.

»*Ein Wunder. Schwer in Worte zu fassen, dieser Sog,
der immer noch ausgeht von den Geschichten
Raymond Carvers. Eine seltene Leseerfahrung,
Triumph eines Erzähltalents, das scheinbar mühelos
und selbstverständlich auf engstem Raum seine
Menschenwelt entwirft, mit wortkarger Energie,
unfehlbarem Instinkt für die unscheinbarsten Details,
unter Verzicht auf jede eitle sprachliche Pointierung.*«
Reinhard Baumgart, Die Zeit

»*Ein großer Meister der kleinen Form, ein Skep-
tiker, der mit beiden Beinen in der Realität steht.
Nie zaghaft, nie zu ausführlich, immer dem Prinzip
verpflichtet, dass absolut alles wichtig ist in einer
Kurzgeschichte. Oft beginnen Carvers Geschichten
erst, wenn die letzte Zeile schon verklungen ist.*«
Die Weltwoche

Berliner Taschenbuch Verlag